杀破狼

全三册

卷一·雁落京华

未知苦处，不信神佛

Priest 作品

湖南文艺出版社
HUNAN LITERATURE AND ART PUBLISHING HOUSE

博集天卷
CS-BOOKY

未知苦处，
不信神佛。

序

序

第不知多少版的杀破狼

我是个不严谨的懒散人，从小喜欢聚集一帮小朋友，用武力胁迫他们听我胡编乱造的鬼故事，这个兴趣爱好一直延续至今。但当年的小朋友们已经长大了，现在一个个学习紧张工作忙，没时间再听我扯淡了，而我作为一个需要承担刑事责任的成年人，也不方便再动辄诉诸暴力，只好在网上随机抓取一些新的小朋友，继续闭眼瞎说八道。

因此我写不了正经八百的小说，尤其是古代文，我以前也阅读过一些历史题材的小说，里面古代官阶、衣食住行、社会意识形态等无不考究，看完以后让人相当感佩，但我一时半会儿学不来——以本人的文史积累，让我写考据文，等于强迫家猪飞上云霄，现阶段不太可能实现，只能见贤思齐，未来朝着这个方向努力。

说回《杀破狼》，《杀破狼》其实不是"古风权谋"，它是"蒸汽朋克"题材，因为"蒸汽朋克"比较边缘小众，所以书商们为了方便宣传，常常把它归进读者们更熟悉的"权谋"类。

所谓"蒸汽朋克"，是一种非主流的科幻小说，设定最早来自西方，就是一个架空的平行世界，大背景是古代，例如维多利亚时期，在其中加入一种或几种远超时代的新能源和新技术，混搭出一种技术与愚昧同在、齿轮和巫术并存的特殊世界观，这个题材的代表作有《差分机》《黄金罗盘》等等。

本文的生产力和生产关系也同样是割裂的——我捏造了一种无敌新能源"紫流金"，网络连载期，有读者朋友把它类比成石油，其实不是。紫流金的设定是一种燃烧效率远远超过石油的万能能源，围绕着这种能源，催生了当时社会不可能存在的冶炼技术和军工技术。装备太过先进的玄铁营和中央集权的封建帝制就此产生了不可调和的矛盾，社会礼乐将崩未崩，于是有了光怪陆离的六十万字。

《杀破狼》网络版完结于2015年夏天，至今繁体、越南出了不知多少版本，作此序时，我正好在听广播剧最后一季，发花痴的同时，也跟着回顾了一遍剧情。

因为写过的文太多，好多东西写完就忘，过两年再看，跟看别人的作品差不多。以读者的身份回顾下来，感觉全文后半部分剧情过于平淡，近乎无聊，除了主角互动"发糖"以外乏善可陈，大梁复国的过程中，资本主义萌芽和封建贵族之间本来该有的你死我活，全被李旻同志的金大腿一脚踩平，本想再大修一遍，但捋了一遍后，发现后半部之所以无聊，是因为前半部分人物群像和人物关系没搭好——简单说，就是能立住的人设不多，后面蹦跶的反派不够使了——根骨不行，回天乏术。

很抱歉最后呈现出这么一部不成熟的作品给读者，希望过几年重写这个题材的时候，能让诸位原谅我的黑历史。

目录

引

狂风起于青蘋之末

夜河流灯，魂归故里。

雁落京华

十三岁的少年走过光线暗淡的宫殿长廊，一共九九八十一步，他走得终生难忘。

第一章 | 安定 058

"就算到了京城，也有义父护着你，不用害怕。"

第二章 | 京华 090

"大帅，懵懂幼子，久病老父，都是教你成人的，碰上哪一个，都是幸运。"

第三章 | 环伺 112

千里江山，锦绣河山在新皇一句话中凝成了一线，压在了安定侯肩上。

第四章 | 蛟祸 147

从天底下第一碗紫流金被挖出来开始，就注定人间再也太平不了了。

第五章 | 南匪 219

大梁年间，东海的土特产是珍珠，

楼兰的土特产是美酒，南疆的土特产就是山匪。

狂风起于
青蘋之末

——

夜河流灯，魂归故里。

壹

边陲小镇雁回镇里有座"将军坡"，起的名字威风凛凛，其实就是个小土包，脖子长的一眼能望过坡顶。

将军坡也不是从来就有，传说那是十四年前，大梁第一铁骑玄铁三大营北伐，荡平蛮族十八部落，班师回朝时途经雁回镇，将废甲弃置此地，就地落成了一座小山，后来沙尘砥砺，风吹雨打，就成了将军坡。

将军坡是个荒坡，种什么不长什么，连荒草也欠奉，偷情都没个遮挡，光秃秃地坐落此间，也不知道能拿来干点什么。老人都说这是玄铁营杀孽太重、戾气逼人的缘故。时间长了，有那些闲得没事的混混就以此为原型，编排了一系列边陲闹鬼传说，久而久之，也就没什么人往那边去了。

这天黄昏，却有两个十来岁的小崽子跑到了将军坡下。

这两个一个细高挑，一个矮胖子，合起来活像一对奔跑的碗筷。

细高挑的那个做小女孩打扮，得仔细看，才能知道是个男娃，小名就叫曹娘子，因为算命的说他本是个女命，投错了胎，恐怕老天爷还要给叫回去重新投，家里便担心他活不长，于是一直当女儿养。

矮胖的那个是葛屠户的小儿子，小名葛胖小，人如其名，整个人幽幽地汪着一层富贵的油光。

他们俩一起对着将军坡探头探脑，只是碍于闹鬼传说，谁也不敢走近。

葛胖小手里捧着个铜皮的"千里眼"，抻着脖子使劲往将军坡的方向张望，口中喃喃地说道："你说日头都落了，还不下山，我大哥真是……那个叫什么来着——上吊辟谷！"

曹娘子："那叫悬梁刺股，别废话，快把千里眼给我。"

这假丫头时常假戏真做，可惜真的方向有点问题，不像闺秀，像泼妇，尤其爱挥舞着一双鸡爪子掐人。他一伸手，葛胖小一身的肥肉就隐隐作痛，忙把千里眼拱手奉上，叮嘱道："你可小心点，要是弄坏了，我爹一准要把我抽成饼馅。"

所谓"千里眼"，是个铜制的小圆筒，周围雕着"五蝠"，里头是透如无物的琉璃片，扣在眼睛上，十里开外的兔子能看清公母。葛胖小的这个格外精致些，是他那当过斥候的祖父留下来的。

曹娘子拿在手里新鲜了半天，举起来望星星："真清楚。"

葛胖小顺着他的目光看过去，指点道："我知道，那个叫昏星，又叫'长庚'，跟我大哥同名，沈先生教过的，我记着呢。"

曹娘子撇嘴："谁就你大哥了？你看人家理你吗，觍着脸追着人硬要认大哥，看把你贱的……哎，等等，你看那个是不是他？"

葛胖小顺着他手指的方向一看，还真是。

只见一个少年正拎着把剑，低着头，缓缓地从将军坡上往下走。葛胖小当即仿佛也不怕闹鬼了，滚地雷似的冲了出去："大哥，大哥！"

他跑得太急，在将军坡脚下被什么东西绊了一下，叽里咕噜地滚了出去，正滚到了那少年脚下。

葛胖小灰头土脸地抬起头，没顾上爬起来，先谄媚地露出一个傻笑，龇牙咧嘴地说："嘿嘿，大哥，我都在这儿等你一天了。"

名叫长庚的少年默默地缩回险些踩了葛胖小的脚。

每次看见葛胖小，他心里都觉得神奇，认为那位杀遍千猪的葛屠户可能天生火眼金睛，这么多年，居然没把儿子当成猪宰了。不过长庚性格稳重，嘴上很积德，不管心里怎么想的，嘴上不说伤人的话。

长庚很有大哥样地伸手扶起了葛胖小，又拍去他身上的浮土，说："跑什么，留神摔坏了。找我有事？"

葛胖小："长庚大哥，明天你爹他们就快回来了，咱们也不上课了，你跟我们一起去抢雁食吧？肯定能把李小猴子他们打得屁滚尿流！"

长庚他爹是徐百户——不是亲爹。

两三岁时，长庚随寡母秀娘来到此地投奔亲戚，谁知亲戚早已经举家迁走，奔了个空。正好雁回军官徐百户的原配早亡，无儿无女，看上了秀娘，便娶她回来做了填房。

眼下，徐百户带人出关，收蛮子们的岁贡去了，算起来回城的日子多半就是这两天。

边城清苦，小孩也没什么零嘴，将士们每次归来，都会顺手带些蛮人的奶酪和肉干，沿途撒向路边，每每引得顽童们争相抢夺，这就叫"抢雁食"。既然是"抢"，一帮小崽子肯定免不了打架，只要打不坏，大人就不管，任凭他们自己拉帮结伙。

镇上的小崽子都知道，抢雁食的时候，谁要是能拉到长庚入伙，谁就相当于立于不败之地。

长庚从小习武就一丝不苟——边陲多军户，习武的孩童本不在少数，只不过练功夫得吃苦，多数小孩都是随便混混，练得稀松二五眼，唯有长庚从开始学剑那天起，便每天独自上将军坡练剑，多年来苦练不辍，毅力惊人。

如今，长庚虚岁未满十四，一只手已经能提起六十多斤的重剑，虽然心里有数，从不参与顽童打架斗殴，但那些小崽子就是莫名其妙地有点怕他。

长庚听了没往心里去，笑道："我多大个人了，抢什么雁食？"

葛胖小不依不饶道："我都跟沈先生说好了，沈先生也点头了，这几天放咱们的假。"

长庚背负双手慢悠悠地走着，重剑有一下没一下地敲在小腿上，没理会葛胖小的孩子话——他读不读书，练不练剑，都取决于自己，跟先生放不放假没关系。

葛胖小："再说了，沈先生说他要给十六叔换药，这几天可能得出远门采买草药，也不在家，你又没地方去，就跟我们去吧，整天练剑有什么好玩？"

这句话长庚终于往心里去了，他当下一顿，问道："十六不是刚从长阳关回来，怎么又病了？"

葛胖小："啊……好像吧，他一直也没好过啊。"

"那我瞧瞧他去，"长庚冲两个小跟屁虫挥挥手，"快回家，天都晚了，误了饭点你爹又要揍你。"

葛胖小："哎，大哥，那个……"

长庚没兴趣听他"这个""那个"个没完，男孩子这个岁数，大一岁是一岁，个头和想法都会差很多，长庚已经不太能跟葛胖小他们玩到一起去了。他仗着自己个高腿长，转眼走远了。

小胖子白跑一趟，没请到人，失望地叹了口气，回头瞪了曹娘子一眼："你倒也说句话啊！"

曹娘子脸蛋通红，目光飘忽，方才对葛胖小颐指气使的模样早就荡然无存，少女怀春似的捂着胸口："我长庚大哥走路的模样都比别人好看。"

葛胖小无话好说，决定再也不带这现世宝出来了。

葛胖小所说的"沈先生"与"十六叔"是一对兄弟，跟长庚还颇有渊源。

两年前，长庚还小一点的时候，独自溜出城门玩，不小心迷路，遇上了狼群，险些被叼走，幸好那沈氏兄弟游历到此，用药粉驱走了饿狼，救下了他一条小命。兄弟两人后来在雁回小镇长住了下来，徐百户将自家一个空院子租给了他们，感念他们的救命之恩，不收房租。

这对兄弟中，兄长名叫"沈易"，是个屡试不中的落第书生，虽然年纪不大，但仕途之心已绝，安分守己地在这鸟不拉屎的地方当起了隐士，街坊们都客客气气地叫他"沈先生"。

沈先生除了当隐士，还兼任大夫、书信对联代笔、西席先生与长臂师等数职，他多才多艺，会给人治跌打损伤，还会给母马接生，白天在家里办私塾，教一干少年念书识字，晚上将学生们打发走，便能挽起袖子修理蒸汽火机、钢甲与各色傀儡，补贴家用，隐世隐得不可开交。

沈先生又会赚钱又会顾家，烧火做饭也是一把好手，能干极了，他那兄弟因此无事可做，只好专门负责败家——沈先生的兄弟叫"沈十六"，听说是从小身体不好，家里恐怕养不大，便也没给取大号，因为是正月十六生的，就以"十六"做了名。

十六一天到晚既不读书，也不干活，油瓶子倒了不知道扶，连桶水都没见他挑过，不是闲逛就是喝酒，不学无术，几乎没有一点优点。

除了长得好。

长得真是好，镇上的老寿星亲口鉴定，说活了快九十岁，没见过这么齐整的男人。

可惜再好也没用——沈十六小时候生过一场大病，人烧坏了，眼睛约莫也就能看清近前两尺的东西，离开十步远，连男女都分不出。他还耳背，跟他说句什么都得靠喊，每天从沈家门口过，隔着院墙都能听见那温文尔雅的沈先生疯狗似的冲他咆哮。

总而言之，沈十六是个又聋又瞎的病秧子。

以他的条件，本该是个得天独厚的小白脸，可惜这边陲小镇里除了穷鬼就是穷神，哪怕来个天仙，也没人包养得起。

按照当地风俗，大恩大德无以为报的时候，便会认干亲，有儿孙的儿孙认，没有儿孙的自己认。沈氏兄弟从狼嘴里救下长庚，是救命之恩，长庚理所当然地认两人中的一个为义父。

沈先生读书读坏了脑子，硬是推说不合礼法，固不敢受，反倒是他兄弟十六爷痛快，当场改口叫了声"儿子"。

这样一来，沈十六那大混混便占了个天大的便宜——倘若这游手好闲的病秧子将来穷困潦倒，长庚就得给他养老送终。

长庚轻车熟路地穿过自家院子，从角门往外一拐，就到了沈先生家。沈家一共两条光棍，连只母鸡都没有，自然不用避讳谁，他向来随来随走，门也不敲。

一进院子，一股药味和着一阵气若游丝的埙声便扑面而来。

沈先生正在院里皱着眉熬药，他是个书生模样的青年，穿一袭旧长衫，不老，但总是皱着眉，有一身饱含烟火气的清寒。

埙声则是从屋里传出来的，吹埙人修长的身影被暗淡的灯光打在纸窗上，显然水平不佳，也听不出是个什么调子，时常有那么一两个音吹不响，通篇哑声哑气，带出点奇异的凄凉和倦怠。

若说这是乐声，那可能有点牵强，长庚侧耳品味了一下，感觉如果非要夸一下，那只能说他号丧号得挺婉转。

沈易听见脚步声，冲长庚一笑，随后冲里屋吼道："祖宗，嘴下留情吧，尿都让你吹出来了，长庚来了！"

吹埙的那位充耳不闻，凭他的耳力，可能确实也没听见。

长庚听着，觉得吹埙的人中气还足，不像有病，先放了一半的心，问道："我听葛胖小说先生要给十六换药，他怎么了？"

沈先生看了看药汤成色，没好气道："没怎么，换季而已，四时用药各不同，这病秧子娇贵，难伺候得很——对，你来得正好，他今天不知从哪儿弄来个玩意，还想明天一早给你送过去呢，快去看看。"

长庚便顺手端了熬好的药，进了他那小义父的屋子。

沈十六屋里只点了一盏晦暗的小油灯，豆大的光晕，萤火似的。他正靠窗坐着，大半张脸沉在灯影下，只露出一点端倪来，大概是快歇下了，沈十六并未束冠，披头散发，眼角与耳垂下各长着一颗朱砂小痣，像针扎的，屋里那仅有的一点灯光都被他收来盛在了那对小痣里，近乎灼眼。

灯下看人，能比平常还要添三分颜色。

爱美之心人皆有之，哪怕看惯了，长庚的呼吸依然忍不住一滞，他飞快地眨了一下眼，像是要把那晃眼的朱砂痣眨出眼皮之外，清了清嗓子，抬高声音道："十六，吃药了。"

少年正在变声，跟这半聋说话有点吃力，好在这一回沈十六听见了，那"催人尿下"的埙声戛然而止。

沈十六眯了眯眼，勉强看出是长庚。"你没大没小的叫谁呢？"

他其实也就比长庚年长个七八岁的光景，还没成家，大概对自己烂泥扶不上墙的本性有些认识，做好了娶不起媳妇孤苦伶仃的准备，好不容易撞上这么个不用他养活的便宜儿子，恨不能牢牢地傍上，没事总要将自己"爹"的身份拿出来强调一番。

长庚没理他，小心翼翼地将药碗端到他面前。"趁热喝，不早了，喝完赶紧躺下。"

沈十六把埙放在一边，接过药碗。"白眼狼，给我当儿子不好吗？白对你那么好了。"

他喝药丝毫不为难，显然已经习惯了，一饮而尽，又接过长庚递给他的漱口水喝了两口，摆手不要了。"今天长阳关那边有集，带了个好玩的给你，过来。"

说完，沈十六弯下腰，在书桌上乱七八糟地摸索起来，他看不清，鼻尖都快蹭到桌子上了，长庚只好无奈道："找什么？我来吧。"

过了一会儿，他又忍不住抱怨了一句："我都这么大了，你没事老弄一堆逗小孩的东西给我干什么？"

有那工夫还不如少捣点乱，让我有时间多学点有用的——后面这话在长庚心里转了一圈，临到嘴边时感觉有点伤人，便没说出来。

沈十六作为一个不着四六的浪荡子，自己虚度光阴就算了，还总要拖长庚一起，不是叫他去赶集，就是拽他去骑马，有一次还不知从哪儿捡了一条"小狗崽"给他养——那回沈先生让他吓得脸都绿了，敢情这瞎子狼狗不分，抱回来的是一条小狼崽。

徐百户常年不在家，又为人木讷，虽然对长庚很好，但并不常与继子交流，算起来，长庚十二三岁的这至关重要的两年，好像都是在沈十六这个不靠谱的义父身边度过的。

从一个毛孩子长成玉树临风的少年人，要有多大的定力才能保证自己不被沈十六带歪？

长庚简直不堪回首。

他天生不是跳脱爱玩的性子，凡事有自己的规划，执行起来也十分严苛，不喜欢别人打扰，总被沈十六烦得十分恼火。但恼火通常并不持久，因为沈十六并不只在口头上占他便宜，是真拿他当儿子疼。

有一年长庚生了一场大病，徐百户照例不在家，大夫都说凶险，也是小义父把他抱回家，昼夜不休地守了他三天。十六小义父每次出门，无论多远多近，也无论干什么去，都必会给长庚带些小玩意小零嘴。

长庚不爱小玩意，但不能不爱这份随时记挂着他的心。

总之，长庚每天见着十六，肝火就会异常旺盛，但不见他，又时时牵挂。

长庚有时候也会想，虽然沈十六肩不能挑，手不能提，文不成，武不就，但以后保不齐就有那上当的看上他模样好呢？小义父将来也总会娶妻生子，那么有了亲生的，还会挂念着他这个认来的吗？

想起这码事长庚心里就说不出地堵，他在十六的桌上找到一个方盒子，短暂地甩开一脑门胡思乱想，兴趣缺缺地拿给沈十六："这个？"

沈十六："给你的，打开看看。"

没准是个弹弓，也没准是包奶酪，反正没正经东西——长庚毫无期待地拆开，顺口数落道："手头宽裕也要节省些花，再说我又……"

下一刻，他看清了盒里的东西，顿时闭了嘴，眼睛倏地睁大了两圈。

那盒子里居然有个铁腕扣！

所谓"铁腕扣"，其实是军中轻甲的一部分，只在手腕上围一圈，非常方便，因此也经常被单独拆下来使用。铁腕扣大约四寸宽，里面能藏三四把小刀，刀是用特殊工艺制成的，薄如蝉翼，又叫"袖中丝"。

据说最好的袖中丝被铁腕扣中的机簧打出去的一瞬间，能将几丈以外的发丝一分为二。

长庚惊喜道："这……你从哪儿弄来的？"

沈十六："嘘——别让沈易听见，这可不是玩的，他看见了又要啰唆——会用吗？"

沈先生本人正在院里浇花，他又不耳背，屋里人说话听得一清二楚，实在拿这个以己度人的半聋没办法。

长庚跟着沈易学过如何拆卸钢甲，熟练地戴上了铁腕扣，这才发现此物的特殊之处。

袖中丝制作不易，民间很少，市面上的铁腕扣多半是军中流出来的旧货，当然也是成年男子的尺寸，沈十六带回来的这个却明显要细上一圈，正好适合少年人。

长庚这么一愣神，沈十六就知道他要问什么，慢悠悠地说道："我听那卖家说这是残次品，没别的毛病，就是尺寸做小了一点，一直无人问津，这才便宜卖给了我，我也没用，你拿去玩吧，只是小心点，别伤着人。"

长庚难得喜形于色："多谢……"

十六："谢谁？"

长庚痛快地叫道："义父！"

"有奶就是娘，混账东西。"沈十六笑了起来，搭着长庚的肩膀将他送了出来，"快回家吧，鬼月里不要深更半夜地在外面乱晃。"

长庚听了，才想起来，原来这天正是七月十五。他顺着角门走回自己的家，跨进家门的一瞬间，突然觉得沈十六吹的那段曲有点耳熟，虽然跑调跑得南辕北辙，但仔细回味，依稀有民间哭坟丧葬时《送西》的调子。

"应景的吗？"长庚默默地想着。

沈十六送走长庚，低头找了好半晌，这才勉强看见门槛的轮廓，小心地迈过去关好门。等在院里的沈先生面无表情地伸手托住他的胳膊肘，引着他往屋里走去。

沈先生："最好的玄铁打的铁腕扣，里面三把袖中丝是秋天林大师亲手打的，自大师死后便成了绝版……真是好价值连城的残次品。"

十六不接话。

沈先生："行了，别跟我装聋作哑——你真想把他当儿子养吗？"

"当然是真的，我喜欢这孩子，仁义，"十六终于出声，"那位大概也是这个意思——要是将来真能把这孩子过继给我，那些人也就都放心了，他自己的日子也能好过很多，不也两全吗？"

沈先生沉默了一会儿，低声道："首先你得让他不恨你——你一点也不担心吗？"

沈十六笑了笑，一提长袍下摆推门进屋。继而他混账地说道："恨我的人多了。"

这一宿，夜河流灯，魂归故里。

不到五更天，长庚就一身燥热地醒了过来，后脊黏着一层薄汗，亵裤上也是湿漉漉的。每个少年临到长成时，都会经历这么惊慌失措的一遭——哪怕事先有人引导。可长庚却既没有惊慌，也毫不失措，他的反应不合常理地寡淡，只是在床上呆坐了片刻，就起身随意地收拾了一番，脸上带了一点不易察觉的厌恶。

他出门打了一桶凉水，将骨肉初成的身体从头到脚擦洗一遍，取下枕边叠得整整齐齐的衣服换好，把隔夜的茶一饮而尽，照常开始一天的功课。

长庚不知道别人的第一次是怎么样的，但他其实并没有做什么春梦。

他梦见的是一场能将人冻进棺材的关外大雪。

那天的风像起了白毛一样，无情地汹涌而过，伤口里的血还没有流出来，已经先凝成了冰碴，群狼的怒吼由远及近，失灵的嗅觉却闻不出血的腥味，一吸气就会呛进一口带着咸甜的彻骨寒气，长庚四肢僵硬，肺腑如焚，还以为自己会在大雪地里尸骨无存。

可是没有。

他再次醒过来的时候，发现自己正被一个人用大氅裹在怀里抱着走。他记得那个人襟口雪白，怀里有股悠远清苦的药味，见他醒了，什么也没问，只是掏出个酒壶，给了他一口酒喝。

不知道那是什么酒，后来长庚再没有尝过，当时只觉得关外的烧刀子都没有那样烈，好像一团火，顺着他的喉咙滚下去，一口就点着了他全身的血。

那个人就是十六。

梦太清晰了，梦里十六抱着他的那双手仿佛还贴在身上，长庚至今百思不得其解，那人不是个病秧子吗？在那么可怕的冰天雪地里，怎么会有那么稳、那么有力的一双手呢？

长庚低头看了一眼手腕上的铁腕扣，不知这东西是什么材质制成，贴在身上一宿，居然一点也焐不热。借着冷铁的凉意，长庚静静地等着自己躁动的心和血平静下来，哂笑一下，将"做梦梦见义父"这荒谬的念头甩了出去，然后如往常一样，点灯读书。

忽然，远处传来了一阵"隆隆"声，地面和小屋都跟着震动起来，长庚一愣，这才想起来，算日子，该是北巡的"巨鸢"快回来了。

"巨鸢"是一艘长逾五千尺的大船，这船背生两翼，由成千上万个"火翅"组成，巨鸢起飞的时候，所有火翅一起喷出白气，如山如潮，如泽如梦，每一个火翅内里都烧着碗大的紫流金，在烟波浩渺中闪烁着紫红色的微光，乍看好像万家灯火。

自十四年前北蛮俯首纳贡，每年正月十五，都有十来艘巨鸢从边陲各大重镇出发北巡，各自走一条既定的线路，威慑千里，蛮子们有一点异动也能明察秋毫。除了威慑与巡查，巨鸢还要负责将北蛮各部落的岁贡押送回朝，主要是"紫流金"。

一艘巨鸢满载着近百万斤的紫流金，连回来的脚步声都比去时要沉重几分，隔着二三十里都能听见火翅吹气的巨响。

北巡的巨鸢正月出发，一走就是半年，流火时方才归来。

贰

徐家祖上传下来一点地，徐百户又是军户，日子在当地算是很不错的，家中小有薄产，便养了个老妈子，做些烧饭打扫之类的活。等到天色泛白，徐家老厨娘才慢吞吞地做好早饭，来敲长庚书房的门："少爷，夫人问你去不去她屋里吃。"

长庚正聚精会神地临帖，闻言提笔的动作一顿，习以为常地回道："不了，她爱清净，我就不去打扰了，劳烦您老给我娘说一声，就说儿子问她安。"

老厨娘不意外他的回复，这母子之间每日的一问一答如例行公事，没什么新鲜的。

说来古怪，按道理来讲，徐百户只不过是个后爹，长庚和秀娘才是亲母子，可这对亲母子只有徐百户在家的那几天，才会同桌吃饭，晨昏定省，装出一副慈孝有加的模样来。只要男主人一走，他们立刻就会比陌路还要陌路，谁也不搭理谁，一个院住着，长庚连正门也不走，每天穿角门往隔壁跑，母子俩十天半月也不一定能见一面。

就连年前长庚那场丢了半条命的大病，秀娘也只是漠不关心地来看了一眼，对这独生子是死是活毫不在意，还是十六爷把人抱走了贴身照顾。

老厨娘总怀疑长庚不是秀娘生的，可光看模样，母子两个长得又很像，必有血缘关系。何况如果不是亲生的，秀娘那样一个柔柔弱弱的女人，流落他乡，自身尚且不保，为什么一直带着那孩子呢？

道理上说不通。

老厨娘提来一个食盒，对长庚道："今天老爷大概就要回城了，夫人嘱咐少爷早点回来。"

长庚明白她是什么意思，徐百户回来，他们又要装母慈子孝了，便点头应了一声："知道了。"

他的目光落在食盒上，忽然，长庚看见食盒的手柄上沾了一根长发，本来伸出去的手立刻便缩了回去。老厨娘的头发已经白了，这乌黑柔软的长发自然不会是她的，徐百户还没回来，家里连主带仆，统共三个活人，不是厨娘的，那自然就是秀娘的。

长庚有种奇怪的洁癖——只嫌亲娘。

在隔壁，让他就着他义父用过的碗吃剩饭都行，但一回家，只要秀娘碰过的东西，他一口也不会碰。老厨娘知道他这怪脾气，忙小心翼翼地取下那根头发，赔着笑脸道："这是夫人不小心掉在上面的，这点心出了锅就没人动过，放心。"

长庚十分有礼地冲她笑了一下。"没事，我今天正好有些问题要请教沈先生，一会儿去义父那边吃。"

他到底没接那食盒，径自将桌上的书本抓起来夹在胳膊下，提起挂在后门的重剑出了门。

隔壁，沈先生正挽着袖子，在院子里忙活着给几副拆开的钢甲上油。

钢甲是守城官兵送来的，雁回的官兵也有自己专门维护军用钢甲的长臂师，只是军中甲胄太多，总忙不过来，便也会找民间长臂师接点散活。长臂师就是那些维修钢甲、火机，整日里跟那些铁家伙打交道的人，算是手艺人，不过在老百姓看来，长臂师和打狗、修脚、剃头的差不多，都属于"下九流"，纵然干这一行不愁吃喝，却也不甚光彩。沈先生一介读书人，不知怎么有这种奇特的爱好，不光没事自己喜欢摆弄，还时常有辱斯文地用这门手艺赚点小钱。

而那不小心入了少年梦的沈十六正无所事事地伸着两条长腿，坐在门槛上，浑身没骨头似的靠着门框，旁边放着个空药碗——他喝完也不知道刷干净。

十六伸了个懒腰，半死不活地冲长庚招招手，赖赖叽叽地吩咐道："儿子，去把酒壶给我拿过来。"

沈先生满手火机油，汗流浃背地对长庚道："别搭理他，吃过了吗？"

长庚："还没。"

沈先生便转头冲十六咆哮道："一早起来就在那儿赌等着吃！不能干点活吗？去淘点米，煮几碗粥来！"

沈十六一偏头，聋得恰到好处，慢吞吞地道："啊？什么？"

"我来吧，"长庚习以为常，"放什么米？"

这回十六爷听见了，他长眉一扬，对沈先生道："少支使孩子，你自己怎么不去？"

沈先生这斯文人天天被他那浑蛋败家弟弟气得一脸三昧真火："不是说好了轮流吗？男子汉大丈夫，你听不见就算了，说话还老不算话是怎么回事！"

沈十六故技重演，又"听不见"了，问道："他自己在那儿吠什么呢？"

长庚："……"

其实当个聋子也怪方便的。

"他说……"长庚一低头，正撞上了十六戏谑的目光，一瞬间头天晚上的梦境闪回到眼前，他突然发现自己原来没有那么无动于衷，长庚的喉咙突然有点干，忙用力定了定神，面无表情道，"您老人家还是坐着吧，别一大早就费心耍赖了。"

沈十六这天还没来得及喝醉，仅有的良心总算没被泡成酒糟，他笑眯眯地拉住长庚的手，借力站了起来，亲昵地拍拍少年的后脑勺，磕磕绊绊地走进厨房，竟然真准备干活——十六爷百年难得一遇能干点人事，稀世罕见，堪比铁树开花。

长庚忙跟了进去，只见他义父大摇大摆地随手抓了几把米，一股脑地扔进了锅里，然后稀里哗啦地舀水淘米，弄得水花四溅，接着，他纡尊降贵地伸出两根手指，在水里随意一搅，拿出来抖了抖水珠，宣布道："洗完一半了，沈易，过来轮流吧。"

沈先生："……"

沈十六一伸手从灶台上拎走了酒壶，仰头灌了一口，行云流水，精准无误……有时候长庚怀疑，他连所谓的"瞎"也是装的。

沈先生可能是服了，不再做无谓的挣扎，骂骂咧咧地用皂角洗干净手，跑进厨房，蒸上糕点，开始收拾十六扔下的烂摊子。长庚便将自己一早临的帖拿出来，一张一张地给沈先生看，沈易看完点评完，长庚就将那页纸塞进灶台里，帮着生火。

"字写得挺长进，最近下了不少功夫，"沈先生道，"你临的是安定侯顾昀的长亭帖？"

长庚："嗯。"

旁边游手好闲的十六闻言，蓦地扭过头来，脸上闪过异色。

沈先生没抬头，道："安定侯十五领兵，一战成名，十七挂帅，奉命西征，西征途经西凉城外，见古人遗迹，有感于前朝风物依旧，而江山百年，便提笔手书了一篇《长亭赋》，本来是写过就算，不料被身边的马屁精们偷偷留下，刻在了石碑上——要说起来，顾昀的字是当代鸿儒陌森先生一手调教出来的，确有可取之处，只是写长亭帖的时候，他年纪尚幼，又是少年得志，未免有些不知天高地厚，不到火候。你既然练字，放着那么多古帖不临，为什么要临今人的帖子？"

长庚将临满了字的纸卷了卷，毫不吝惜地塞进了灶台里。"我听人讲过，玄鹰、玄甲、玄骑三大玄铁营，在老侯爷手中荡平了北蛮十八部落，后来传到小侯爷麾下，又使西域悍匪俯首——我也不是特别喜欢他的字，就是想知道，握着三大玄铁营的那只手留下的手书是个什么样的。"

沈先生手里的勺子无意识地在锅里搅着，目光却似乎已经飘远了，好一会儿，才缓缓地说道："安定侯姓顾名昀，字子熹，是先帝长公主与老安定侯的独子，自幼父母早逝，被今上所怜，养在宫里，又特赐袭爵，本是个天生的富贵闲人，却非要去西域吃沙子，英雄不英雄的，我是不知道，恐怕脑子不太好。"

沈先生一身洗得发白的旧长衫，衣角上还沾着钢甲的油污，脖子上挂着一块倒霉的围裙——这两兄弟一起凑合着过，家里也没个女人，一个比一个不像话，那围裙不晓得是不是拿回来就没洗过，早看不见底色了，裹在身上不伦不类。

唯有那张脸轮廓分明。

沈易鼻梁高挺，不说笑的时候，侧脸近乎是森然冷淡的，他眼皮微微一颤，忽然出声道："自老侯爷去后，玄铁营功高震主，为上所忌，加上朝中佞臣媚上者横行……"

一直没吭声的十六忽然开口打断他："沈易。"

灶边的两人一起望向他，十六正盯着门框上一个小小的蛛网。十六喝酒不上脸，脸色越喝越白，一点情绪都收进了眼睛里，看不分明。

他低声道："别胡说八道。"

沈氏兄弟平时非常没大没小，做兄弟的不敬兄长，兄长也把兄弟宠得没有人样，天天从早吵到晚，可感情是很好的。

长庚从未听见十六用这种生硬的口气说过话。

他生性敏感，不明就里，一时皱起眉。

沈易牙关绷紧了一下，意识到长庚在观察他，勉强收敛住情绪，笑道："算我失言——不过诽谤朝廷难道不是茶余饭后的下酒菜吗？我不过随便说说。"

长庚察觉到气氛尴尬，便机灵地岔开了话题，问道："那从北伐到西征中间的十年里，玄铁营归谁管？"

"没人管，"沈易道，"北伐之后，玄铁营一度沉寂，走的走，死的死，还在军中的老人也大多心灰意冷，十几年过去，当年的精兵早就换了一代，多年装备未曾更换，也都老化得不成样子，直到几年前西域叛乱，朝廷没了办法，才让安定侯临危受命，重启玄铁营——与其说是顾帅接管了玄铁营，还不如说是他在西域重新磨出了一支劲旅，你若有机会，倒是可以学学他现在的字。"

长庚一愣："难道沈先生看见过安定侯后来写的字？"

沈易笑道："虽然罕见，但坊间也偶尔流出来一两幅，都自称是真迹，反正是真是假我也看不出。"

他一边说，一边吹着白气，端饭菜上桌，长庚很有眼色地上前帮忙，当他端着粥与沈十六擦肩而过的时候，却被那病秧子伸手抓住了肩膀。

长庚比普通少年长得早，在同龄人中身材高大，纵然骨肉未丰，个头却已经快要赶上他那小义父了，这么微微一抬头，就看进了十六的眼里。十六其实长了一双很典型的桃花眼，只有他眼神涣散地四处乱飘时才看得出，因为当他目光凝聚起来，那双瞳孔里就仿佛有一对云雾轻笼的深渊，叫人看不清，黑沉沉的。

长庚心里又是一悸，他放低了声音，刻意叫了自己平时不大常用的称呼："义父，怎么了？"

十六漫不经心地说道："小孩子家家的，不要老想着当英雄，英雄有什么好下场吗？你只要一辈子吃饱穿暖，睡醒不愁，那就是最好的日子了，哪怕拮据闲散些，也没什么关系。"

十六装聋作哑的时候多，难得说几句人话，却开口便泼长庚的冷水。他一个半聋半瞎的残废，自然是胸无大志，锐气全无。可是这种得过且过的丧气话，少年人如何听得进去呢？

长庚心里有点不舒服，因为感觉好像被他看低了，没好气地想着：都和你一样混日子，将来谁养家糊口？谁照顾你吃饭穿衣？真是站着说话不腰疼。

他避开十六的手，敷衍地说道："别乱动，小心热粥烫着你。"

沈家不讲究"食不言，寝不语"，一边吃着饭，沈先生一边给长庚讲了一课《大学》，讲着讲着就没了重点，穿插到了"冬天如何保养钢甲"的事，他本身就是个杂家，想起什么说什么，有一次不知怎的，还兴致勃勃地给长庚讲过如何防治马瘟，连十六爷这聋子都听不下去了，强行让他住了嘴。

吃完讲完，沈先生意犹未尽地收拾起盘碗，对长庚说道："今天我得把这几尊重甲收拾完，他们老不保养，有的关节都锈住了。下午我可能得出门一趟采点草药，葛胖小他们都请假玩去了，你打算怎么样呢？"

长庚："那我去将军坡练……"

"剑"字还没出口，一回头，沈十六已经把他的铁剑挂在了墙上，宣布道："儿子，走，巨鸢可能要进城了，咱们去凑热闹。"

长庚无力："义父，刚才我跟沈先生说……"

沈十六："什么？你大点声。"

好，又来了。

巨鸢来了又走，年年都一个样，长庚想不出有什么新鲜好看，可还没等他提出抗议，十六已经不由分说地拉起了他，半拖半拽地推着他往外走去。暮夏暑气未消，人身上的衣服都薄，十六整个人都贴在了长庚后背上，怀中若隐若现的药香倏地笼罩住了长庚，和他梦见的一样。

长庚莫名其妙不自在起来，不着痕迹地低头避开他那小义父，捂住鼻子，扭过头去，佯作打了个喷嚏。十六笑眯眯地调侃道："有人想你，是老王家那个圆脸的小姑娘吗？"

长庚终于忍不住冲他摆了脸色，生硬地说道："义父跟做晚辈的开这种玩笑合适吗？"

沈十六才不往心里去，嬉皮笑脸地说："不合适啊？哦，我以前也没给人当过爹，不知道分寸，下次一定注意。"

谁要是跟沈十六较真，准能让他把肝气炸了。长庚甩开那混混又要搭他肩膀的手，率先往外走去。

沈先生在后面叮嘱道："十六，你早点回来，把柴劈了！"

沈十六脚下抹油，臭不要脸地道："听不见，回见！"

长庚被他推着一路小跑，问道："你到底都什么时候聋？"

沈十六但笑不语，一脸高深莫测。

这时，两人刚好经过长庚家的正门，门扉忽然"吱呀"一声打开了。

一个素色长裙的女人走了出来，长庚见了那女人，一脸混杂着无奈与恼火的烦躁瞬时便凝固了。他好像被一瓢凉水从头浇到了尾，方才还压着火气的眼神顿时空洞起来，连火气带活气一起悄无声息了。

女人正是秀娘，长庚名义上的娘。

她年纪已经不小了，美貌却半分不损，站在晨曦中，就像一幅娴静幽然的美人稿。这样的女人，哪怕是个寡妇，也实在不该委屈嫁给边陲小镇中一个小小的百户。

秀娘颔首敛衽，盈盈下拜，对沈十六福了一福，寒暄道："十六爷。"

沈十六只对沈易耍流氓，一碰到女人，他顿时摇身一变，成了个翩翩君子。他微微侧身，不去直视秀娘的脸，彬彬有礼地打了招呼："徐夫人，我带长庚出去散散心。"

"有劳费心。"秀娘笑不露齿地弯了弯嘴角，继而转向长庚，轻声细语地叮嘱道，"今日你父亲回来，你若是出门，记得替娘带一盒胭脂回来。"

她说话声音轻得像蚊子，呵一口气都能吹跑，可长庚还没来得及答话，沈聋子已经先一口应下："唉，夫人放心。"

长庚："……"

此时，他才大概摸到了一点义父聋的规律——沈易跟他说的话，他一概听不见，其他人跟他说的话，视爱听不爱听，选择性地听不见，至于那些大姑娘小媳妇，哪怕是只母蚊子嗡嗡一声，他都能听得一字不漏。

好吃懒做就算了，还是个色坯！"金玉其表，败絮其中"简直是为他量身定做的！

巨鸢归来时，城门口聚集着等着抢雁食的小孩子和附近十里八村跑来看热闹的，人一多，就有脑子活泛的出来兜售吃食，慢慢在当地形成了一个规模不小的集市，当地人叫"雁子集"。

沈十六从来不会看人脸色——看得见也装看不见。他仿佛一点也没察觉到干儿子阴霾的心情，兴致勃勃地在人山人海的雁子集上转来转去，看见什么都很有兴趣。

长庚顶着一脑门官司，却还得寸步不离地跟着他，时刻留神他不要被人挤丢了。

这些年世道不好，老百姓都穷，集市上买卖的大部分都是农家自产的小东西，吃没好吃，喝没好喝，无聊得要死。都说日子不好过是打仗的缘故，税赋一年比一年重。可其实过去也打，打完一场，总还能休养生息一阵，这些年却也不知是怎么回事，人们仿佛总是不得喘息。

算来，不过区区二十年光景，大梁先是北伐，再是西征，天朝大国，四方来朝，那是何等威仪？

偏偏老百姓越来越穷了，也真是奇了怪了。

长庚转得百无聊赖，直想打哈欠，只盼着沈十六这个看见什么都好奇的乡巴佬早点尽兴，早点放他回去，他宁可去给沈先生打下手。

沈十六买了一包烤得乌漆墨黑的粗盐豆子，边走边用手捏着吃，脑后生眼一样，伸出一只手，准确地将一颗盐豆子塞进长庚嘴里。长庚猝不及防，不小心舔到了他的手指，慌乱中一口咬在自己嘴里的软肉上，顿时咬出了血，疼得“咝”了一声，愤怒地瞪着沈十六这大祸害。

“花有重开日，人无再少年。”沈十六没有回头，拈起一颗豆子，将它举起来，对准太阳的方向，他那双手长得真是好，修长白皙，像一双世家公子的手，本该持卷或是拈棋，与沾着黑灰的烤豆格格不入。

沈十六老气横秋地说道：“等你长大了就知道了，一个人的少年时光只有豆这么大的一点，眨眼就没，一辈子也回不去了，到时候你就明白自己虚度多少光阴了。”

长庚真是无论如何也想不通，沈十六怎么能有脸说别人“虚度光阴”。

就在这时，城门附近的人们突然爆发出一片欢呼。

即使是半瞎，也能看见远处天边压下来的巨鸢，它回来了！

无数火翅向天，所有的白气一齐爆发出云山千重，蒸汽如九重凌霄落下的一团棉絮。而后，一艘巨大的船影影绰绰地从烟波浩渺中露出了个头，船头的八条大蛟栩栩如生地盘踞在侧，睥睨无双地拨云而来。

沈十六先是一愣，忽然侧耳，耳垂上的朱砂痣上似乎有红光一闪，他皱了皱眉，低声道："这船今年怎么这么轻？"

可是周遭充斥着巨鸢震耳欲聋的"隆隆"声和人群喧闹的叫喊，他这一声恍如叹息的低语很快消失无踪，连紧随他身边的长庚也没听见。

孩子们开始捧着自己的小竹篮，你推我搡地抢位置，等着接雁食。城楼上一群官兵列队小跑出来，传令兵在三丈高的铜吼后站定待命。

铜吼像个倒伏的大喇叭，横陈在城墙上，外围生了一圈碧绿的铜锈，锈得错落有致，好像雕花。那传令兵深吸一口气，对准铜吼一端，开了长腔，声音从巨大的铜吼里传出来，被放大了数十倍，洪钟似的回荡不休。

"雁归，开——暗——河——"

两排官兵应声握住城楼上巨大的木轮把手，同时大喝一声，他们一个个赤裸着上身，筋骨毕露，一齐发力，大木轮子"嘎吱嘎吱"地转了下来，城楼下一条青石板的大道应声一分为二，无数环环相扣的齿轮扭动起来，两侧的石砖兵分两路，相背而行。

大地裂开了，露出地下一条幽深的暗河，贯穿了整个雁回小镇。

传令兵吹响了低哑悠长的号，自铜吼传出，穿透一切地低回而去。巨鸢上也回了一声长号，接着，无数个火翅同时发力，周围云山雾罩的蒸汽疯狂地涌动起来——它要准备降落了。

第一把雁食天女散花似的飞落而下，底下的小崽子都疯了，纷纷伸出手去抢。

可惜撒雁食的路段并不长，很快，巨鸢便沉到了暗河中，稳稳地停在了水面，落在了人们的眼前。船身森严，冷铁的微光中泛着说不出的杀伐气，船上传来的号声莫名悲壮，经久不息地回荡，整个雁回镇都被那"呜呜"的声音共振着，像是沙场中千年的亡魂齐齐醒来，应和而歌。

巨鸢缓缓地顺着暗河驶入城中，水声哗然，传令兵又是一声长腔。

"灭——灯——"

巨鸢两翼的火翅应声而熄，空中传来一股爆竹炸后微焦的味道，巨鸢顺水前行，周身的蛟龙仿佛凝滞在时光中的某种图腾，带着妖邪的神性。

长庚在人群摩肩接踵中注视着巨鸢由远及近，纵然他嘴上说不想来，也确实看过很多次巨鸢回航，却依然在直面它的时候，为那巨物的身形所震撼。

北巡的巨鸢尚且如此，那国之利器的玄铁三大营，又会是什么样的风采呢？

少年被困在雁回小镇这偏远狭隘的一隅，简直连想都想不出。

随着巨鸢逼近，熄灭的火翅余温扑面而来，长庚下意识地去抓身边的人，叮嘱道："巨鸢来了，这边人太多，我们退开一点。"

没人应声，他一把抓了个空，长庚一回头，发现他那闹心的义父不知什么时候已经不见了。

叁

长庚艰难地踮起脚，从人群上方望过去，喊了一嗓子："十六！"

没人答应，追着巨鸢的人群开始大规模地拥过来，有欢呼的，有叫"来了"的，还有愤怒地嚷嚷"别挤了"的。

长庚被人撞了好几下，撞得火更大了，七窍生烟地吼道："义父！"

人潮沿着暗河奔流不息，长庚一边找人，一边艰难地逆流站定，很快被摩肩接踵的人挤出了一脑门汗，方才被巨鸢震撼的那点心情已经荡然无存，摊上这么个义父，他真是不知道要少活多少年。

长庚心里愤愤地想道：沈十六就是吃饱了撑的，这么热的天，干什么不好，非得跑出来看人！

就在这时，不远处有人尖锐地吼了一嗓子："别挤了，有人掉下去了！"

长庚不由自主地往尖叫传来的方向看了一眼，只见河边的人群已经混乱了起来。

"我的娘啊，这怎么真掉下去了！"

"去那边找值班的军爷！"

"让一让！让一让！出不去啊这也……"

长庚刚想给拼命往外挤的人腾出路来，就隐约听见有人说了一句："十六爷，小心点！"

长庚一激灵，怀疑自己是神经太紧绷了，忙上前一步，伸手抓住一个从河边挤出来的人问："谁掉下去了？不会是沈十六吧？"

那人也不知道听没听清楚长庚问了什么，胡乱一点头："好像是——先让我出去。"

长庚脑子里嗡的一声，在被巨鸢烤得滚烫的热浪中，他后背不合时宜地起了一层冷汗，当下深吸一口气，脚不沾地地逆着人流挤进河边，跟跄了几步方才扒着栏杆站稳。他惶急地探头往下看，果然看见一个人在水里艰难地扑腾。

那地下暗河水面离地有六七丈高，一眼看不到底，冒着一股幽深的寒意，大片的白浪削过，河里的人飘萍似的无处着力，连一点动静都听不见，根本看不清是谁。

长庚一把扒下自己的外衣，叫道："让一让，麻烦让一让！"

旁边有人叫道："可不能直接下去，快给那少年拿条绳子来！"

也不知是谁手忙脚乱地往长庚手里塞了一条绳子，长庚一把接住，抬头看了一眼已经近在咫尺的巨鸢，依然毫不犹豫地跳了下去。

"拉紧了！快点快点，巨鸢来了人会被冲走的！"

暗河被马上要滑过来的巨鸢拱出了一排一人多高的浪，长庚才刚一下水，就被当胸撞得憋回了一口气。他先呛了一口水，险些被卷走，连忙拽紧岸上垂下来的麻绳，用力抹了一把脸。

水声与巨鸢减速的巨响在耳畔轰鸣，长庚整个视线都被白浪充斥，他隐约听见岸上有人喊："别放绳子了！巨鸢来了，快把那少年拉上来，来不及了！"

长庚："再等等！"

可是水中杂音大得他连自己的喊声都听不清。他只好一边拼命地冲岸上人挥手，示意他们不要拉绳子，一边奋力往浪涛最烈的地方游去。混乱中有人一把拽住了他那只四处摸索的手，长庚来不及多想，一回手死死地攥住那人手腕，把人拉进怀里，还没等他看清是谁，巨鸢已经"隆隆"地碾压了过来。

岸上人不敢再耽搁，粗砺的绳子狠狠地绷住了长庚的腰，大力袭来，长庚周身一重，被岸上的几个汉子合力给硬拽出了水面。一出水面，他才感觉出手里分量不对，长庚快速将眼睫周围的一圈水珠眨掉，霍然发现他拽住的压根儿不是沈十六，而是个十一二岁的小孩——正是那假丫头曹娘子。

这时，巨鸢上一声漫长的号声长刀似的穿入他双耳，长庚耳朵里嗡嗡作响，来不及多想，他大喝一声，先将半死不活的曹娘子托了上去。

岸上的人大呼小叫着将两个少年依次拉上去，可还是慢了，长庚双脚尚在河岸之外，巨鸢已经马不停蹄地飞掠而过，一个火翅眼看要扫到他裸露的小腿上，火翅未至，灼热的厉风已经先卷了过来，刮得人皮肉生疼。

"火翅不能碰！"

"小心！"

一双苍白的手突然伸出来，穿过所有的尖叫，一把拽住长庚的双臂，将他整个人凌空抢了起来，周围一圈人集体惊呼着弯腰，长庚感觉自己险些直接飞出去，随即他掉到了一个人的怀里。他忍不住深吸一口气，一股药香瞬间钻进鼻子，长庚猛一抬头，鼻尖险些擦过沈十六刀削似的下巴。

沈十六面沉似水："我不过一眼没看见，你闯祸还闯出圈了！"

长庚被他抢了词，一时间说不出话来。

沈十六怒道："岸上那么多官兵，用得着你个毛孩子出头救人吗？"

长庚："……"

长庚悬在嗓子眼的心狠狠地摔回原处，停在胸口的血开闸泄洪似的向麻木的四肢奔涌而去，至此，第一口气才一股脑地吐出来，憋得他五脏六腑翻了个底朝天，两条腿软得险些站不住。

曹娘子已经被人抬到了一边，呛咳着悠悠转醒，沈十六见那孩子没什么大碍，便拎着长庚从人群里钻了出去，他眉头紧锁，拽得长庚跟跟跄跄，边走边数落："火翅的温度还没降下去，万一被它碰一下，能扫掉你半条腿，你下半辈子打算当个瘸子吗？不知轻重的小崽子……"

长庚哆嗦着回过神来，还没怎样，先听了沈半聋一通"恶人先告状"，满腔怒火一下子沸腾起来。他梗着脖子吼道："我还以为掉下去的是你！"

沈十六一条入鬓的多情眉挑了起来："少找借口，我这么大一个人，怎么会无缘无故地掉河里？"

长庚："……"

他一颗关心则乱的心完全被当成了驴肝肺，热气从脖子一直涌到了耳根，红了一片，一时间说不清是羞是怒，反正是一肚子的妖火，凡水已经无可奈何了。

"好了，别在这儿吵，"沈十六伸手摸了摸长庚湿透的长发，将自己的外袍解下来裹在长庚身上，"这里太乱了，今天我先不跟你计较，赶紧回家换件衣服，留神着凉。"

他倒是还蛮大度的！

长庚怒气冲冲地甩开十六的手，动作一大，手掌不知碰到了袖子里什么硬物，撞得手骨生疼。

沈十六道："哦，那是我方才买的胭脂，记得带回去给你娘……哎，长庚，你干什么去？"

长庚不待他说完，便一言不发地甩下他跑了。

长庚其实知道自己是无理取闹，他纯粹是先入为主，只听了一耳朵，根本没看清掉下去的是谁，就先慌慌张张地下水了，怪不得义父数落。可他一想到自己心急如焚的时候，那色坯居然在旁边挑胭脂，就气得心口发疼，无论如何都压不下这口火。

沈十六莫名其妙地被长庚甩在原地，尴尬地摸了摸鼻子，不能理解，只好归咎于男孩都有这么个喜怒无常的年纪。头一次当爹的十六爷有一点苦恼，心道：早知道就把那铁腕扣留一天再给他了，这下真急了，怎么哄？

他背着手不远不近地站在暗河边，巨鸢已经轰鸣着从他身边过去了，尾部的灯忽明忽暗，身后的暗河缓缓合拢，沈十六只苦恼了片刻，便开始盯着那尾灯的方向看，眼神却并不像平时往远处望时那样涣散，眉头一点一点地皱了起来。接着，十六身形一晃，游鱼似的消失在人群里，他脚下悄无声息，身形迅疾无比，一点也看不出是个半瞎。

长庚闷头回了家，热风吹过他身上冰冷的河水，吹得他冷静了些许，眉目间郁郁丛生的火气渐渐消散。他那一双眼长得像极了秀娘，刚刚展开的面部轮廓十分深邃，有一点不像中原人……不过也不太像外族人，总之是一种很特殊的英俊。

长庚前脚刚踏进家门，便见老厨娘正踮着一双小脚往外张望，老厨娘见他一身狼狈，先是吃了一惊："哎哟，怎么弄成这样？"

"没什么，"长庚有气无力地说道，"有人掉河里了，顺手拉了一把，弄一身水。"

老厨娘迈着小碎步跟在他身后，絮絮叨叨地说道："夫人说先不摆饭，我看她是要等百户老爷呢——对了，夫人让少爷回来了就去她房里一趟，说是有点母子间的私房话说。"

长庚脚步一顿，肩膀不由自主地紧绷了起来，然后他面无表情地点点头，先回房换了身干爽衣服，一边生闷气，一边把沈十六的外袍仔细叠好收起来，这才拿起袖中的胭脂盒，往秀娘房中去了。

老厨娘对长庚他们诡异的母子关系好奇得要命，不敢明着打探，只好跟着探头探脑。长庚在秀娘门前一丝不苟地整理了自己的衣冠，隆重得跟要见客似的，将自己收拾得规矩整齐，这才敲了秀娘的门，低眉敛目："娘。"

屋里传来女人冷冷清清的声音："进来吧。"

长庚伸手推开门，进屋以后回头看了一眼，偷看的老厨娘与他目光一对，吓了一跳，忙别开眼，再探头望过去，门已经关上了，再看不出一点端倪。

秀娘房里很暗，一侧向阳的窗户被她挂上了帘子。她仿佛见不得光，独自坐在幽暗的角落里，对着一面梳妆镜。

长庚看见她的背影，见她不知是吃错了什么药，身上穿了件鹅黄的襦裙，梳的也是未嫁少女的头。岁月待她深情厚谊，加上屋里光线晦暗，轻而易举地掩住了她眼角一点细碎的皱纹，她看起来还真就像个二八年华的少女。

长庚张了张嘴，刚要叫她，秀娘却率先开口道："没有别人，不要叫我娘——胭脂买回来了吗？"

长庚听了，一言不发地把第二声"娘"吞了回去，让五脏六腑消化了一个稀巴烂，然后走过，把被他手心焐热的胭脂盒轻轻地丢在秀娘梳妆台上。

"这盒的颜色好看，鲜亮。"秀娘终于露出了一个吝啬的微笑，她用指尖拈了一点胭脂，抹在苍白的嘴唇上，兴致勃勃地打量着镜子里的自己，问道，"好看吗？"

长庚神色冷淡地站在一边，没吭声，心里暗暗稀罕，不知道闲来无事，秀娘将他叫来做什么。他这么想着的时候，一边的眼皮突然毫无预兆地跳了两下，长庚心里一突，冥冥中好像心生某种不祥的预感。

就在这时，秀娘开了口："以后在外人面前也可以不要再叫我娘了，咱们母子俩的缘分哪，今天算是到头了。"

她说着，扬起盛装打扮后容光焕发的脸，伸出一双削葱似的手，好像打算给长庚整一整衣领。长庚蓦地往后一闪避开："什么意思？"

秀娘一笑，不以为意地缩回手。她的嘴唇上抹着沈十六买的胭脂，苍白端庄的脸上凭空多了一抹艳色，就像一朵吸饱了鲜血的花。

"我知道你心里一直疑惑，今天咱们正好有机会，不如把话说清楚了吧——你确实不是我亲生的，"秀娘道，"这样说，你心里好受些吗？"

长庚的眼角轻轻地抽动了一下，他毕竟年轻，还没有能喜怒不形于色的城府。

这世上，再好的朋友，再亲的师长，也没有人能代替一个母亲，哪怕是父亲都不能——长庚并不是不渴望母亲的，只是有时候，倘若明知可望而不可即，还不肯认命，那就太苦了，自己都会觉得自己可怜。长庚心里无数次地想过，他绝对不可能是秀娘亲生的，如今得到了这么个并不意外的答案，心里一时空落落的，说不出是什么感受。

长庚心里不祥的预感渐渐浓重起来，戒备地问道："突然和我说这些干什么？"

秀娘对着镜子，端详起自己的容颜。可能是粉上多了，她脸色有些苍白，于是小心地挖出一点胭脂，细细地在自己脸颊上抹匀。

"'长庚'是我给你起的小名，"秀娘道，"他们中原人说'东有启明，西有长庚'，黄昏的时候才出来，主杀伐，不祥。你身体里流着世界上最高贵和最污浊的血，天生就是个可怕的怪物，和这名字再般配也没有了。"

长庚冷冷地回道："我不是你流落山西时，被山匪捉去强暴而生的吗？十个手指头都数不完我有几个爹——妓女和强盗的儿子，高贵在什么地方？"

秀娘整个人僵了一下，没有回头，胭脂也掩不住她脸上的苍白了，她那双仿佛会说话的眼睛里倏忽一下闪过一点痛楚的神色，然而很快平息，化入一片疯狂的平静里。

长庚最初的记忆就是在一个山头匪窝里，秀娘总是把他锁在一个散发着霉味的柜橱里，透过烂木头的缝隙，幼小的长庚总能看见那些醉醺醺闯进来的山匪。那些粗蛮的汉子要么动手打她，要么当着小长庚的面与她行交媾之事。

刚开始，山匪们对秀娘看管很严，慢慢地，见她柔弱可欺，不知反抗，也就放松了，后来甚至放她出来，让她和山寨里的仆妇一样服侍他们吃喝。

秀娘在水井和几百坛酒里下满了毒，天都不知道她哪儿来那么多毒。

那天，她用小碗盛了一碗有毒的井水给长庚喝，然而等他真的喝下去，她又好像后悔了，死命地抠他的喉咙让他吐。

秀娘把半死的长庚装进小竹篓里背着，手里拎着一把钢刀，看见有没断气的，就上前补一刀。长庚记得，她穿着一身鲜血染就的红裙，将火油和匪首私藏的紫流金泼得漫山遍野，把整个山头付之一炬，带着自己离开了。

在他十余年的短暂生命中，秀娘无数次想杀他，给他灌过毒酒，用刀子捅过他，将他绑在马上拖行，甚至无数次午夜梦回，她情绪突然失控，还企图用被子闷死过他……可每次又都悬崖勒马地留了他一条小命。

也留了他一线不切实际的幻想。

长庚尽可能波澜不惊地对秀娘说道："你想多了，我从来也没把你当成过亲娘，只是我一直觉得你之所以恨我，是因为我是匪窝留给你的脏污。"

秀娘木然地对镜而坐，脸色越来越白，良久，她忽然叹道："孩子，我对不起你。"

这话出口的一瞬间，长庚心里万千的戒备和怨恨就险些分崩离析，他才知道，原来从小到大那么多的委屈，是这一句话就能轻易化解的。可是这十四岁的少年用尽全身力气忍住了眼泪，疲惫地问："你现在和我说这些是打算怎样呢？良心发现，要解了我身上的毒，还是干脆杀了我？"

秀娘用一种奇异的目光看着他，好像那少年是一件什么名贵的器物："你知道……"

长庚："我当然知道，从我在雁回小镇落脚那天开始，我没有一夜不做噩梦，哪怕白天打个盹，也会从梦魇里惊醒。"

只除了头天晚上——长庚的思绪一瞬间散乱出去，忽然后悔起和十六怄气这件事。

长庚："我自认长到这么大没什么建树，但也没做过几件亏心事，哪儿有那么多三更鬼来敲我的门？难道世上还有夜夜噩梦的怪病吗？"

秀娘鲜红的嘴角泛起诡异的笑，目光缓缓地落在长庚手腕上露出的铁腕扣上，她的眼睛里有一种尖锐的光芒，像是一对藏了乌头的毒箭："你还知道些什么？"

长庚下意识地将铁腕扣缩回袖子里，只觉得那东西被她看一眼都是玷污。

"我还知道两年前在关外，追杀我的那群狼不是自己跑来的，是被人召来的——你是在警告我，我跑不了，你有的是办法杀我，对不对？"长庚静静地说道，"只有蛮族人才知道怎么操纵那些畜生，你到了雁回镇之后，一直和那些蛮族人有联系——我猜你也是蛮族的女人，小时候我被你锁在柜子里，看见有个男人走进来撕开你的衣服，你胸口上有一个狼头。"

秀娘低低地笑了起来："蛮族，你竟叫我们为蛮族……"

她越笑声音越大，到最后几乎上气不接下气。突然，秀娘尖锐的笑声戛然而止，她捂住胸口，剧烈地咳嗽起来，长庚本能地抬了抬手，似乎想要扶她一把，而后又自己反应过来，抽搐似的将手缩了回去，掐住了手指的关节。

一丝细细的血迹从秀娘指缝间流出来，落在鹅黄的裙裾上，带着触目惊心的紫黑色。长庚吃了一惊，到底上前一步："你……"

秀娘扒住他的胳膊，拼命借力直起腰身，抖得像一片寒风里的枯叶，她急喘了几口气，从妆奁盒底下摸出半块并蒂鸳鸯玉佩，带着满手的血迹一起塞进了长庚手里。她的脸雪白，染了血的嘴唇比胭脂还要刺眼，一双充血的眼睛死死地盯着长庚道："我不叫什么秀娘，那是你们中原女人的名字，我叫胡格尔，意思是大地之心的紫流金……"

她被自己的话呛住，又一阵撕心裂肺的咳嗽后喷出了一口血，染红了长庚的前襟。

"不……祥的紫流金。"女人带着一股奇异的哭腔，她的呼吸一下比一下急促，胸口好像一台破风箱，"我的姐姐是长生天的神女，狼神也要跪地膜拜，你……

　　"你是我一手养大的小怪物，"她气若游丝地笑起来，"没有人爱你，没有人真心待你……"

　　她挣扎着掐住了长庚的手腕，尖锐的指甲刺入他的肉里，一把扣住了少年手上的铁腕扣。"这是玄铁轻甲云盘腕扣——这是玄铁营的黑鬼们特制的，谁给你的？嗯？"

　　长庚仿佛被烫了一样，狠狠地推开她。女人倒在梳妆台上，蜷缩着抽搐着，她妩媚的凤眼睁大，露出狰狞的眼白。

　　"你身上有我下的'乌尔骨'，我给它起了汉话的名字，也叫'长庚'，好不好……听？"她脸颊剧烈地抽搐着，嘴角白沫与血迹难舍难分地淌出，话音也模糊了起来，但不妨碍长庚听得清，"举……世无双的乌尔骨，没人能察觉，没人会解……有一天，你会长成世界上最强大的武士，也会开始分不清噩梦和真实……你会变成一个强大的疯子……"

　　长庚木然地站在原地，感觉那些让他似懂非懂的话从他耳边飘过，轻易就把他的骨头缝里冻满了冰碴。

　　"神女的血也流在我的胸口里，以我长生天的无限神力保佑你……你一生到头，心里都将只有憎恶、怀疑，必得暴虐嗜杀，所经之处无不腥风血雨，注定拉着所有人一起不得……不得……好……"

　　"死"字从她的喉咙里跟趄着滑落出来，女人的身体剧烈地抽搐了一下，随即她突然若有所感，缓缓地扭过头去，望向床幔上垂下来的小香包，包里有一枚平安符，是徐百户有一次当值回家，在城外的寺庙里求来给她的。女人的眼睫轻轻地眨动了一下，突然像是蓄满了眼泪，眼泪把她阴毒的目光冲刷得无比温柔，可惜这温柔只停留了片刻。

　　她缩紧的瞳孔终于吹灯拔蜡、死气沉沉地散开了，盛装的女人一口气终止在这世间最恶毒的诅咒中，然后裹挟着最终的余温，重重地倒了下去。

　　没有人爱你，没有人真心待你，你一生到头，心里都将只有憎恶、怀疑，必得暴虐嗜杀，所经之处无不腥风血雨，注定拉着所有人一起不得好死。

暮夏死气沉沉的火宵夜里，长庚呆呆地注视着梳妆台上盛装的尸体，茫然地握住沾了血迹的铁腕扣。

她为什么要自尽？

她为什么这样恨他？又为什么把他养到这么大？

玄铁营的铁腕扣又是怎么回事？

沈十六……究竟是什么人？

秀娘的诅咒似乎已经发力，一个孩子，对人世最初的信任和亲近来自毫无保留地抚育他的父母，而长庚从未得到过。哪怕他生性再怎么宽厚仁义，心里被迫时时绷着一腔疑虑和戒备，也会像一条夹着尾巴的丧家野狗，哪怕对那一点人间温情渴望得快要死了，也要心惊胆战地一次一次推拒。

长庚心里突然冒出一个强烈的念头——他要去找沈十六，他必须当面问清楚这位义父是何方神圣，有什么居心。

然而他终究没有走出充斥着血腥味的绣房，刚一走出门口，他竟然就已经胆怯了。

对了，长庚茫然地想道：沈先生平日里偶然流露的见识才学，怎会是个久试不第的落魄书生呢？

十六虽然游手好闲，却也是一副世家公子的气度，哪怕寄人篱下，也不见丝毫落魄困窘……怎么会是个普通混混呢？这些事他心里本应早就有数，可一闭上眼，想起的始终是沈十六撑着头，在病床前守着他的模样。

如果那也是虚情假意——

探头探脑的老厨娘一见门开，忙赔着笑脸凑过来道："少爷，今天……"

长庚双目赤红地看了她一眼。

老厨娘被他的眼神吓得一哆嗦，好一会儿才缓过来，抚着胸口抱怨了一句："这是要干什……"

话没说完，她看清了屋里的情景。

老厨娘僵住了，随后她踉跄着往后退了三步，一屁股坐在了地上，引颈长号，发出一声不似人声的惨厉尖叫。

而几乎是同时，城中突然响起了尖锐的警报。

不知是谁释放了城楼中的警报哨，那两尺多高的长哨卷着紫流金染过的白气，"呜"一声冲上云霄，尖鸣水波般飘摇出三四十里，划破了雁回镇十四年的惨淡宁静。

正在埋头整理钢甲的沈易抬起头，下一刻，沈家大门被人从外面一脚踹开，沈易一把从地上捞起钢甲上卸下来的重剑。

"是我。"十六低声道。

沈易沉声道："蛮子们提前动手了？"

这一句话问得短促而低沉，半聋的沈十六却一字不漏地听见了，当下不慌不忙地回道："巨鸢上有蛮人的细作，回来的那艘船上藏的不是我们的人。"

十六一边说着，一边马不停蹄地闯入内室，在床边举掌下劈，一声巨响，整个床板裂成了两半，那床板下竟是空的。

一套暗色的钢甲竟然横陈于木板下。

十六的手灵巧地撬开了钢甲胸口上的暗格，从中取出一面玄铁令牌，他的手指被森冷的玄铁令牌映得发青。他蓦地转过身来，那烂泥一样总是挺不直的腰竟像把铁枪，大开的门外吹过的风掀起他轻薄素色的青衫，仿佛是慑于他身上森冷的杀意，打着卷地与他擦身而过。

十六道："季平。"

"季平"是沈易的字，他从未在外人面前叫过。两人平日里为了一点家务事没少斗嘴打闹，亲得像真兄弟，此时，沈易却后退一步，麻利地半跪在地："属下在。"

"既然他们提前来了，正好我们趁乱收网——我把四殿下托付给你了，先送他出城。"

沈易："是。"

十六飞快地取下外衣和床头一把佩剑，转身便走。

<h2 style="text-align:center">肆</h2>

这日统领城防的老兵姓王，在雁回镇上虚度了大半辈子的光阴，没事喜欢喝点小酒，喝多了就聚众吹牛，老说他当年随顾老侯爷北伐过。真的假的不知道，不过也不无可能——老侯爷也是人，也得吃喝拉撒，身边总得带个烧火做饭的。

不过再怎么不着调，老王也没敢在巨鸢归来这天喝酒，这天长官们都要依次列队，谁都怕出纰漏丢人现眼。

可惜，怕什么来什么。

老王仰着脖子望着冉冉升上天空的警报长哨，歇斯底里地咆哮起来："哪个灌尿的小王八蛋不看日子，要撒酒疯到你家婆娘炕上去，放什么警报哨啊？真拿它老人家当钻天猴啦？"

暗河尽头有个等着迎接巨鸢的大池，外边用铁栅围着，铁栅本来已经打开了一半，拉铁栓的小兵被这突如其来的警报哨吓住了，不知道出了什么事，也不敢妄动，又将铁栓重新卡住，于是那大铁栅不伦不类地半开半闭着，好像张着一张大嘴，刚好把巨鸢伸出来的蛟头卡住了。

等着从大船上卸紫流金的士兵们本来已经严阵以待，此时全都莫名其妙地探头往后看，负责领辎重的百户从怀中摸出个小铜吼，冲着放铁栅的小兵大吼道："做什么白日梦呢？巨鸢都卡住了！"

而他话音没落，那巨鸢甲板上突然爆出一簇灼人的火光，巨大的白雾呜的一声爆发出来，一支手臂粗的钢箭野蛮地冲上苍穹，在一片惊呼中，锐不可当地射中了空中嘶鸣尖叫的警报哨。

警报哨顿时"闭嘴"，在空中停顿了片刻，笔直地掉了下来，周遭先是一片寂静，随后炸了锅。

"白虹箭！"

"怎么回事？谁启动了白虹？船上的人是疯了吗？"

"造反啦！这是要干什么？"

"白虹"是一种机械巨弓，弓整个张开后有三丈长，只有巨鸢这样的庞然大物才装配得下，这样可怕的武器当然不是人力能驱使的，弓下装着烧紫流金的动力匣，蓄满长弓一箭射出去，能刺穿几丈宽的城门。

听说巨鸢划过天际，白虹纷纷落下时，地面上如见天罚，重甲也无可抵挡。

这变故来得太突然，老王一把抢过一只"千里眼"，把脖子抻成了一只老乌龟，嘀嘀道："乖乖隆咚锵……这不能玩了，快！快报郭大人和吕都尉，快去！"

他话音未落，巨鸢上本来已经熄灭的火翅齐刷刷地亮了，燃烧的紫流金缺少预热，发出一声含着爆破声的嘶吼，那巨鸢就像一只苏醒的怪兽。老王眼睁睁地从千里眼中看见巨鸢的甲板翻了过来，一排身着重甲的将士森然列队，粼粼重甲如河面波光，隔着老远都能感觉到那种无声的压迫感。

为首那人推开重甲的面罩，露出一张刀疤丛生的脸。老王悚然一惊——这是一张生面孔，怎么混上巨鸢的？

刀疤脸突然笑了一下，仰天长啸，那啸声竟能刺穿机械的轰鸣，声如狼嚎，他身后所有身着重甲的武士做了同他如出一辙的动作，狼嚎声此起彼伏，像是裹挟着一整个冬天的饥饿的狼群，贪婪地露出致命的獠牙。

人群中不知是谁爆出了一嗓子："蛮人！"

这可捅了马蜂窝。

周遭十几个城郭乡村的百姓都聚在了这里，男女老幼什么人都有，一时全都成了炸窝子的山羊，惊慌失措地四散奔逃，其间推搡拥挤踩踏无数，连街上当值小兵的战马都给他们冲撞得嘶鸣不止。

老王一步跳上城楼瞭望塔，抽出腰间长枪，抬手捅开塔顶的金匣子。

山河依舊

四海昇平

題字

大梁小报

近日，由太上皇与安定侯的真实故事记录而成的书籍《杀破狼》一书出版难求。

您买到了吗？大梁国民争相购买，一书难求。

《大梁小报》正在招聘专栏文书

请在空白处发挥您的创意，形式不限

成品拍照发至微博并@博集天卷，有机会获得精美奖品哦

人物插图：璎珞◎绘

栋梁卡

（刮开查看您的归属地）

大梁军机处监制

大梁蒸汽铁轨票

至

旅客姓名：

票　价：壹两

【凭"栋梁卡"可免车票费】

扫码有惊喜

他知道，那金匣子里装着点长明灯用的紫流金，倘若运气不错，引燃得当，能将瞭望塔的塔顶当成警报哨炸上天。

呛人的紫流金倾泻而出，老兵哆哆嗦嗦地从怀中抽出火折子。漫天的狼嚎声中，那火折子囫囵个地甩出了几个火星，被那双苍老的手塞进了金匣子中。

金匣子中的紫流金洒了一半，剩下的一半沾上明火后立刻剧烈燃烧，灯塔的通气口堵着，只有几丝蒸汽"呛咳"出来，眼看就要爆炸——

下一刻，一支白虹箭却以贯日之势冲了上来，正钉在老王胸口，血肉之躯顷刻间支离破碎，而那白虹之势竟丝毫不减，卷着老兵的残骸冲到了瞭望塔边缘，高塔一声巨响后自高处崩塌，碎石滚了一地，地上从官兵到百姓无不奔逃。与此同时，塔尖那燃烧的金匣子终于尖鸣着冲上了天空，不祥的紫光一闪而过，在半空中炸成了一朵巨大的烟花，点亮了半个雁回镇。

铜吼后面的传令兵直到这时才反应过来，扯起嗓子大吼道："敌袭——蛮人来袭——"

被蛮人控制的巨鸢缓缓地离地而起，催命般的白虹箭雨点似的落下。百姓没头苍蝇似的逃命，城守三十六匹轻甲骑兵从没有完全合拢的青石板上呼啸而过，城楼上所有的火炮一同抬头，对准了飘摇而起的巨鸢——

当是个烟火满城。

只见那巨鸢上紫流金运载舱大开，数不清的北蛮兵在狼嚎声中从天而降。群狼怒吼，长街披血——全乱套了。

巨鸢上那刀疤脸的男人纵身一跃，钢甲脚下的蒸汽剧烈地喷出，将他整个人弹起了三丈多高，纵身跃上一匹战马，战马根本承受不起重甲这么一压，长嘶一声，前腿膝盖齐刷刷地折断，马上的骑士来不及反应便被那蛮人一把攫住喉咙，狠狠地一口咬了下去。

蛮人将那骑士的喉咙活生生咬下了一块，血如油泼似的横扫而出，骑士连声惨叫都没有就归了西。刀疤脸纵声大笑，像个食腐肉而生的恶鬼，两口把那咬下来的人肉生吞了，忽然撮唇做哨，四五个身着重甲的蛮人应声而出，紧紧地傍在他左右，飞快地掠过已经变成人间修罗场的街道，直奔徐百户家的方向。

军中甲分轻重两层，轻甲是骑兵穿的，只能随身携带少量的动力，大部分还是靠人力与畜力，只是胜在轻便。重甲却全然不同，一尊重甲足有两个成年男子那么高，背负金匣子，紫流金从关节四肢处汩汩流过，脚下能神行千里，手臂能挥动数百斤的大刀，腰侧甚至配着短炮，一尊重甲便能横扫千军。

倘若有一支装备齐全的重甲兵，什么骑兵、步兵、水兵……全都可以不要，可是没有办法，重甲太贵了，三五个时辰便能烧完一匣子的紫流金，约莫是瞭望塔上长明灯中两年的量。紫流金乃国之命脉，黑市上一两黄金不见得买得起一两掺了七八成杂质的紫流金。

便是泱泱大国，供养得起全副重甲的队伍也就只有一支——安定侯顾昀手下玄铁三营中的玄甲。

这些蛮子究竟从哪里弄来这么多重甲？

踉跄着从徐家跑出来的老厨娘正好兜头撞见了这群煞星，连吭都没来得及吭一声，便被糊在了墙上。那刀疤脸蛮人长驱直入闯入了内院，口中大叫道："胡格尔！胡格尔！"

胡格尔——秀娘，当然已经不可能回答他。

雕花的木门被重甲骑士一脚踹开，门轴惨叫一声直接崩断，大门轰然倒下。

蛮人们所向披靡的脚步终于停了下来，愣愣地呆在了这间女人绣房门前。

浅淡的熏香味还没散去，屋里依然是光线寥落的，垂下来的床幔上长长的流苏影子散落在地面，梳妆台被人收拾好，角落里还放着一盒打开的胭脂。

一个少年背对着他们跪在床前，而那床上影影绰绰……似乎是躺着个人。

少年——长庚听见这么大的响动，本能地回头看了一眼，见一群可怖的蛮人闯入了他家，心里却并不觉得有多震惊，反而恍然大悟，有一点明白秀娘为什么要死了。这些蛮人能入城，肯定和秀娘脱不了干系，徐百户还在巨鸢上，也许因为她里通外国，已经被蛮人杀了，她国仇家恨的大仇得报，也害死了世上唯一一待她好的男人。

少年长庚的心里方才升起满腔的生无可恋，他漠然地看了那些蛮人一眼，随后回过头，向着床上的女人磕了个头，算是抵偿了她多年来摇摇摆摆的不杀之恩，然后同这死人一刀两断了。

磕了头，他站起来，转身迎向门口的重甲武士。

重甲如山，他一个肉体凡胎的少年，在这中间，像个准备伸手撼大树的蚍蜉，似乎理所当然应当害怕，可是没有——长庚并非认为能孤身一人对抗这许多山一样的蛮人，也知道自己十有八九在劫难逃，他却奇异地并不恐惧。

可能他所有的恐惧都在听说"沈十六"的身份另有隐情的一瞬间，就发作完了。

刀疤脸蛮人注视着他，不知想起了什么，神色忽然狰狞起来。"胡格尔呢？"

长庚的目光在他脸上停留了片刻，说道："我记得你，你就是前年冬天在雪地里引狼狙击我的人。"

一个北蛮重甲武士要上前抓他，被刀疤脸蛮人一抬手拦住。

刀疤脸低下头，略有些笨拙地弯下腰，盯着面前不到钢甲胸口的少年，用怪腔怪调的汉话又问了一次："我问你，胡格尔，休……秀娘在什么地方？"

长庚："死了。"

他握着自己手腕上的铁腕扣，往旁边错了一步，露出床上悄无声息的尸体，秀娘嘴角还有一丝细细的黑血，容颜雪白，像一朵有毒的残花。

院子里的几个蛮人口中发出悲鸣，稀里哗啦地跪了一片。

刀疤脸一瞬间神色有些茫然，他缓缓地抬脚走进秀娘的绣房，尽管动作显得小心翼翼，地面却依然被重甲踩出了细细的裂缝。那蛮人走到窗前，伸手想要扶一下雕花的大床，半途中又缩回手，好像唯恐将床柱按塌了。

他弯下重甲包裹的腰，身后的白气缥缈地散在小小的卧房里，重甲上紫流金静静地燃烧，发出"呼哧呼哧"的声音，像一只垂死的畜生。

那畜生轻轻地摸了一下女人的脸。

他摸到了一把寂寞的冰凉。

刀疤脸蛮人忽然大叫起来，像一匹失了爱侣的狼，下一刻，床前的重甲以一种人眼看不清的速度转动起来，搅动的白气歇斯底里地喷涌而出，一只机械的大手从中间伸出来，张手一攥，一把抓住了长庚。

长庚双脚离地，后背倏地一阵剧痛，五脏被撞得颠倒了过来，被那蛮人拎着狠狠地撞在了墙上。

墙被撞裂了，长庚一口血再也含不住，悉数喷在了刀疤脸蛮人的铁臂上。

长庚艰难地低下头，对上了那双充满杀意的眼睛。他第一次看见这样的眼睛，那眼神中仿佛带着沉甸甸的铁锈味。然而不知怎的，他在这种强弱悬殊的境地里突然心生战意，目光竟不退缩，凶狠地盯住了面前的蛮人。

少年与凶手的目光狭路相逢，那幼狼爪牙还没来得及磨利，可他的凶狠像是与生俱来的。

这可能是一种天生的性情，当人陷在致命的境地时，有两种人会奋而反抗，一种人经过深思熟虑，或是出于道义、职责、气节，或是权衡利弊后，不得已而为之，他的内心不是不知道恐惧，只是良心或是理智能战胜这种恐惧，这是真正的大勇气。

还有另一种人，他心里什么都不想，一切都是出于本能，本能地愤怒，本能地满怀战意，即便心里隐约明白自己的反抗会招致更可怕的结果，也无法克制自己从敌人身上叼下一块肉来的渴望。

这一刻，长庚无疑属于后者。

刀疤脸蛮人仿佛被他的目光刺伤，愤怒地高高举起一个斗大的拳头，打算当场把长庚砸个"肝脑涂地"。

就在这时，门外突然传来一声怒吼，一个守在门口的蛮人横飞了出去，撞塌了半间屋子，晦暗的绣房蓦地大亮起来，剧烈的火光涌入，长庚一睁眼，没有看见兵刃，先听见了惨叫。刀疤脸蛮人掐着长庚的铁臂连同里面的胳膊被毫不留情地斩断，长庚脚下一空，不由自主地往一边侧歪过去，下一刻，却被另一只重甲的铁臂轻柔地抱了起来。

沈先生的院子里永远有几副拆得乱七八糟的钢甲，只是重甲贵重，一般不会给民间的长臂师维护——徐百户的关系户也不行。只有一次，一尊重甲彻底吹灯拔蜡，准备要处理到将军坡，被沈先生仗着脸熟私下要了来，回家兴致勃勃地把那尊旧成祖宗辈的破钢甲一点一点拆开，给长庚里里外外地讲了一遍。

长庚还记得他说过，人穿上重甲的时候，便如有万钧之力加身，压死几匹战马，推倒几堵围墙，再容易也没有了，只要稍微入门，小孩都做得到，而最难的却不是力能扛鼎。最强的钢甲武士，是那些穿着重甲，依然能把最细的线穿过绣花针鼻的人。

来人身上的钢甲与蛮族武士的不同，看起来似乎要瘦小一些，甲胄表面也没有那层雪亮的银光，显得黑沉沉的，看起来毫不起眼。他轻轻地拍了拍长庚的后背，将少年放在重甲的肩上，低声道："别怕。"

声音从铁面罩后面传来，有些失真，长庚却敏锐地回过头去，若有所思地盯着那遮挡得严严实实的铁面。

直到这时，门口那几个蛮人总算反应过来了，一窝蜂地冲进来，以刀疤脸为中心，散开一圈，将那黑甲人和长庚团团围住。黑甲人一手虚虚地护着肩头的长庚，另一只手提着一条光溜溜的"长棍"，细细的蒸汽从那其貌不扬的铁棍尾部冒了出来。

方才他骤然斩下刀疤脸手臂的一击实在太快，长庚没看清楚，此时才升起一点疑惑，心想：莫非他的武器就是这条破铁棍吗？

刀疤脸满脸冷汗，脸色铁青，戒备地后退两步，低声道："玄甲，割风刃……你是那群鬼乌鸦的人。"

长庚先开始没反应过来，片刻后，他脊背蓦地一僵——鬼乌鸦！

对了，十四年前北伐，玄铁营长驱直入北蛮大草原，像一阵黑旋风，蛮人对他们又畏惧又憎恨，便称其为"鬼乌鸦"。

黑甲人没理会，只是淡淡地嘱咐长庚道："抓稳。"

刀疤脸大喝一声，四个蛮族武士训练有素地随着他扑上来，四面刀枪加身，那黑甲人脚下深紫色的光芒一闪，灵巧地从刀剑的缝隙里钻了出去，纵身一跃，便落在徐家那破败不堪的屋顶上，脚步一落实，他载着长庚的左肩几乎不动，右半身却以一种让人眼花缭乱的速度旋转出去，手中的"铁棍"顷刻成了一道虚影。

长庚用力睁大了眼睛，只见那黑甲人手里的"棍子"一端竟然出现了一圈幻觉一般的刀刃，旋风似的劈头而下，追上来的蛮族甲兵躲闪不及，结结实实地当胸挨了一刀，心口处的金匣子顷刻爆裂，里面的紫流金爆出可怕的火光，顿时将那庞然大物炸了个身首分离。

滚烫的血溅在长庚的脸上，他最大限度地控制住自己，勉强维持住不动声色的神情，手却紧紧地攥住了那黑甲人肩头一角。

这就是……传说中能以一当百、无坚不摧的玄铁营。

几个蛮人看出了双方实力悬殊，再不敢单独迎战，几个人互相交换了一个眼色，同时四下跑出秀娘的小屋，从几个方向蹿上房顶，一人扑向黑甲人脚下，斩向他腿部的关节，一人挥剑砸向他头顶，封住了他上蹿的路径，还有一人堵住他后心，拦腰直指黑甲的金匣子。

　　断了一臂的刀疤脸撤到十步开外，抬起独臂，铁臂一端打开，一个险恶的箭尖蠢蠢欲动，对准了黑甲人肩头的长庚。

　　这些蛮人从小一起打猎，合围截杀，配合得近乎天衣无缝。

　　漫天的杀意蒸腾在翻飞的白气里，让人每一根汗毛都能直立起来。

　　长庚终于看明白了黑甲人手里的"棍子"，当它被高速驱动的时候，三四片一尺来长的玄铁刀刃从长棍一端随着细细的蒸汽一起喷出来，撤力时，锋利的刀片会飞快地没入另一边隐藏起来，一动一收，刀刃整个转过一圈，像一台可怕的绞肉机。

　　这时，长庚突然脚下一空，被黑甲人从肩头推入了臂弯，整个人贴在了那副重甲的胸口上，蓦地随之往后弯去。长庚悚然——自己的重量姑且不论，单是那副重甲，便肯定有数百斤，一弯一折后，全部的重量都会压在那黑甲人腰上，他的腰不会被钢甲活活压断吗？

　　只见那黑甲人下腰后翻，在空中打了个干净利落的旋，抱着长庚从房顶上一跃而下，正好与刀疤脸蛮人射向他的那一箭擦身而过。割风刃上的光凝成了一线，不过兔起鹘落，再杀一人，斩一人双腿，而后黑甲人脚下钢甲护腿中蒸汽爆发，将重甲往前推去，转眼他人已在数十丈之外。

　　他解决几个蛮族甲兵似乎是件轻松写意的事，只是碍于长庚，才不与他们多做纠缠。

　　"我先送你出城。"黑甲人对长庚说道，"这里太乱了，你娘的事……唉，且节哀顺变吧。"

　　长庚靠在他身上，沉默了一会儿才说道："我娘是服毒自尽的，她和关外的蛮人一直有联系，说不定就是蛮族的奸细。"

　　黑甲人没吭声，似乎并不怎么诧异。

　　"你救的是个蛮族奸细的儿子，亏了，"长庚顿了顿，随后一口道破了对方身份，"沈先生。"

　　黑甲人耳边冒出一簇细细的白气，玄铁面罩往上推起，露出沈易那张文弱书生似的脸。

"北巡巨鸢上有人叛变，"沈易说道，"我原以为叛国者就是徐兄，但是现在看来，秀娘自尽恐怕不无对不起丈夫的缘故，我想徐兄可能已经殉国了，并且至死不知道这件事。你也……节哀吧。"

"看来你是早就知道了……"长庚低声道，"你是谁？"

沈易："微臣乃是玄铁营麾下，顾大帅嫡系。"

玄铁营麾下，安定侯顾昀嫡系。

长庚心里将这句话咀嚼了几遍，感觉十分微妙——他刚刚得知自己不是他娘亲生的，他那大门不出二门不迈的娘是个蛮族奸细，现在又听说隔壁一天到晚手总也洗不干净的穷酸书生是玄铁营的将军。

那么十六呢？

长庚苦笑着想，哪怕现在有人跟他说，他义父就是顾大帅本人，他都没力气吃惊了。

"顾帅麾下的将军为什么在我们这种穷乡僻壤隐居？为什么要救我一个蛮族女人的儿子？"长庚问完这两个问题，意识到自己可能要失控，立刻想要紧紧地闭上嘴，可惜，还是没能阻止最后一句多余的话从牙缝里生挤出去，他问道，"沈十六呢？"

长庚问完，心里一阵难以名状的难过，都到了这步田地，他心里还是惦记沈十六，明知道那人不知是哪个微服出巡的大人物，还是担心他眼神不好、耳朵又背，会不会被外面的刀剑误伤，会不会找不到地方躲藏……

他甚至还忍不住会想：为什么来找我的是沈先生？十六怎么不来？

喊杀声震天，巨鸢的身形笼罩了整个雁回小镇，白虹箭鬼魅似的时而出没，远处不知谁着了火，火势很快蔓延，沈易神色冷漠，对一切视而不见，飞鸟游鱼似的躲闪着混乱中的流矢。"殿下，请坐稳。"

长庚木然道："你叫我什么？"

沈易不慌不忙地说道："十四年前，陛下南巡，皇贵妃身怀六甲独守行宫，为奸人所害，幸得忠仆与姊妹救助，逃了出去，不料南下途中正遇暴民造反，贵妃体弱，混乱中拼死产下殿下，终未能再见天颜。

"贵妃的亲妹妹带着殿下避走，从此断了音信，这些年来皇上派了无数人私下寻访，一直以为殿下已经罹难——直到三年前才有了点蛛丝马迹，派臣等来迎。"沈易简短地交代了几句，"一直未能表明身份，请殿下恕罪……"

长庚简直哭笑不得，感觉沈先生的脑子可能被机油灌满了，编个故事都编不圆——照他那么说，秀娘就是那个贵妃的妹妹？难不成贵妃也是个蛮子吗？皇上派人找儿子，就派俩人吗？就算皇上穷得叮当响，满朝文武只差遣得起两个人，为什么这两人到此两年多都没有表露身份？

神乎其神的玄铁营将军就住在隔壁，难道不知道秀娘一直在和蛮子暗通款曲吗？为什么不阻止？

多荒谬啊。

长庚将心头疑惑一把抹掉，截口打断沈易："你认错人了。"

沈易："殿下……"

"认错人了！"长庚满心疲惫，不想再和这些满嘴谎话的人纠缠，"放我下来，我是那蛮族女人不知道和哪个山匪苟合生下的小杂种，哪里配让玄铁营的将军涉险救助？哪里配认你们这些大人物做义父？"

沈易听到最后一句，不由得叹了口气，感觉长庚这火有七八成都是冲着十六去的，自己好像是受了连累，被迁怒了。他轻轻地握了握长庚乱蹬的脚。"微臣失礼——殿下右脚小指比旁人略弯，同陛下一模一样，乃是龙子之相，错不了的。"

长庚猛地将脚收回来，心里越发冰冷。

这事他记得，他这只脚不是天生弯的，是小时候被秀娘亲手砸的，她不顾他哭喊，硬生生地砸断了他一根脚趾，然后用给女人裹脚的办法把他的脚趾弯成畸形。

狗屁的凤子龙孙，这也能捏造吗？

伍

忽然，一道熟悉的哭喊声钻进长庚的耳朵，长庚一回头，正看见葛屠户的人头和猪头吊在栏杆上，他身材臃肿的老婆面色铁青，被一堵倒塌的墙砸在下面，已经没气了。他家小胖子的哭声断断续续地从不远处传来。

长庚吃了一惊，顾不上再考虑其他，脱口道："那好像是屠户家的葛胖小……"

沈易脚步不停，飞掠而过。长庚以为他没听清。"将军，等等！"

沈易道："臣奉命保护殿下出城，不得延误。"

他的声音从铁面罩后面传出来，像极了数九寒天里沾满了冰碴的冷铁。

长庚愣住了。

呼啸的风擦过他的耳尖，黏腻的冷汗顺着他的脊梁骨后知后觉地淌下来，触手摸到的都是玄铁的冷甲。那么冷，像他手腕上那永远也焐不热的铁腕扣一样。

葛胖小最会撒娇，一笑起来就见牙不见眼，古灵精怪得很，没有人不喜欢他。

长庚忽然低声问道："将军，那不也是你的学生吗？"

他没听见沈易的回答。长庚想，可能在这位沈将军眼里，他们这些朝夕相处的学生只是他沉潜两年的皇命使然吧？也是——对玄铁营的大人物们来说，小小的雁回镇算什么呢？屠户家的孩子又算什么呢？

这世上，大概有些人的命就是比另一些人的值钱一些，不见得讨人喜欢的就金贵。

沈易的血当然不像他的甲一样冷，他也是被逼无奈，因为此时情况太混乱，他孤身一人护着这金贵的小殿下，当然是以长庚的安全为先，不容一点闪失。再者，西域刚刚归附，整个玄铁营的精锐都镇在那边，他们带过来的只是很少的一部分，针对野心勃勃的蛮族已经布网两年，这回必须以少胜多，一击必杀。

抓住了那条大鱼，就能换来北疆三五年的安稳太平，否则前功尽弃。此中缘由复杂得一言难尽，三言两语间跟个半大孩子怎么说得清楚？

沈易涩然道："殿下见谅……殿下！"

原来是长庚趁他不备，一弯腰摸到了沈易玄铁钢甲肘部的锁扣。玄铁营的重甲自然不会被他一拨就开，却让他成功地将沈易的钢手拨开了一寸。

沈易不得不退避——长庚头一次见到玄铁重甲，根本不知道精密的玄铁重甲和雁回镇守那些破铜烂铁的区别，倘若玄甲被人这样蛮横地用外力破坏，弹出来的锁扣足能打断合抱的树，别说他小小少年一具肉体凡胎。

长庚趁机敏捷地抽出了自己的脚，一个跟头从沈易肩上翻了下去。

"我不是什么殿下，"长庚站在两步以外看着他，脸色比玄铁还要黯淡，"我的脚也不是什么龙爪子，那是被我娘用碎瓷片裹出来的残疾，如果她确实像您说的那样，与皇家有瓜葛，那说不定她就是想弄出个冒牌货混淆皇家血统。我看将军走得这么急，想必另有重任，我不怕死，也无意盗取什么金枝玉叶的身份，现在与您交代清楚，就不多耽误将军了。"

沈易的玄铁面罩弹了上去，惊愕地看着面前的少年。长庚却不再看他，纵身跳下墙头，往葛胖小呼救的方向跑去。

玄铁重甲在小小的雁回镇分外显眼，沈易愣神的工夫，顿时被一伙蛮人盯上纠缠住了，长庚并不担心，纵然他是个外行，也看得出来，那些蛮人根本就是给这位玄铁营的高手送菜的，可见当年几十玄甲便能横扫草原的民间传说虽然有些夸张，也不全然是空穴来风。

少年多年苦练的武艺并非毫无用处，他极其敏捷地蹿入窄路，越过院墙，正看见一个蛮子一拳将一个雁回守城老兵的胸口打凹了进去，那老兵一声不吭便轰然倒下，眼看活不成了。葛胖小的脸肿得像个馒头，抱着头惊惧地缩在角落里。

长庚一眼看见那老兵飞出几丈远的剑，趁着那蛮子背对他时，他猛地上前一步，将那柄重剑提在手里，重剑的尾部喷着一丝细细的蒸汽，是一把"钢甲剑"，可惜年久失修，不知道还能不能用。

蛮人听见动静，立刻驾着重甲笨拙地回过头来，葛胖小张大了嘴——

长庚一把扭开钢甲剑下的蒸汽托，那上面的一圈利刃呜咽着旋转起来，夹杂着一股快要烧焦的煳味，里面不知道坏了几个部件，震得长庚差点拿不住，他大喝一声，回手砍向旁边的一棵大树。

嗡嗡作响的钢甲剑虽然形如废铜烂铁，砍树却很麻利，不等蛮人反应过来，大树便稀里哗啦地往下倒去，正好将蛮人拍在了下面，长庚冲着葛胖小咆哮道："还不快跑！"

葛胖小脸上的鼻涕和眼泪糊成了一团，扯着嗓子叫道："大哥！"

还没等他畅叙别情，那让大树压住的蛮人蓦地暴喝一声，悍然将大梁似的木头一劈两半丢开，他像一头被激怒的水牛，双目赤红地盯着面前两个几乎是手无寸铁的少年。

长庚见此事不能善了，干脆迎战。他深吸一口气，侧过身，微微斜肩，双手握紧了手中剑，摆出了一个扎实的起手式。

可惜，再扎实也没用，长庚刚站定，便听见"咔吧"一声，那把钢甲剑彻底卡住不动了，咳嗽了两声，里面冒出一股黑烟，成了一团货真价实的废铜烂铁。

葛胖小倒抽一口凉气："这这这……"

"走开。"长庚轻声对葛胖小说道。

葛胖小没有愧对他机灵鬼的美名，闻言二话不说，将自己团成一个无害的肉球，滚进角落，完美地让出了场地。

蛮人怒吼一声，打算用一双铁拳把这不知天高地厚的小崽子拍成肉饼。长庚在锅大的铁拳落在他头顶上的瞬间弯腰，飞快地从拳缝里钻了过去，从老兵的尸体边掠过，同时矮身一卡一掰，出奇麻利地将老兵的钢甲护腿卸了下来。

此时，背后风声已到，长庚将那一双钢腿往怀里一卷，就地十八滚地钻进了旁边人家墙外的狗洞里，落地瞬间一蹬腿，不管三七二十一地便将那副钢腿装在了自己脚上。

只听"轰隆"一声响，百姓家里不甚结实的土墙被那蛮人一拳打了个粉碎，土块纷纷落下，长庚脚上的钢腿借着脚踝处残留的一点紫流金喷出了细小的蒸汽，关键时刻将他整个人推出了三丈远。

长庚有种自己已经飘起来的错觉。

除了铁腕扣，这还是他第一次将一部分钢甲穿在自己身上，生死一线里，他险险地保持住了平衡，一把抓住了残存的院墙的一角。

葛胖小尖叫："小心——"

蛮族人用蛮力挥开了暴跳的城砖，钢甲发出难以承受的嘶鸣，脚下的蒸汽如腾云驾雾一般，他有些意外于这少年的不好对付，收起铁拳，胸前的齿轮令人牙酸地转动了一圈，漆黑的短炮口对准了长庚。

还没学会怎么和脚下这双"风火轮"和平共处的长庚听见"嗡"一声响，立刻本能地纵身往前扑去，后背顿时一片火辣辣地疼，地面溅起的沙砾都如钢钉，劈头盖脸地向他卷过来，他只来得及用废剑护住头面。

中原人的钢甲上万万不敢将短炮装在胸前，这种威力的短炮能震碎一个人的骨头，只有天生孔武有力的蛮族人才敢这样。有人说，当年三大玄铁营之所以能横扫北蛮十八部落，不过是占了幕天席地的蛮人们尚无力生产钢甲的便宜，如今他们手中不知从哪里弄来了这批重甲，背后又有草原下绵延千里的紫流金，还会任凭绵羊一样的中原人欺负吗？

这件事有多可怕，此时的少年长庚已经无暇多想了。

沈先生……沈将军教他打理钢甲的时候，曾经无意中提起过，钢甲上的短炮空间有限，冷却用的冰管子并没有那么有效，为了不让甲胄中的人被烤煳，每发一次，都有一炷香左右的冷却时间，这时钢甲上的短炮发射口是自动锁死的，所以他还有喘息的余地。

蛮人用生硬的汉话吼道："快跑啊，小虫子！吓死了！跑啊！"

长庚眼色一沉，从墙根下滑了一道行云流水似的回旋，竟转身向着那高速追击的蛮人扑了过去。蛮人猝不及防，没料到他这么胆大包天，下意识地用长刀去砍他，那重甲几乎是少年的两倍高，下方自然有死角，长庚往后一躺，贴着地面躲开了迎面一刀，钢腿与地面上的石板剧烈摩擦，火花四溅。

长庚脱手将那吹灯拔蜡的钢剑扔了出去，正砸在了蛮人后心上，蛮人本能地闪避，就在这一刻，长庚一把按住手上的铁腕扣，袖中丝毒蛇吐芯似的盘旋而出，切瓜砍菜一般直刺入蛮人重甲。

袖中丝顷刻洞穿了蛮人重甲的"金行经络"，精密的重甲一瞬间失去动力，重甲为了防止紫流金泄漏炸死里面的人，开启了自我保护，从手臂到后背所有关节一瞬间全部锁死。

长庚也暗自吃了一惊，他只是碰碰运气，完全没料到沈十六随手丢给他玩的铁腕扣居然是这么一件神兵利器。

这种时候，倘若重甲中的人脑子清楚，应该趁着还有半身能动，先卸甲，再杀敌——难道没有重甲，他一个五大三粗的蛮族壮汉就奈何不了两个半大孩子了吗？可是这蛮人虽然通过某种方法得到了重甲，却显然还没能完全掌握这铁怪物，重甲锁死的一瞬间，里面的蛮人自己先蒙了，他的第一反应竟是想用蛮力和机械锁对抗。

凡人躯壳，纵然是天生神力，又如何能与那重甲相抗呢？那蛮人一下失去了平衡，摔倒在地。长庚当机立断，毫不迟疑地上前一步，脚下钢腿发动了最大动力，对准那蛮人胸口短炮附近的金匣子，狠狠地踩了下去。

再破的钢腿加力，也能将三寸厚的石板踩碎，那金匣子应声而裂。同时，由于长庚踩得太狠，一部分力道反弹到了小腿上，一条腿一时间疼得没了知觉，不知道是不是已经断了。那少年咬紧牙关，单腿翻身后退。

就在他退开的刹那，蛮人裂开的金匣子炸膛了，当场将那蛮人的脑袋炸成了一堆碎末，溅得到处都是。长庚身上不可避免地被溅上了些红白相间的脑浆，他吊着一条腿，面无表情地擦干净脸上的血迹，在那恐怖的腥气中，心里竟没有害怕。

也许秀娘说的对，他天生就是个怪物。

葛胖小关键时候居然没掉链子，尽管人抖得筛糠一样，脑子却还在转，冲长庚喊道："大哥，我们快找个地方躲起来，我带你去我爹的地窖！"

长庚刚往前迈了一步，腿上钻心的疼就让他闷哼一声栽倒在地，冷汗不住地往下淌，葛胖小见状，毫不含糊地跑过来，大叫一声，背起了长庚。他虽然年纪不大，一身肥肉却已经十分可观，跑动中，随着白花花的肥肉乱颤，葛胖小也跟着呼哧乱喘。

喘也没耽误他信誓旦旦地表忠心："大哥，我爹娘让他们害死了，你救了我的命，以后我就跟着你混！你让我干什么我就干什么！咱们杀光这些蛮子！"

最后一句话，他破了音，带了哭腔。

长庚脱力的手拿不住那把废剑，只好任凭它一声闷响掉在地上，他胳膊上的肌肉痉挛着，同时狼狈不堪地笑了一下，对葛胖小玩笑道："我要你干什么，留着饥荒年里宰了吃肉吗？"

葛胖小："起码我还能给你洗脚呢……"

就在这时，长庚耳朵一动，他听见了一种不祥的"沙沙"声，立刻出声喝止葛胖小："嘘！"

葛胖小："我娘都说我洗脚洗得干净，给我爹洗完的脚丫子比馒头还白……"

小胖子的话音戛然而止，他猛地刹住脚步，战战兢兢地往后退了两步。只见小路尽头，一个蛮人身着雪亮的重甲，缓缓地走了出来。

长庚唇齿间指不定哪儿出了血，微微一抿就是一口腥甜。

葛胖小意外地知道轻重，始终紧紧地攥着长庚的衣袖，攥得手心里都是冰冷黏腻的汗，有洁癖的长庚无暇甩开他，两个少年就像两只走投无路的幼兽，在绝路里艰难地露出自己稚拙的獠牙。

小路尽头的人一抬手，将面罩抬到了额头上，露出俊朗的五官。只见这人三十七八的年纪，脸颊瘦削，微陷的眼窝里像是有一团阴影，映着绵延千里的中原大地。而当他的目光居高临下地落到长庚身上的时候，里面的意味是无比复杂的，好像有一点怀念，有一点骄傲，这让他看起来似乎是很有人情味的。

可惜，这一点人情味十分稀薄，到底还是被满目深邃的仇恨所覆盖，像是一根埋在关外无边大雪里的红线，虽然存在，却转眼就没了踪迹。

重钢甲的轰鸣声此起彼伏，雪亮的一具具重甲在那人身后纷纷落下，来了足足二十多架。身后传来风声，长庚正要警觉地回头，肩膀先被人按住了——赶来的正是一身玄甲的沈易。

沈易身上沾染的血污更多了，那一身玄铁显得更加暗淡。

葛胖小不知内情，眼睛瞪得险些脱眶而出："沈……沈先生？"

长庚扭过头，吐出嘴里一口血沫。"那是玄铁营的将军，安定侯身边的人，别乱叫。"

葛胖小的舌头顿时扭成了一根麻绳，全身上下上千块肥肉都结巴起来："安……安……安定侯！"

沈易心怀歉疚地冲着葛胖小伸出一只黑乎乎的铁手。

那手和少年的脑袋一样大，还沾着血，葛胖小本能地闭眼缩脖，可铁手却只是轻轻地握住了他的后脑勺，比一片飘落于头上的羽毛还要柔和，没有拔断他一根头发。

沈易将两个少年挡在身后，站定，转向小路尽头的男人。"我听说天狼十八部的'头狼'葛图王爷有个了不起的儿子，名叫……"

那蛮人淡淡地接道："加莱——换成你们中原人的叫法，就是'荧惑'的意思。"

"加莱荧惑世子，有礼。"沈先生扶住割风刃，缓缓抬起铁拳放在胸前，入乡随俗地用了蛮人的礼节。

蛮人世子道："鬼乌鸦，报上你的名字。"

"无名小卒，不足挂贵齿，"沈易笑了一下，用他那书生式的、听起来十分讲理的轻声细语问道，"北蛮十八部已向我朝称臣十多年，这些年来邦交友好，纳贡朝岁、往来通商，彼此一直相安无事，我大梁自忖未曾亏待过诸位，敢问尔等如今不请自来，刀兵竟及手无寸铁之百姓妇孺，是什么道理？"

葛胖小惊呆了——沈先生清早起来还戴着可笑的围裙，骂骂咧咧地围着锅台转，此时眼前一排浩浩蛮人，他独立于暗淡无光的玄甲之中，竟有种纹丝不动的"千万人吾往矣"之势。

蛮人世子与沈易对视了片刻，皮笑肉不笑地哼了一声。接着，他的目光再次落到长庚身上，用一口字正腔圆的大梁官话说道："刚听兄弟们来报，说这边陲城中竟有玄铁营的人，我还说是他们危言耸听，原来是真的，那么看来……另一个传闻也是真的吗？当年被你们中原皇帝强抢的神女所生的儿子，真的藏在这里？"

长庚的心狠狠地一跳。

蛮人世子端详了长庚片刻后，好像有点不忍心再看他了。这身形高大的蛮人微微仰起头，这会儿有点阴天，空中层云如盖，投入他那含着深渊似的眼睛。他对着天上某个不知名的神，喃喃地说道："我天狼十八部的神女，是草原上最洁净的精灵，天风也要亲吻她的裙角，所有生灵看见她都要低头，她歌舞的地方，来年有成群的牛羊，有草木茂茂丰润，数不清的鲜花能开到长生天的脚底下……"

他的声音里带着奇特的韵律，好像哼出来的是一首来自草原的牧歌。

"你们中原人，"蛮人世子道，"强占我们的草场，挖空大地的心血，强抢我们的神女，如今却来问我为何而来，也太不讲道理了。贵国圣贤千古，教化万千，就教会了你们如何做强盗吗？就算是玄铁营，这里也只有你一个，我劝你让开些，把那小杂种交给我，一把火烧去给长生天赎罪，平息被玷污的神女的怨气。我真是……看不得他这张脸！"

葛胖小的内心一直一片凌乱，听到这里，总算明白了只言片语，忙问：

"大哥，他说的小……喀，是你吗？"

长庚十分堵心地木然道："能少说两句吗？"

"世子这样说……"沈易无奈地摇摇头，"真是恶人先告状啊，也罢，你我二人在这里追溯十四年前北伐之战的因由也没意思，要打便打吧。"

他一句话如铁钉似的落地，窄巷两侧的矮墙齐刷刷地被那些比墙头还高的重甲推平，两排北蛮武士兵分两路，杀气腾腾地将沈易和长庚他们围在中间。

沈易从身上卸下一把短剑递给长庚道："殿下小心。"

沈先生说话客气，手却很黑，一句话音未落，已经先下手为强了。他的玄甲背后喷出了将近一丈长的蒸汽，手中的割风刃尖叫着弹出，像雪亮的旋风，脱手一扫，离他最近的三个蛮族武士猝不及防，心口的金匣子同时被绞碎，顿时被重甲锁在原地。

蛮人世子暴喝一声，身先士卒地冲了过来，带起一片闷热灼人的风。

沈易毫不犹豫地迎上，同时冲长庚和葛胖小喝道："跑！"

玄铁营的玄甲固然精妙卓绝，但也过于精妙了——据说一套玄甲比普通的重甲轻四十多斤，沈易本来就像个文弱书生，远不如那蛮人世子强壮，他双手举起割风刃，堪堪架住了对方奔雷似的一撞，整个人却被迫往后退去。

两具重甲角力，周围矮墙、院落、石屋……甚至百年的大树，无一幸免，稀里哗啦地倒了一片。

蛮人世子喝道："留下那小杂种！"

几个重甲蛮人应声而动，雪白的蒸汽四下翻飞，截住了加起来总共三条腿的两个少年。

长庚横剑胸前，一条腿完全吃不住劲，软绵绵地垂在一边。他胸口鼓噪，心脏似乎要爆开，脸上带着阴森的稚气，深藏在血脉里的狼性在与那蛮族武士恶狠狠的对视中被逼出来——姑且不论那所谓的"神女"是不是他娘，即便是，烧死儿子祭奠亲娘算哪门子的奇闻逸事？

葛胖小擦了一把鼻涕，在一片喧嚣尘土中傻愣愣地问："大哥，你真是'殿下'啊，那不是发达了？"

长庚："发达个屁，认错人了——都要死了，还不快跑？"

葛胖小一挺胸脯："我不跑，我要跟着我大哥……啊，娘啊！"

两个蛮人一左一右扑过来，方才还在豪言壮语的葛胖小被其中一个活生生地抓了起来，举过头顶，要把他摔死。那葛胖小眼明手快，垂死的狗崽似的乱扑腾四肢，一把抱住了旁边大树的树枝，生死一线中爆发出了非人的力量，居然堪堪把自己挂在了树上。

可惜，他虽非人，裤子依然是一块凡布，"刺啦"一下被撕下去了。也不知葛胖小是急中生智，还是活生生吓的，眼见裤子"阵亡"，他顺势便来了一泡童子尿，劈头盖脸地浇在了那重甲蛮子的脸上。

那蛮人偏偏还把面罩推上去了，接了个正着，一点没浪费。

蛮人气疯了，当场怒吼一声，铁拳横扫，要抡死这小崽子，不料脚下骤然失控——原来是长庚躲闪敌人的间隙，趁他僵立原地，瞄准了地方，刁钻地将短剑捅进了钢腿的接缝里。

那短剑不愧是玄铁营出品，锋利无比，锐不可当地截断了钢甲护腿一侧，蛮人失去平衡直接跪倒，不偏不倚地将他的同伴挡住。葛胖小胖猴一样蹿上了树梢，轻巧地来了一番飞檐走壁，英勇地抱起了旁边墙头上的石头，冲着长庚叫道："大哥闪开！"

长庚脚下白雾喷出，来不及站起来，让钢腿将他贴着地面拖出了几丈远，随后一块大石头应声而落，正砸在蛮人的钢盔上，"咣当"一声后，尾音简直是余音绕梁，三日不绝。

葛胖小："扒小爷的裤子，王八蛋，让你们扒小爷的裤子！"

长庚滚得一身土，正要挣扎着单腿站起来，突然后颈一紧，一只巨大的铁手从天而降，把他整个人拎了起来。长庚下意识地去摸铁腕扣，那蛮人却根本不容他借力，当场要将他拍在墙上。

被蛮人世子缠上的沈易鞭长莫及——

　　就在这时，一声尖锐的马嘶传来，一支绚烂的铁箭破竹似的横空而过，隔着厚厚的钢板，直接将抓住了长庚的蛮人钉在了矮墙上。

　　矮墙无法承受重甲的重量，塌了，长庚狼狈地跌坐在一片废墟里，听见天空中传来一声穿透力极强的鹰啸，他应声望去，只见两个巨大的黑影在空中盘旋着，居高临下地将蛮人世子的十八铁汉全笼罩在长弓铁箭范围内。

　　蛮人世子猝然抬头，目眦欲裂："玄鹰！"

　　不远处一人应道："可不是嘛，好久不见，玄铁三部问世子殿下安好。"

　　那声音熟悉得让长庚周身一震，他跪在石砖和瓦砾的废墟中，难以置信地看向那身披轻甲、驭马而来的人。

　　那人穿的是最轻的甲，是专门骑马用的，全身上下不过三十斤，又叫"轻裘"。他也没有戴面罩，连头盔都漫不经心地拎在手里，露出一张误闯过长庚梦境的脸，眼角的朱砂痣红得灼人。

　　葛胖小蹲在墙头晃了晃，差点一头栽下去，狠狠地掐了一把自己的大腿。"娘亲……你不是我十六叔吗？"

　　"是啊，大侄子，""十六"毫不在意地纵马向前，好像敌阵全然不在他眼里，他傲慢地从腰间抽出一把割风刃，将那蛮人的尸体拨开，回头冲墙头上的葛胖小笑骂道，"小兔崽子，当街遛鸟，你倒也找片树叶遮一遮。"

　　葛胖小连忙羞答答地伸手一捂。

　　长庚却死死地盯着他，一时间忘了自己身在何方。"十六"迎着他的目光，翻身下马，微微弯腰，递给长庚一只手："臣顾昀来迟，请殿下恕罪。"

雁落京华

卷
一

——

十三岁的少年走过光线暗淡的宫殿长廊，一共九九八十一步，他走得终生难忘。

第一章

安定

壹

顾昀其人，天生没有什么虚怀若谷的好性情，纵然年少时那点轻狂已经被西域黄沙磨砺得收敛了起来，内在本质也依然是狗改不了吃屎。他桀骜不驯，目下无尘，这些年来，别人赞他也好，骂他也罢，他都从未往心里去过。

然而那日清晨，化名沈十六的顾昀窝在厨房里躲懒喝酒，骤然听见沈易说长庚临他的字时，那一刻，他心里的滋味竟是无法言说的。

顾昀有生以来头一遭感到惶恐，恨不能再生出几对不中用的耳朵，逐字逐句地听清长庚说他写得是好是坏，又暗暗担心自己功力不够，会误人子弟。想来，这大概就是每个做父亲的，头一回偷听到孩子说"我将来要成为像我爹一样的人"时的动容吧。

沈易问过他，要是长庚恨他怎么办？

顾昀当时大言不惭地撅回去了——其实完全是吹牛的。

这会儿，顾大帅在千军万马中从容不迫地亮了相，撑着一脸波澜不惊看向他的干儿子，期待着能看到一点惊喜——哪怕惊大于喜都行，不料长庚只给了他一脸哀莫大于心死的空白。他便披着波澜不惊的脸皮，心里"咯噔"一下打了个突。

顾昀想：完了，这回真生气了。

有那么一种人，天生仁义多情，即使经历过很多的恶意，依然能艰难地保持着一颗摇摇欲坠的好心，这样的人很罕见，但长庚确确实实是有这种潜质的。

他眨眼之间遭逢大变，没来得及弄明白自己扑朔迷离的身世，又被卷入北蛮入侵的混乱里。然而尽管他对前途满心彷徨，对境遇充满无力的愤怒，对来历不明的沈家兄弟也是疑虑重重，可他依然想着要救葛胖小，也依然无法克制对沈十六牵肠挂肚。

一路上，长庚无数次地想过：现在满城都是杀人如麻的蛮人，沈先生又在这里，他那迈个门槛都要迈半天的小义父怎么办？

谁保护他？谁送他出城？

然而万般忧虑，都在他听见"顾昀"两个字的时候化成了飞灰。

长庚不知道该用什么表情去面对十六——顾昀了。

这有多么可笑。

名震天下的顾大帅怎么会是个听不清看不清的病鬼呢？用得着他惦记吗？再说，顾昀为什么会出现在这种鸟不拉屎的小地方？本应远在西域的玄铁营为什么能这么迅速地集结？那个蛮人世子究竟是打了个出其不意，还是一脚踩进了别人给他挖的坑里？

这些念头在长庚脑子里烟花似的乍起乍灭，他懒得深究，只是心口疼——因为自己婆婆妈妈地牵挂了那么久，原来只是自作多情加上不自量力。长庚已经过早地知道了什么叫"恐惧"和"心寒"，也从秀娘那里不止一次地感受过绝望和濒死。

只是单单不知道这"尴尬"二字，竟也能让人肝肠寸断。

顾昀见他红着眼眶不应声，总算从烂透了的良心里扒拉出了一点内疚，他在敌军众目睽睽之下，旁若无人地单膝跪下，小心地将那钢护腿从长庚的伤腿上摘了下来，覆着一层轻甲的手掌轻轻地按了几下，说道："脚踝脱位了，不碍事，疼吗？"

长庚不吱声。

顾昀叹了口气，这孩子平日里虽然也跟他撒娇怄气，却什么都会想着他，此时忽然用这么陌生的眼神盯着他，他心里忽然有点后悔。

不过后悔只有一瞬，铁石心肠的安定侯很快就想开了：事情都办到这份儿上了，后悔有个屁用。

于是他喜怒不形于色地低下头，一脸漠然地捧起长庚的伤腿，连声招呼也没打，一拉一扣，就合上了他脱位的关节。

长庚周身猛地颤抖了一下，没叫疼。

大概此时此刻就算别人捅他一刀，他也是不知道疼的。

顾昀把他抱起来放在马背上，发现自己对付不了干儿子，只好起身转而欺负蛮人。

他下马、面见、接骨一系列动作连头也不抬，好像周围那些披坚执锐的敌甲都不存在，可一时间，竟然也真没有人敢轻举妄动——也许单单是帅旗上的"顾"字，便已经能让草原狼们闻风丧胆了。

蛮族世子看他的目光是两簇不共戴天的血海深仇。

十四年前，顾昀的亲爹顾老侯爷就是杀遍十八部落的总指挥，狼王，也就是这位世子的爹，至今靠两条嶙峋可怖的假腿走路，全是拜顾老侯爷所赐。

世子不缺心眼，连长庚一个小孩都能在心乱如麻中隐约想明白的事，他当然不可能反应不过来，一见顾昀，他就知道大势已去了。而仿佛为了如他所愿，不远处传来一声尖鸣，一个惨白的信号塔钻天猴似的冲上半空，当下炸了个青天白日。

七八个玄鹰的黑影好像暗色闪电，纷纷落在巨鸢上。

玄鹰是巨鸢最大的克星，那些蛮人不知从哪里弄来了一批钢甲，不过是初学乍练，样子唬人，哪里是出神入化的玄铁营的对手？

顾昀好整以暇地收回目光，傲慢地开了口："狼王葛图那手下败将怎么样了？身子骨还硬朗吧？"

方才的沈易即便是当面问责、对面开打，也始终是客客气气的，一派有理有据的大国风度，蛮人世子一时没能适应顾大帅这种路数，一口老血险些让他哽出来："你……"

顾昀轻笑一声："早听说十八部出了个野心勃勃的世子，还弄出个什么'蚀金计划'。不是我说，世子，就凭你们，也想一口吞下大梁？还真不怕撑死。"

蛮人世子的脸色这回真变了。

"蚀金计划"是天狼部绝密，也是这位荧惑世子接管天狼实权后，一手谋划的。大梁的钢甲与蒸汽技术突飞猛进，天狼部在这方面错失先机，十多年中被打得几乎没有喘息余地。要知道哪怕是力能扛鼎的绝世高手，在如今已经改造成熟的重甲和铁鸢兵面前，也不过是螳臂当车，世子荧惑脑子很清楚，想报仇雪恨，靠打硬仗，绝对是痴人说梦。

除非大梁从里面烂出来。

大梁虽然地大物博，但偏偏没有成规模的紫流金矿。紫流金乃是国之命脉，不得有任何闪失，因此朝廷明令禁止民间倒卖，违令者以"谋反"论处，倘若被抓住了，诛九族都不新鲜。民间各种民用火机傀儡所需动力，须得带着由当地父母官、名绅、举人等有头有脸的人物出具的保函，到朝廷专门的皇商旗下的店铺买次一等级的紫流金。

但紫流金暴利，黑市屡禁不止。所谓"人为财死，鸟为食亡"，肯为钱拼命的亡命徒自古以来要多少有多少。

只是单有亡命的心，找不到货源也不行。最早的黑市"金商"都是亲自跑到草原碰运气的，有运气的万中无一，大部分都死在半路了。

天狼部瞄准了大梁黑市，豁出血本，不惜杀鸡取卵，每年挖出大量紫流金，缴足岁贡之后，用额外的紫流金贿赂边陲将士，逐个击破，这便是"蚀金"。

这事七八年前就开始缓缓推行，到后来，蛮人与落脚雁回小镇的胡格尔取得联系，双方里应外合，经过这些年的铺垫，世子茨惑自信，北疆一线边陲重镇中，没有他的手伸不到、眼看不见的地方。

可此事天知地知，主谋知道，顾昀又是怎么知道的？

他难道真能手眼通天吗？

这三言两语的工夫，天上巨鸢的争夺转眼尘埃落定，毫无悬念。

可恶的顾昀双手背负，意犹未尽地开口补了一刀："世子，我跟你说句老实话吧，顾某人在这鬼地方已经恭候你多时了，天天做噩梦担心你不来——你要是不来，我拿什么由头来清理边关这帮吃着皇粮不办事的蛀虫？多谢你啦！"

蛮人世子看起来想扒他的皮、抽他的筋。

顾昀见他已经气成了一个灯笼，在长庚那儿无能为力的心气总算顺了，露出了一个戾气逼人的笑容："蚀金计划，哈哈，有才——不废话了，给我拿下！"

说完，顾昀牵起长庚的马绳道："让殿下受惊了，臣为殿下牵马。"

长庚用尽全力瞪着他，可任凭他目光如剑，顾昀偏偏刀枪不入……像从来都听不见沈先生叫他刷碗一样刀枪不入。

长庚忍不住低声道："安定侯仆从也不带一个，隐姓埋名地来到这浅滩薄水里，真是处心积虑，好辛苦。"

他以前再气得要命，也不忍心对十六说一句重话，此时一句讥讽冒出喉咙，先把自己堵了个半死，抓着缰绳的手攥得发青。

"气得不认我了。"顾昀心里有些惆怅地想，"这可怎么办？"

他向来擅长点火，点谁谁炸，但总是不擅长熄火，每次想服个软息事宁人时，不知道为什么，别人都反而会更愤怒。顾昀硬着头皮放轻了声音，对长庚解释道："军务缘故，未能对殿下表明身份，多有得罪，以前没少占小殿下的便宜，还望殿下回去以后，不要找皇上告我的状……"

他话音没落，墙头上的葛胖小忽然大叫道："小心！"

只见一个蛮人不知什么时候藏在了废墟里，突然将钢腿的动力拉到了极致，转眼间已经到了顾昀身后，怒吼着一刀斩下。马背上的长庚余光扫见，一腔酸苦全都顾不上了，情急之下，他本能地扑了出去，试图为顾昀挡那把长刀："义父！"

顾昀脚下冒出一线白雾，人影闪了一下便已经蹿上马背，长庚只觉得腰间一紧，后背狠狠地撞在了顾昀胸口的薄甲上，随后眼前乌影一闪——顾昀手中割风刃长刀未出，依然是一条光溜溜的黑铁棍，尖端已经精准无比地没入了那蛮人重甲的肩井上。重甲肩上的动力陡然被切断，蛮人的铁臂发出一声让人牙酸的响动，锁紧了，将挥来的长刀生生卡在了半空，此时，刀刃距离顾昀的前额不到三寸。

而他竟眼皮都没有眨一下。

顾昀低笑一声，狠狠一夹马腹，战马长嘶一声蹿了出去，他搂着长庚腰的手掌不徐不疾地上移，正盖住了少年的眼睛，割风刃被冲出去的战马带起来，蒸汽剧烈喷出，发出一声轻微的爆破声，三尺长的一圈旋转刃脱鞘，把那蛮人自肩膀以上全绞了下来。

一股潮湿温热的蒸汽喷在长庚的脖颈上，他狠狠地激灵了一下，然后才闻到了血腥味。

顾昀身上那种好像被药汤子腌入味的清苦气藏在了轻裘铁甲之下，遍寻不到，长庚有一瞬间觉得身后坐着的是个陌生人。

他的小义父，仿佛从未存在过。

贰

蛮人倾巢而动，全重甲军突袭雁回镇，可谓是拼了老命。大梁供养尚且吃力的重甲，对十八部落的蛮人是什么概念呢？

大概"尽其膏脂"已经远远不够了，骨髓都得刮上三回才行。

他们本就是和野狼一个窝里滚大的善战民族，加上蓄谋已久，重甲部队倾力一击，理所当然应该所向披靡。

可惜，他们偏偏撞上了玄铁营。

玄鹰利索地夺下巨鸢，玄甲生擒蛮人世子，在顾昀的默许下，诛尽城中北蛮残部，那日太阳未落，战斗已经结束。

而这还没完。

顾昀料理了外敌，转头便以迅雷不及掩耳之势，将刀兵对准了自己人，趁着众人震慑于玄铁营神威，他一口气拿下了雁回镇、长阳关等北疆一线大小武将六十余人，不问青红皂白，通通收押候审，一时间，北疆风声鹤唳，人人自危。

长庚和葛胖小被暂时安置在了雁回太守郭大人的府上。郭大人见顾昀就哆嗦，生怕遭到牵连，听说让他照顾小皇子才知道自己躲过一劫，那真是一丝一毫也不敢怠慢，派了两排使唤人，在长庚他们借住的院门口听喝，只差亲身前去端茶倒水了。

葛胖小沾了长庚的光，也享受了一回皇家礼遇。这小胖墩从兵荒马乱里缓过来，一想自己这就家破人亡了，便先哭了一场，哭到一半想起长庚跟他一样，也是孤苦伶仃，虽然还剩下义父这么一个亲人，但十六叔连人影子都不见一个，也不来看他，不由得便心生一股同病相怜之感，不好意思当着长庚大放悲声了。

可是不哭也没别的事干，葛胖小掰着手指头，试图将此事中间种种关节思考清楚，最后还是放弃了，此事对他来说太复杂了，怎么想都是一团糨糊，便问长庚道："大哥，他们说你爹是皇帝，那秀姨莫非是皇后？"

长庚手里拿着半把"袖中丝"，救葛胖小的时候，他将铁腕扣里的袖中丝打出去一枚，后来收拾战场时又偷偷地捡了回来。大凡铁物，锋利与结实很难共存，铁腕扣里的袖中丝纵然削铁如泥，却实在不怎么结实，尖端已经折在了蛮人的重甲中，被滚烫的紫流金熔了一角，刃都没了，成了个光秃秃的黑铁片。

长庚一边用铁钉刮去残刀上面凸起的地方，一边漫不经心地对葛胖小说道："皇帝的儿子又都不是皇后生的，他有的是老婆。秀娘是个蛮人，我也不是什么皇子，是那个蛮族女人想让我冒充皇子。"

屠户家的小儿子听了这个回答，越发地摸不着头脑，张着嘴愣了好一会儿的神，感觉他大哥真是太可怜了，飞禽走兽都有父母，唯有他大哥弄不清自己的来龙去脉，父母如一团解不开的乱麻，也不知是何方神圣。

葛胖小信誓旦旦道："大哥，你放心，不管你爹是皇上，是百户，还是唱戏的，你都是我大哥！"

长庚听了，先是干巴巴地提了提嘴角，后来大概是品出了一点滋味，终于露出了一点含混的笑意。

葛胖小："将来我要是也能进玄铁营就好了。"

长庚没来得及接话，屋外忽然有人说道："玄铁营不比普通将士，日常操练极其艰苦，你吃得了苦吗？"

两个少年一抬头，见是沈易推门进来了。

沈易换下了那很可怕的黑甲，转眼又是那婆婆妈妈，满身透着一个"穷"字的落魄书生，他手里拎着两个食盒走进来放在桌上道："消夜，吃吧。"

郭大人很重养生，府上的消夜只有汤汤水水，大人也就算了，多一口少一口两可，这半大少年哪里受得了？葛胖小连喝三大碗鸡汤面，依然只觉得灌了个水饱，连一身冬暖夏凉的五花膘都黯淡了下来，此时掀开食盒，见里面实实在在的包子、馒头和肉，眼都绿了，当即欢呼一声扑上来，把什么玄铁营、白铁营都抛诸脑后去也。

不过这小胖子很够意思，忘了天下也没忘了他大哥，屁颠屁颠地给长庚拿了个大包子。"大哥，你吃。"

长庚往沈易身后看了一眼，没看见他想见的人，顿时胃口尽失，兴趣缺缺地摆摆手，强压下心里的失落，半死不活地打招呼道："沈将军。"

"不敢当。"沈易一看他脸色就知道他在想什么，若无其事地在旁边坐下，解释道："这次边防大清洗，顾大帅那里实在分身乏术，只是他心里对殿下十分记挂，特地嘱咐我来看看。"

"殿下也不敢当，"长庚不冷不热地低下头，沉默了会儿，他凉凉地说道，"十六……侯爷日理万机还费心想着我们，真让人受宠若惊。"

沈易笑道："大帅要是知道殿下在背后这么生分，心里指不定怎么难过呢。可惜他那个人，心里有什么不好受，从不会直说，只会变着花样找别的碴，就苦了我们这些做属下的了。"

长庚漠然没接话，全副心神好像都在手里那把残刀上，他在上面仔仔细细地选了个位置，开始用铁钉在上面钻孔。少年心里明镜似的，根本不相信沈易会是什么普通属下。哪怕微服出巡，普通属下敢随意支使安定侯刷碗煮粥吗？除非是老寿星上吊——活得不耐烦了。

没人说话，气氛一时间尴尬得要死。

沈易面带微笑，心里骂娘，因为长庚这副脸色完全是甩给顾昀看的，顾昀那王八蛋自己捂着眼不敢看，便把他推过来顶缸。他心道：打从我上了姓顾的贼船那天开始，就没摊上过好事。

沈易世家出身，要说起来，跟顾老侯爷的母家还沾点亲，老侯爷还活着的时候，接他来顾家小住过，顾昀从小调皮捣蛋的英雄事迹，有沈易一半的"军功"。后来顾老侯爷与公主夫妇双双亡故，两人才各奔东西，顾昀袭爵进宫，沈易回去考了功名，高中后不肯进翰林院，反而顶着所有人看疯子的目光，自请入了灵枢院。

灵枢院可不是捣药问诊的，他们不修人体，只修机体。同禁军并列，直属帝王，是户部最大的讨债鬼，也是工、兵二部的衣食父母。

鸢、甲、骑、裘、鹰、车、炮、蛟八大军种中，所有装备设计图纸、改良更新，乃至玄铁营的不传之秘，全部来自灵枢院。

灵枢院常以"御用长臂师"自嘲自谦，他们在朝中大事上几乎不言语，看似品级不高，大部分时间都是窝在灵枢院里鼓捣那些铁家伙。但是谁也不敢真将他们与民间那些机油里讨生活的手艺人相提并论。

当年顾昀之所以能重启玄铁营，绝不仅仅是战事紧急或皇帝轻飘飘的一纸诏书，很大程度是因为沈易这位故交在灵枢院中帮他疏通了关系。关键时刻，灵枢院站在了少年将军的背后，给了他最有力的支撑，这才让十年来隐隐已经没落的军权再次压过七嘴八舌的文人士族。

玄铁营"死而复生"后，沈易应顾昀之邀，脱离灵枢院，成了顾昀专属的护甲人——当然，这些乱七八糟的事，以长庚此时的见识和阅历，是不知道的。

沈易也无意解释，只是抬头对葛胖小说道："我有几句话想和四殿下说说，你……"

葛胖小立刻机灵地应道："嗯嗯，你们说，我吃饱就困，也该回去睡觉了。"

说完，他往怀里揣了两个包子，嘴里叼了块大肘子，从椅子上跳下去跑了。

闲杂人等都走了，沈易这才缓缓地说道："西域战局稍稳的时候，顾帅接到皇上密旨，令他到北疆一带寻回当年随贵妃姊妹一起失踪的四皇子殿下。"

长庚手上的动作停了一瞬，抬起眼皮，一言不发地望向沈易。

沈易神色诚恳不似作伪，娓娓道来："途经雁回时，我们发现城门外有北蛮活动的迹象。殿下恐怕不清楚，狼王的世子一直野心昭昭，早有不臣之心，顾帅担心北疆会生异变，这才停下查看，不料正好从狼群中遇见殿下。顾帅年幼时跟在长公主身边，与贵妃有一面之缘，第一眼见殿下，就觉得眼熟，直到我们将您送回去，见了秀娘，才确定您就是我们要找的四殿下。

"十四年前，顾帅不过是个垂髫幼子，秀娘早不记得他了，刚开始，我们本来打算向她表明身份，接你们回京，没想到意外地发现秀娘在和蛮人暗通款曲。为免打草惊蛇，顾帅一边暗中从西域调来一部分人手，一边想着要将计就计，请君入瓮——此次蛮人十八部精锐尽折，世子被擒，大量财力人力被他们自己消耗，至少能保我大梁北疆五年太平，望殿下看在边关数万百姓的分儿上，不要同臣等计较欺瞒之事。"

长庚听了，思量片刻，通情达理地点了点头："嗯。"

沈易顿时松了口气，笑道："当年北蛮天狼臣服我大梁时，曾为吾皇献上两大草原之宝，一个是紫流金，另一个就是天狼神女。神女身份贵重，陛下感念天狼人心诚，便封其为贵妃，是我朝唯一的皇贵妃，后来的事，那天臣已经同殿下说过了。贵妃若是泉下有知，看见殿下长这么大了，一定也会十分欣慰的。"

长庚心里冷笑，照这么说，那秀娘——胡格尔不是他亲姨吗？亲姨这个德行，亲娘能好到什么地方去？长庚："我觉得按照常理，这个故事应该是'贵妃'发现怀了孽种之后，拼命想逃走，还想一碗打胎药把孩子弄死吧？"

沈易："……"

宫闱秘事不便细说，不过这熊孩子猜得还真准。

可沈易毕竟是个从小就周旋于权贵中的狐狸精，心里怎么想，脸上没露出一点，他极其逼真地装出了一点矜持的吃惊："殿下说的哪里话？若是因为秀姑娘，那么大可不必多想，秀姑娘毕竟是外族人，心向本族无可厚非，殿下也不是她亲生的。何况就算心怀怨愤，这些年她还是不辞劳苦地养育殿下成人，又想方设法将殿下的半块鸳鸯玉佩传信回京，想必是她做好了以身殉其国的准备吧。这难道不是血脉亲情使然吗？姨母尚且如此，亲娘又怎么会不疼你？"

顿了顿，沈易又花言巧语道："殿下的模样同贵妃像是一个模子里刻出来的，脾气秉性却都随皇上，血缘是骗不了人的。至于秀姑娘砸断殿下脚趾一事，我想总归是另有隐情，又或者是殿下当时年纪小，记忆出了差错，也都有可能。"

沈先生说话有理有据，口才卓绝，如果长庚不是清楚地知道自己身上还有一种慢慢致人疯狂的剧毒，大概要被他编的故事劝动了，以为秀娘真的对自己用心良苦。

而今，这小小的少年再也无法全盘信任别人口中的真相，他心里装着一斗的揣度、一石的怀疑，忍不住将别人每一句话都掰开揉碎了翻出来看，稍稍一深究，就觉得满腔疑虑。

长庚忽然觉得疲惫得要命。

于是一炷香之后，沈易顶着一张笑得发僵的脸，被长庚客客气气地送客了。

长庚把沈易送到门口。"以前我见识短浅，以为顾侯爷身有不足，时常啰唆，万望侯爷见谅。"

沈易垂下眼，只能看见长庚头顶上拒绝与他对视的发旋，只好叹了口气，心事重重地离开了长庚他们住的小院。他刚出了院门拐出小径，就在院外的小花园里看见了传说中"军务繁忙"的顾昀。

郭大人院里种了好多银丹草，顾昀孤零零地坐在小亭里，无所事事地揪银丹草的叶子，揪下来的叶子就叼在嘴里，叼一会儿就嚼碎了吃。不知他独自在这里坐了多久，一株银丹草都快让他薅秃了，好像一丛被山羊踩躏过的灌木。

沈易轻咳一声，顾昀却恍如未闻，直到沈易走到近前，顾昀才有些吃力地眯起眼，看清了他。

"药效过了吧？"沈易叹道。

顾昀面露迷茫，下意识地侧了侧脸，做出用力听的动作。沈易只好走上前去，凑近了他的耳朵道："先回去，回去同你说——手给我，那里有石阶。"

顾昀摇摇头，拒绝了他的搀扶，从怀中取出一片琉璃镜，架在了鼻梁上，一言不发地缓缓往外走去，眼角耳边的两颗小痣好像也黯淡了下去。

沈易瞥了一眼被姓顾的山羊"啃"秃了的银丹草叶子，追了上去。

顾昀其实就住在长庚隔壁，但和这边不一样，他落脚的地方显得冷冷清清的。

倘若长庚说一句"不用伺候"，郭太守一定会涎着脸，将"殿下勤俭爱民"大吹大擂一通，然后一股脑地塞几十个仆役过去。但再借他一麻袋胆子，郭大人也不敢跑到顾大帅面前谄媚。

顾昀轻飘飘撂下一句"别来打扰"，他住的地方，除了那些吓人的玄铁营将士，就谁也不敢轻易踏入半步。

顾昀以前在听不清看不清的情况下，整个人会格外紧绷，特别讨厌不熟悉的人在身边乱转。沈易已经很久没见过他这种草木皆兵的紧绷了，本以为在雁回小镇沉潜两年，顾昀已经学会了怎么和这个模糊的人间和平共处，现在看来可能还是不行。

可能学会了和平共处的那个只是"沈十六"，不是顾昀。

其实要说起来，顾昀这个人平时表现出的胸有成竹与从容不迫，十有八九是装的，但是装得太真，没人看得出其中的水分。同时，他的聋和瞎虽然都是真的，却偏偏都像装的。从这方面来看，顾大帅可谓身体力行地诠释着何为"假作真时真亦假"。沈易也不知道他是真的心里缺零件，还是根本有意为之。

哦，对了，他的真心其实也是真的，不过好像也不太招人信。

临近傍晚，夜幕方才垂落，昏星尚未显露形迹，顾昀回屋以后第一件事就是把所有的灯都点亮了。然后他摘下琉璃镜，用力揉了揉眼睛，对沈易道："拿药给我。"

沈易是个文质彬彬的碎嘴子，唠叨是他除了打仗之外的第二主业，他轻车熟路地接道："大帅，是药三分毒，不到火烧眉毛的时候，我看你还是能少喝就尽量少喝……"

顾昀面无表情地站在灯下，眼神有点茫然，没反应。沈易便闭了嘴——他想起来了，这种距离，顾昀是听不见他说话的。顾昀的聋是克制嘴碎之人的一记绝招，一击必杀，这些年来从未失过手，沈易只好默默地转身去厨房煎药。

琉璃镜这东西很鸡肋，架在鼻梁上，周围稍有冷热变化，都会凝出白雾遮挡视线，而且十分易碎，一旦碰碎了就很容易伤到眼睛，对武将来说行动十分不便，只能在屋里戴一会儿应急。

沈易出门后，顾昀就将琉璃镜重新架在鼻梁上，自己研了墨，提笔开始写折子。

郭太守虽然只是个边关小官，日子过得却并不清贫，桌上摆着的不是普通的油灯，而是一盏可以调节明暗的汽灯，看那过于复杂繁复的花边，可能还是从夷人手里买的。汽灯旁边还有一座仿造的西洋钟，仿得很像，只是仔细看，上面细细地标了天干地支和十二时辰，左上角还有二十四节气更迭变换的小窗，显得有点不伦不类的，透明的钟座下面，大大小小的齿轮严丝合缝地向前推着。顾昀讨厌这玩意，因为齿轮转起来吵闹得很，便想着改日叫人拿出去。

不过眼下倒是没什么关系，反正他也听不见。

等沈易端着一碗药汤回来时，顾昀正好写完搁笔。

顾昀："替我看看有没有不妥的地方。"

汽灯亮得晃眼，灯罩上还有一排袒胸露乳的西夷女人，个个搔首弄姿，纤毫毕见，沈易用手遮了一下光，嘀咕道："有辱斯文。"

然后他飞快地扫了一遍顾昀的奏章，叹道："有没有不妥？大帅啊，恕沈某人才疏学浅，我就没看出你这里有妥的地方。"

顾昀："嗯？什么？"

沈易："……"

沈易捏住顾昀手书的一角，塞回他怀里，轻轻托了托他的手肘，又指指旁边的小榻，示意他哪儿凉快哪儿待着去，然后自己铺纸蘸墨，打算重新写一份新的。

顾昀端着药碗，豪迈地一饮而尽，然后往精致的美人榻上一靠，鞋也不脱，跷着高高的二郎腿，静静地等着药起作用，同时他手上也没闲着——顾昀十指翻飞地把方才那张纸折成了一只纸燕子，然后一脱手，照着沈易的后脑勺就飞了过去。

这人的手好欠！

沈易听见风声，一抬手抓在手里，简直没脾气了，问顾昀道："我这么说话听得见吗？"

"还行，有点模糊，"顾昀道，"反正我就是方才写的那个意思，你按那个替我改个像样的说辞就行了。"

沈易叹道："大帅，你跟皇上说，是四皇子殿下识破胡女与蛮人的阴谋，大义灭亲，才让我军占了先机，一举歼灭蛮人？这话你信吗？"

顾昀也不知喝了一碗什么灵丹妙药，眼角与耳垂上的两颗小痣仿佛活过来似的，又殷红起来。

"不然呢？"顾昀反问，"难道跟皇上说，我想独霸大梁军权很久了，西征刚尘埃落定就惦记着要收北疆兵权，早想借保护小皇子的机会跑来给蛮人下套吗？还是说我暗地里掺和屡禁不止的紫流金黑市，不小心发现这几年流进黑市里的紫流金量大得不正常？"

沈易无言以对。

顾昀大言不惭道："你可以编圆一点，让它看起来可信，不然要你干什么？再说，有那倒霉的亲娘，长庚那孩子回京以后少不了被老王八蛋们刁难，你一会儿还得给我好好润色润色，就说四皇子尽管身世凄苦，但一片赤诚的精忠报国之心不减，一定要渲染得悲情一点，只要把皇上看哭了，我看谁还敢多嘴。"

沈易："……"

刚让他哄完皇子，又让他弄哭皇帝。

他当即冷笑搁笔。"沈某肚子里墨水不够，大帅还是另请高明吧。"

顾昀："啊！"

沈易一偏头，就见姓顾的毫无诚意地祭出苦肉计："我头疼，疼疼疼疼得要炸了——季平兄，除你以外，我身边再没有谁可以帮扶了，你怎么忍心负我？这苍凉尘世，真是无情无义，我活着干什么？"

说完，他手捂胸口，直挺挺地往小榻上一倒，用棺材板的姿势装死去了。

说头疼他捂什么胸口？

沈易的手背上暴出了一排快活的小青筋。

可是过了一会儿，沈易还是无可奈何地重新坐了下来，铺开纸，字斟句酌地修改起顾昀的奏折来。

顾昀躺下之后没有再诈尸，因为他是真的头疼，沈易也知道——这就是他那碗神药的后遗症，一碗药汤喝下去后，先是有那么一炷香的时间耳聪目明，浑身松快得不行，等这一炷香时间过了，他就会开始头痛欲裂，一睁眼就觉得身边所有东西都在转，所有声音都忽远忽近。

这种症状大约小半个时辰后才会慢慢缓解，然后他的耳目能暂时像正常人一样。

正常多久不好说——顾昀头一次用这种药的时候，疼得用头去撞床柱，之后足有三个多月看得清也听得见，让他险些忘了自己身上还有两个不好使的部件，而随着他用药越来越频繁，一方面练成了不管多疼也能倒头就睡的绝技，另一方面，药效对他来说似乎也在慢慢减退。

到现在，一服药只能管他三五天了。

"可能再过几年就彻底不管用了。"沈易想着。

两人一坐一卧，两厢无声，直到夜色已深，远处传来打更的声音，沈易才搁了笔，回身捞起一条毯子，盖在顾昀身上。顾昀保持着同躺下去时一模一样的棺材板睡姿，一动不动，唯有眉头是皱起来的，嘴唇和脸颊一样毫无血色，只有两颗朱砂痣妖异地相映生辉。

沈易看了他一眼，轻手轻脚地走了出去。

第二天，顾大帅一爬起来，又成了生龙活虎的安定侯。

天还没亮，沈易就被早起的顾昀砸门给砸醒了，睡眼惺忪地开了门。只见顾昀很得意地说道："我定的东西终于到手了，你看着吧，我去请个罪，保准能把那小浑蛋哄好！"

沈易用力眨了眨眼，心里有了点不祥的预感。

　　安定侯点了四个玄铁营将士，扛了一口比房梁还长的大箱子，浩浩荡荡地去找长庚，经过他头天祸害过的那株银丹草时，又揪了一片叶子塞进嘴里，也不嫌草叶边扎人，就着叶片吹起了他自己发明的小调，老远就宣告他老人家大驾光临了。

　　结果他前脚刚进长庚的院门，迎面便是一把重剑杀气腾腾地开门迎客，旁边一个准备奉茶的小厮吓得大叫一声，茶盘落地，杯壶盘子碗一起摔了个粉身碎骨。顾昀的袖口瞬间弹出一把巴掌长的小刀，当空架住了长庚手里的重剑，整个人游鱼似的滑了出去。两把利刃边缘轻轻摩擦，发出一声悠长回旋的金石之声，而后顾昀屈指轻轻一弹，长庚手腕顿时一麻，重剑险些脱手，只好被迫退开。

　　顾昀将小刀弹回护腕，双手一背，笑道："一大早的，殿下是有什么不顺心的事吗？没关系，尽管往臣身上招呼，消气了就好。"

　　姓顾的可能自以为他是来负荆请罪的，可惜，怎么看怎么像是专程来踢馆找事的。

<h2 style="text-align:center">叁</h2>

　　大哥清早练剑，葛胖小本来做好了捧臭脚的准备，不料一嗓子好还没出口，先来了这么一出，当场给吓成了一只毛团鹌鹑，傻站在旁边大气也不敢出。长庚一大早就像没睡好的样子，脸色白里泛着点青，眼角微微抽动了一下，深深地看了顾昀一眼，他缓缓地垂下剑尖，克制地低声道："是我一时失手，得罪侯爷了。"

　　顾昀蹭了蹭下巴，绷住脸不敢笑了。他试探性地抬了抬手，想像往常一样搭长庚的后背，不出意料地被长庚躲开了。

　　长庚冷淡地说道："侯爷里面请。"

　　顾昀尴尬地收回手，放在唇边干咳了一声："长庚，等等。"

　　长庚听见他叫自己的名字，脚步下意识地一顿，只见顾昀回过身去，冲身后招招手。抬箱子的那几位立刻齐刷刷地走进来，把那箱子往院里一放，同时后撤，单膝跪了一排。

"大帅。"

顾昀伸手虚托了一下，示意将士们起来，然后亲自上前掰开了箱子上的锁扣，他的手按在繁复的锁扣上，像没诚意地拿着个破拨浪鼓逗小孩，还要故弄玄虚一样，回过头来冲长庚笑道："来，给你看个好东西。"

"咔嗒"一声箱盖弹开，葛胖小拉了长庚一把，见长庚一脸淡淡的，便按捺不住好奇，自己先上前探头一看，立刻惊叫出声。只见箱子里静静地躺着一具银色的重甲，通体无一丝杂色，线条流畅得近乎灼眼，美得吓人，同它比起来，那些蛮人不知从哪里弄来的重甲简直就像笨重的铁疙瘩。

顾昀颇为自得地说道："这是我前一阵子托灵枢院的大师定做的，紫流金燃烧的效率比同等重甲高一倍，关节有加固层，不会像那些蛮子的破玩意一样被一枚袖中丝卡住，是个杰作，比我年轻时候用过的那套还要好得多，只是还没有名字……你也是该有自己大名的年纪了，可以把自己的小名留给它。"

长庚除了刚开始被重甲的光晃了一下眼，脸上就再没有别的表情了，尤其听见顾昀建议他给重甲取名叫"长庚"的时候。

"长庚"这两个字不知什么时候变得这样脍炙人口了，秀娘胡格尔，顾昀，他们都对他那小名情有独钟。

被他当成亲娘的仇人临死时送给他一剂逼人疯狂的毒药，取名叫"长庚"，他本想要照顾一辈子的小义父化成泡影之前，送给他一副绝代无双的重甲，也建议他取个名叫"长庚"。

还有比这更讽刺的巧合吗？

总之，天赋异禀的顾大帅在自己也不知情的情况下，又一次成功做到了"哪壶不开提哪壶"。

长庚长久的沉默弄得周围一圈人都不安起来，葛胖小迈着小碎步蹭过来，拉了拉长庚的衣角道："大哥，不穿上看看吗？我第一次见到重甲就是那天那群蛮子的呢。"

长庚突然一低头，一声不吭地转身回屋，用力摔上了门。顾昀嘴角的笑渐渐有点发苦，站在院门口，显得有些无措，不过很快回过味来，自嘲地给自己找了个台阶下："头回给人当义父，当不好，见笑。"

一位玄甲将士上前问道："大帅，这甲……"

"放在……呃，给他放在外屋吧，回头把钥匙留给他。"顾昀顿了顿，好像打算说点什么，最后还是泄气道，"算了。"

他穿一身靛青的便装，衣衫单薄，人也未见得有多厚实，费了不少心思想来讨个好，偏偏马屁拍到了马腿上，只好对着面前关上的门发愁，看起来有点可怜。

沈易目睹此情此景，忍不住腹诽道："你不是狂吗，这回踢到铁板了吧？该！"

葛胖小心里有点难受，抓抓脑袋："十六叔……"

顾昀在葛胖小额头上摸了一把，勉强笑了笑："没事，你们自己玩去吧。"

说完，他转身大步向沈易走过来，强行将沈易拎出了老远，才低声咬耳朵道："上次送他铁腕扣的时候不是挺高兴的吗，怎么这次不管用了？"

沈易往旁边看了看，见四下无人，便直言不讳讥讽道："大帅，你是把人当棒槌吗，每次都出同一招？"

顾昀有点焦躁。"少说风凉话，那你说怎么办？"

沈易翻了个白眼。"你看，你在北疆搞了这么大的事，瞒了他这么久，他对你掏心掏肺，你呢？他现在都觉得你是装聋装瞎骗他——还有从小把他拉扯大的亲娘是个北蛮奸细，现在又没了，没准还是被你逼死的……"

"放屁，"顾昀截口打断他，"草原妖女那样的人，肯定是知道他们要事成才肯甘心自尽的，她要是早知道我在这儿，肯定明白他们没戏，才不会死呢。"

沈易将他这句话琢磨了一下，没明白这里头是怎么个因果关系，只听出了顾帅"天下英雄，舍我其谁"的重点——什么叫知道他在这儿，就明白自己没戏？

简直无可救药。

沈易不想理他了，便敷衍道："你让他安安静静地自己待几天，别拿着哄小妾那一套跑去烦他，等他自己回过神来吧。"

顾昀："我没有小妾。"

沈易冷笑道："是啊，你连个老婆也没有。"

顾昀给了他一脚。

不过走了两步，顾大帅又琢磨过味来了，认为此事正中下怀——正好他也懒得回京城。可带着个小皇子，总不能老在雁回滞留，他微微转念，一个馊主意便浮上心头。

顾昀对沈易说道："正好，昨天晚上的折子还没发出去呢，你回去再改一改，就说四殿下至纯至孝，虽然忠孝难两全，到底为国为民大义灭亲，但事后哀痛过度，一病不起，我们在雁回休整一阵子，等殿下身体痊愈再回京。一定要写得合情合理，争取把皇上看哭了。"

沈易："……"

但凡打得过，他现在一定要亲手将姓顾的打哭了。

可惜，人算赶不上天算。

第二天顾昀赖在墙头上看长庚练剑的时候，一个玄鹰突然送来了加急的金牌令，顾昀只看了一眼，脸色就变了。

皇上病危，召安定侯带四皇子速归。

顾昀翻身从墙头上一跃而下，长庚隐约听见他在院墙外对什么人吩咐道："叫季平来见我，我们马上准备回京。"

长庚愣了愣，挂着重剑站定，嗅到了一点前途未卜的味道。

整个大梁的人都觉得他是什么四皇子，除了他自己。

长庚总觉得自己命格太贱，如果真是个皇子，不管是纯种还是杂种，总应该有真龙天子血脉庇护吧？

何至这样呢？

不过话说回来，他到底是皇亲国戚还是乞丐贱坯，自己说了也不算。

葛胖小察言观色，机灵地看出了长庚心情不怎么样，立刻笑嘻嘻地凑上来道："没事，大哥，以后我追随你，你要是当大将军，我就给你当侍卫，你要是当大官，我就给你当书童，你要是当皇帝，我就给你当太……呜！"

长庚一把捂住了他的嘴，瞪眼道："这种胡话是能乱说的吗，你不要命了？"

葛胖小一双绿豆眼转来转去。长庚郁结的心情突然好了一些，屠户家的小胖子都没怎样，他要是再惴惴不安，岂不是显得太没用了吗？长庚心道：我干脆自己跑了吧，反正也没牵没挂的，跑到个深山老林当猎户，谁也找不着。

然而决定要跑，首先要割舍掉十六……顾昀，长庚试着动了一刀，疼得肝肠寸断的，只好暂时拖延搁置，这一搁置，便随波逐流地被顾昀带上了返京的路。

葛胖小说追随他就追随他，这乡下长大的男孩魄力十足地给自己选了一条远上帝都的路，还买一个搭一个——第二天准备出发的时候，长庚看着自己面前虽然换上男孩打扮，却活像女扮男装一样的曹娘子，实在不知该说什么好。

曹娘子鼓足勇气，嘤嘤嗡嗡地捏着嗓子道："长庚大哥，那天你在暗河边救了我的命，我爹说，男子汉大丈夫，不能忘恩负义，救命之恩应当以身相许……"

长庚听到"男子汉大丈夫"的时候就起了一身鸡皮疙瘩，听到"以身相许"的时候已经有点胃疼了，干巴巴地回道："以身相许就很不必了。"

曹娘子耳根通红，羞答答地说道："我……就是想跟你去京城，服侍左右。"

长庚本想一口回绝，可是话到了嘴边，又莫名其妙地滑进了他的喉咙，印象里，葛胖小和曹娘子一个是跟屁虫，一个压根儿没在他面前说过几句完整话，跟自己谈不上有什么交情，可是一旦离开了雁回小镇，这两人却好像成了他对这里全部的记忆——沈十六不算。

长庚犹豫了一下，转头对顾昀拨给他路上用的侍卫道："劳烦这位大哥问一下安定侯。"

侍卫很快回来了："大帅说全凭殿下做主。"

长庚轻轻吐出一口气，心想：果然，这种不足挂齿的小事，顾昀是不会管的。

带上了葛胖小和曹娘子，长庚翻身上马，最后回头看了一眼背后的雁回小镇。

这里曾经有巨鸢归来，两岸喧闹的人群夹道相迎，虽然一贫如洗，但总还是平静快乐的，如今只不过被战火扫了个边，整个小镇就仿佛已经落入了一片阴影里，远近只有鸦声此起彼伏。

长庚心里有种难以言喻的预感——他觉得从前那些快乐简单的日子，恐怕再也不会回来了。

玄铁营的劲旅一路急行军似的往京城赶，饶是少年人精力旺盛，几天下来也不由得筋疲力尽。

这日露宿一处山谷时，长庚昏昏沉沉中做了个别出心裁的噩梦，梦见他自己手里拿着一把钢刀，一刀洞穿了顾昀的胸口，血喷出了老高。顾昀面如金纸，眼神暗淡，微微带着一点游离的散乱，一行细细的血迹顺着他嘴角流下来。长庚大叫一声"义父"，惊坐而起，一头一脸的热汗，他下意识地在胸口上摸了一把。

长庚磨平了那把废了的袖中丝，发现它上面被紫流金灼烧后留下的痕迹宛如花纹，像一朵祥云的样子，便自己穿了个洞，挂在了脖子上。那把袖中丝帮他杀了一个蛮人，长庚认为自己已经见过血，便不能算是孩子，有资格当个真正的男人了，于是终日戴在身上。

玄铁片触指冰凉，渐渐平息了长庚的心绪。

他缓缓吐出一口浊气，爬出了自己的帐篷，值夜的侍卫见了，立刻要跟上，被他拒绝了。长庚独自行至小河边，洗了一把脸，听见草丛中有细细的虫鸣，便顺手一摸，将那小小一只寒蝉抓在了手心里。

流火便是秋凉将落，这小东西的命数，也就快要到头了。长庚觉得它怪可怜的，便撒手放了生，漫无目的地沿着河岸蹓起步来，不知不觉中来到了顾昀的帅帐前。

他回过神来，自嘲地笑了一下，刚要转身离开，突然看见沈易匆匆赶来，手里端着一个瓷碗，一股熟悉的药味在原地弥漫开来。

长庚鼻子抽动了一下，走不动了。

长庚很难把沈十六和顾昀视为同一个人。沈十六不过就是个边陲小镇的乡间混混，成日里游手好闲四处浪，吃东西挑肥拣瘦，是活不干，又真实又可恶。但是顾昀不一样。对这世间大多数人来说，"顾昀"可能不大能说是个人，他更像个有三头六臂、手眼通天的符号。

偌大一个国家，幅员千里，只有一个顾昀。

不光是长庚，就是葛胖小、曹娘子他们至今提起来，也都觉得像做梦一样。只是长庚与他的两个小朋友又有不同。

毕竟，沈十六不是别人的义父。

长庚并非怨恨顾昀骗他，反正他从出生开始，早就被骗习惯了，多一次少一次倒也不打紧。只是他外放的感情实在不多，两分给了街坊邻里，两分给了总不在家的徐百户，剩下六分全都牵在了他的小义父身上。顾大帅凭空把他的小义父弄没了，让他那六分的情绪空落落地摔在了地上，豁开了一大片心血，有点疼。

可是此时，深夜送药的沈易却让"沈十六"和"顾昀"这两个风马牛不相及的影子出乎意料地重叠在了一起。

片刻后，沈易端着空碗走出来，对帅帐的侍卫交代道："你们守在这里，别让人进去打扰他。"

长庚鬼使神差地迈步走了过去。

同行多日，顾昀的亲卫当然认得他，碍于沈易方才的吩咐，只好硬着头皮上来拦："殿下，大帅今天有些不适，已经喝了药睡下了，您要是有什么事，吩咐一声，属下也能代劳。"

以前比邻而居、不必敲门就能随意去找的人，如今连见一面都要为难别人。长庚有点落寞地低了低头："这位大哥……"

亲卫吓得跪下了："属下不敢。"

"我不是那个意思，"长庚连忙摆摆手，随即他无奈道，"以前在雁回，我还给他侍过药的，就想看一眼，要实在不方便就算了，我……"

他的话音到这里，有点说不下去了，只好拘谨地笑了一下。长庚暗下决心，倘若这一次被拒之门外，他就再也不来自取其辱了。

就在这时，旁边另一位亲卫上前咬耳朵道："大帅不是吩咐过，殿下若要见他不必通报吗？别榆木脑袋。"

长庚耳聪目明，当然听见了，他心里一时说不出是什么滋味。

帅帐中药味未散，床帐拉开着，一个人无声无息地躺在那里。稍稍走近，长庚才发现顾昀原来没睡着。

顾昀可能是头疼，双手正紧紧地按着自己的太阳穴，眉头皱得死紧，竟没有察觉有人进来。长庚在离他几步远的地方干咳一声，轻轻地叫了他一声："侯……"

他刚一出声，床上的顾昀瞬间翻身而起，一探手从被子里抽出了一把佩剑，脱鞘三寸，长庚连眼都没来得及眨，雪亮的剑刃已经架在了他的脖子上，寒意顺着他的脖颈攀爬而上，持剑人就像一条被惊醒的恶龙。

长庚被他杀意所震，脱口道："十六！"

顾昀幅度极小地微微侧了侧头，好一会儿，他才眯起眼睛，似乎认出了长庚，含混地说了一声："对不住。"

他将佩剑重新塞进被子里，在长庚的脖颈上轻轻地摸索了片刻。"我没伤到你吧？"

长庚惊魂初定，一个隐约的疑惑却忽然冒出来，他心想：他不会真的看不清吧？

可随即又觉得不可能——安定侯怎么会是个半瞎？

顾昀摸到了一件外衣，胡乱披在身上，问道："你怎么来了？"

他一边说一边想要站起来，不料一下起猛了，身形微晃，又坐了回去。顾昀深吸一口气，一手抵住额头，一手按着床沿。

"别动。"长庚下意识地伸手扶住他，而后略迟疑了一下，长庚弯下腰将顾昀的腿扶起来，重新放回床上，又替他拉过被子，尴尬地在旁边傻站了一会儿，搜肠刮肚不知该说什么，只好僵硬地问候道，"你怎么了？"

顾昀身上的药正发作，没料到正跟自己"闹脾气"的长庚会突然来访，只好勉强忍下头疼和耳边忽震耳忽模糊的声音。他打算先把长庚打发走，便若无其事地笑道："让一个翻脸不认人的小白眼狼气的——劳烦殿下给我拿壶酒来。"

依照他的经验，这种时候，喝一口酒好像能好一点。

长庚皱着眉，狐疑地端详着他。顾昀头痛欲裂，便顺口扯谎道："沈易配的药酒，治偏头痛的。"

长庚也不懂，稀里糊涂地被他糊弄住了，将挂在轻甲旁边的一把小壶取来。顾昀一口气灌下去半瓶，眼看要干瓶，长庚忙握住他的手腕，强行将酒壶夺了下来。"够了，药酒也不能这么喝。"

烈酒入腹如火，全身的血都沸腾了起来，顾昀吐出口气，果然觉得眼前清明了些，只是可能酒喝得太急，他觉得有点上头。

两人一时没话说，大眼瞪小眼了一会儿，顾昀有点撑不下去了，便靠在床头，轻轻合上了眼。这分明是送客之意，长庚也知道自己该走了，可是脚下却如同生了根。他一边在心里唾弃自己是白操心，一边不由自主地伸出手，替顾昀按起穴位来。他边按边觉得自己贱，手却停不下来。

顾昀额头冰凉，除去一开始皱了一下眉以外，便没发表别的意见，乖顺地任他摆弄。长庚直到手有一点酸了，方才低声问道："好些了吗？"

顾昀睁开眼，若有所思地看过来。

所谓"智者千虑，必有一失；愚者千虑，必有一得"，顾昀这辈子借着酒意，竟偶尔也会说句人话。他看着长庚，忽然不知怎的福至心灵，开口道："就算到了京城，也有义父护着你，不用害怕。"

长庚狠狠地一震，在灯光晦暗处几乎是打了个哆嗦。在这样一个微妙又早熟的年龄段里，当他心里知道自己无可倚仗的时候，就能咬着牙让自己变成一个冷静克制的成年人，可是这一点强逼出来的强悍，很快就会在他所渴望的微末温暖面前分崩离析，露出内里一团柔软的孩子气来。

顾昀又冲他伸出一只手，柔声道："义父错了，好不好？"

他并不知道这一句话是怎么穿透少年那冻裂的心魂的，想来本意也不怎么真诚，因为顾昀大部分时间并不认为自己有错，即便偶尔良心发现，也不见得能知道自己错在哪儿。他只是借着酒意带来的温柔和纵容，给了长庚一个台阶下。

长庚紧紧地扣住他的手掌，像抓住了一根救命稻草，僵硬了多日的肩膀突然就垮了下来，差点哭了。他发现原来自己一直以来等的不过就是那么两句话，只要那个人当面跟他说一句"义父错了，没有不要你"，让他能感觉到这世上没有了虐待他的秀娘、没有了来不及见最后一面的徐百户以后，还给他留了一点温暖的念想……那么他就可以原谅小义父的一切。

从前的和以后的。

不管他是叫沈十六，还是叫顾昀。

顾昀觉得眼皮发沉，便靠在床头闭目养神，声音几不可闻地道："长庚，很多东西都会变化，没有人从一开始就知道自己的归宿在什么地方，有的时候，你小小年纪，不要想太多。"

长庚眼睛眨也不眨地盯着他的脸，目光中不知不觉带上些许小心翼翼的贪婪，心里悲哀地承认顾昀说的对——很多东西会变，活人会死，好时光会消散，亲朋故旧会分离，山高海深的情义会随水流到天涯海角……唯有他自己的归宿既定且已知——他会变成一个疯子。

顾昀往床榻里面挪了挪，伸开手臂，拍拍自己身边道："上来，明天还要赶路，在我这儿凑合一觉吧。"

后半夜，长庚在顾昀帐子里睡着了，乌尔骨照常不肯放过他，噩梦依然一个接一个，可是他鼻尖总是萦绕着一股淡淡的药味，潜意识里就知道自己很安全，甚至隐约明白这是在做梦，那些恐惧与怨恨便似乎和他隔了一层。

这对长庚来说，已经算是难得的安眠了。

当然，要是他醒来的时候，没发现自己压麻了安定侯的一条胳膊，还没完没了地往人家怀里钻就更好了。

尤其顾昀那混账永远也不会体谅少年人敏感多变的心，别人越是局促，他就越要雪上加霜。顾大帅自以为同床共枕一宿，长庚就已经算跟他和好了，于是故态复萌地可恶起来，他不但揉着胳膊拿人家取了一早晨的乐，还大有以后要时常挂在嘴边拎出来"鞭尸"的意味。

此人头天晚上那一脸病入膏肓的虚弱样想必又是装的。

沈易一大早就看见长庚面红耳赤、怒气冲冲地从帅帐里夺门而出，一整天始终绕着顾昀走。

行路中，沈易纵马过来，觑了一眼顾昀的脸色，一语双关地问："没事了？"

顾昀大尾巴狼一样，满不在乎道："一个毛孩子，这么点小事，本来就没什么。"

沈易目睹了他前两天团团转的那个熊样，无言以对，只有冷笑。顾昀轻车熟路地假装没听见，远远地看了一眼长庚的背影，忽然道："你说我将来把玄铁营留给他好吗？"

沈易木然道："你想害他不得好死？"

顾昀"啧"了一声，仿佛是嫌弃他扫兴。

"你还真以为玄铁营是什么好东西？我跟你说句心里话，子熹，你别嫌我说的不中听。"沈易道，"玄铁营在老侯爷手里的时候，是国之利器，到了你手里，就成了'国之凶器'，利器宝光四射，人人都爱，凶器可未必。"

听出他话里有话，顾昀脸上懒洋洋的笑收敛起来。

肆

这其中错综复杂的关系，要从先帝说起。

先帝戎马倥偬一生，文治武功，是位不世出的传奇人物。他老人家一手将大梁推至如日中天，使六合之内，无人敢犯，如今的玄铁营和灵枢院都是经他手创立的。可惜这位英明神武的先皇帝是个孤家寡人的命，在位期间娶过四个皇后，没有一个命长的。他一生共有三子二女，其中四个让他白发人送了黑发人。

先帝驾崩时，膝下只剩下一个早早出嫁的长公主。

传说长公主十六七岁的时候也大病了一场，差点死了，幸好已经与顾昀之父，当年的老安定侯有婚约，护国寺的大和尚给公主立了长明灯，又谏言让公主早日出嫁冲喜。嫁人后，公主的病果然就慢慢好了。

这么看来，一个个皇子皇女早夭，倒像是被先帝给克死的。

一辈子都在死老婆死孩子的先帝爷临终时，将玄铁营与至关重要的兵权留给了最钟爱的公主，但大梁江山不能改姓，下一任皇帝只好从旁支过继。

今上元和帝当年之所以顺利登基，长公主的助力起了决定性的作用。

元和皇帝对长公主很有感情，一直尊其为"姑母"，她去世后，又将她的独子顾昀接到宫里，亲自照顾，赐字"子熹"，多次对文武百官说过"子熹如朕亲弟"，令太子私下见了，也要尊其为"皇叔"。

"叔"还是"婶"倒都是虚名，不太要紧，要紧的是当年顾昀这小小的男孩身后，安定侯一系的大梁兵权与玄铁虎符。老侯爷旧部仍在，倘若顾昀在元和帝那里有什么不好，皇上的江山能不能坐稳还两说。

元和皇帝趁顾昀年幼，用了十年的时间削弱安定侯旧部，玄铁营在这种软刀子下几乎不复存在，他差一点就成功了，可惜人算不如天算。西域边防忽然吃紧，外敌来犯，元和皇帝接连派了三个主帅平叛，然而个个不是老了就是饭桶，隐隐出现重文轻武之势的大梁朝中歌舞升平惯了，居然没有一个拿得动刀兵的男人。

于是沉寂多年的灵枢院突然集体上书请愿，要求重启玄铁营。

就这样，被皇帝磨砺了十年的废铜烂铁就差一口气，终于还是没死绝，在顾昀手中起死回生。

顾昀对皇上的感情很复杂。

一方面，老侯爷与公主过世后，是皇上抚养他长大的，元和皇帝给了他父母都没有给过的温情——公主可不是深宅妇人，那是个横刀立马的巾帼英雄，单是她能活到出嫁，没被天煞孤星的爹克死，就可见其是个真英雄。顾昀天生两个爹，不知道慈母长什么样，他路还走不稳当的时候，就被那不靠谱的两口子带上过北疆战场，餐风饮露吃沙子长大，平生所遇的一点娇惯与柔软、风雅与斯文，算来全来自元和皇帝。

另一方面，元和帝性情柔弱，年轻时，他这种柔弱勉强能说是"多情仁义"，上了年纪后，就完全是"昏聩无能"了。他老人家一天到晚不想着怎么强国兴邦、开疆拓土，就知道惦记自己那一亩三分地上的皇权，不是在臣子间弄权玩平衡术，就是没事给顾昀添堵，变着花样地寒将士们的心。

一边是无微不至的爱护，一边是"无微不至"的掣肘，顾昀被他两个"无微不至"卡在中间，真是宁可在边关吃沙子。

沈易意味深长地对他说道："月满则亏，过犹不及。大帅，古人有训，功高不可震主。眼下四境之邻全让你揍了个遍，有心人就会想，你下一步是不是就该造反了？当然，我们都知道你没这个意思，但是皇上怎么想，可就不好说了。"

顾昀漠然道："我封侯'安定'，就是为大梁打仗的，其他的事与我何干？"

沈易摇摇头，正要开口，顾昀又截口道："我知道你想说什么，不必说了。"

两人多年搭档，一个眼神已经足以沟通意思，这对话乍一听让人摸不着头脑，其实沈易这番话头起了，并不是想和顾昀讨论当今皇上。老皇帝一把年纪，这回急召顾昀回宫，大概也快归西了，没什么好说的。沈易暗示的，当然是未来的新皇。

不算长庚这个流落在外的，今上膝下共有二子，太子李丰自小熟读经史，是个稳妥人，但和当今一样，他同样重文轻武，不赞成大量扩军充甲，认为有伤天和民生。反倒是野心勃勃的二皇子魏王殿下，曾经公开表示过自己想开疆拓土、上阵杀敌之心。

对他们这些武将来说，孰优孰劣根本不必说。

顾昀脸色微沉。沈易知道，自己应该马上闭嘴，却依然忍不住道："大帅，只要你一个态度，哪怕只是默许……"

顾昀看了他一眼，目光像两把凝着杀意的割风刃，沈易心口一滞，话音接不上了。

顾昀一字一顿地森然道："抵京后，玄铁三部在九门外待命，有想趁着皇上龙体不适浑水摸鱼之徒，无论是谁，一律就地处决。沈季平，你听清楚了吗？"

沈易脸色微微泛白，良久，才低声道："……是。"

两人各自沉默了片刻，顾昀的神色渐渐缓和下来，突然说道："我不是冲你。"

沈易勉强笑了一下。

"元和十三年，公主和老侯爷都不在，你也被接回沈家了，我那时耳目受伤，近乎失明失聪，"顾昀低缓地说道，"我记得那天外面下着大雪，冷得要死，我抱着老侯爷的剑躲在屋门后不肯让人靠近……是皇上领着三皇子悄悄来到了我家院里，他堂堂九五之尊，在大雪里站了小半个时辰，才把我哄出来，他在我手心写字，还指挥内侍们给我们俩堆了个雪人。三皇子……阿晏，比我还小一岁，腼腆得像个小姑娘，总是笑，我怎么混账他都不生气……"

顾昀说到这里，话音顿住了——三皇子九岁就夭折了。

沈易："皇上是个难得的多情人。"

可惜多情当不了好皇帝。

顾昀没接这个话茬，抬头望向不远处，长庚骑在马上，侧头和坐在车上的葛胖小说着什么，葛胖小露出个小脑袋，憨态可掬，嘻嘻哈哈地应着。长庚忽然若有所感，回头看了一眼，正对上顾昀的目光，只见那少年的神色骤然不自在了起来，愤愤地扭回了头去。

顾昀不由自主地微微一笑，说道："这小子长得和他那蛮人娘一模一样，性子却像皇上，我有时候总是恍惚觉得，若是阿晏能平安长大，也该是这个样子。"

沈易闭了嘴，意识到自己无论说什么都是没用的。

长庚听不见顾昀和沈易说什么，但总觉得他那似笑非笑的神色又是在挤对自己，简直如芒在背，过了一会儿，他又忍不住偷偷看了顾昀一眼，发现顾大帅居然纵马过来了。长庚一点也不想跟他说话，当即一夹马腹，往前跑去，不料跑过了头，到了押送蛮人世子的囚车附近。

天狼世子的目光如附骨之疽，怨恨入骨，长庚看见他就觉得心里不舒服，便一勒缰绳，打算离他远点。谁知就在这时，蛮人吃人的目光越过长庚，落在了他身后，突兀地一咧嘴："顾昀，我天狼部亿万亡魂都看着你呢。"

他声音如同锈迹斑斑的铁片刮过瓷盘，鬼气森森，让人汗毛倒竖，长庚的马不安地嘶鸣一声，慌乱地踱起步来。

"我族徘徊不去的幽灵看着你呢，埋在地下的铁甲残骸看着你呢，哈哈哈哈……我长生天无限神力赐你不祥，保你必碎尸于我族刀下，死后受百鬼撕咬，万万年不得解脱……"蛮人世子扭曲的脸与秀娘染血的嘴角微妙地重合在了一起，让长庚从发梢一直凉到了脚背，如堕冰窟。

长庚突然怒喝一声，抬手拔出腰间佩剑，要砍向蛮人世子的脑袋。可那剑未完全拔出，已被一只手漫不经心地推了回去。

顾昀不知什么时候已经溜达到了他身边，不耐烦地扫了神神道道的蛮人世子一眼："您那无限神力怎么不省着点用，保佑贵部雄霸天下、万寿无疆呢？"

说着，他随手拉过长庚的缰绳，侧头看了脸色惨白的少年一眼，笑道："怎么了小殿下？你真信啊？唉，这些蛮子吓唬小孩倒是挺有一套的，在这方面至少领先了我大梁十多年。阶下囚有什么好看的？走，臣带您上那边玩去。"

长庚："可他说你……"

顾昀丝毫不以为意，没心没肺地大笑起来，笑出了一身疾风骤雨奈我何的疏狂。

长庚眉头未展，先是有些不解恼怒，渐渐地，裹挟在他身边逡巡不去的阴冷气好像都融化在了顾昀满不在乎的笑声里，真就变得荒谬可笑起来。长庚心里第一次起了一个细小的念头，他认认真真地想道：我为什么要怕呢？乌尔骨让我疯，我就一定会疯吗？

第二章

京华

壹

漫长的行军路上，长庚充满恐惧与茫然的心渐渐在铁甲匆匆中沉淀了下来，他像是一株倒架的秧苗，只要一点光，就能让他重新直起腰来。

转眼，一行到了帝都。

九重宫阙大门开向两边的时候，哪怕是高高在上的玄鹰，也要落在地上顶礼膜拜。顾昀握住长庚的后脑勺道："别多想，去见见你父皇。"

长庚懵懂地被他推着领着，见到了那病床上的老人时，一时很难将那形容枯槁的老家伙和"皇帝"联系在一起。他那么苍老，须发像一团风干的银丝，面皮干瘦，憔悴极了，单薄的嘴唇微微颤抖着，吃力地望向顾昀。

顾昀的脚步不易察觉地顿了一下，长庚敏锐地听见他似乎抽了口气，而当他回头去看的时候，看见的却还是顾昀那张不见喜怒的脸。

"陛下，臣不辱使命，"顾昀说道，"把四殿下给您找回来了。"

元和皇帝的目光缓缓地转向长庚，长庚整个人一震，一时间有点想退缩。他总觉得龙床上的老人目光里有一把回溯光阴的长钩，并不是看见了他，而是透过他看见了什么人。然而顾昀这时偏偏在身后推了他一把，他不由自主地往前两步。

顾昀在他耳边低声道："跪下。"

长庚规矩地跪了下来，看见元和帝干涸混浊的眼睛里居然淌下了两行老泪，顺着眼角皱纹横流而下，像是眼睛里流出的脓水。

顾昀又道："叫你父皇一声吧。"

长庚叫不出口，来路上，途经所遇所有人都偷偷看他，那一拨一拨的目光快把他淹死了，可他依然看不出自己和龙床上那位有一根头发丝的相似。他听见顾昀附在他耳边轻声说道："不管真心还是假意，你就叫一声吧。"

长庚偏过头，看见了他小义父的眼睛，那双眼睛清澈得冷冽，不见一点泪痕——装的都没有，显得又漂亮又无情。这看似总无情的人叹了口气，低声道："算我求你了。"

长庚心里就算有再多的抵触、再多的想不通，听了这句话，也就妥协了，他心道：就当我这冒牌货给他个安慰吧。

于是少年垂下眼，不怎么走心地搪塞了一句："父皇。"

元和皇帝的眼睛突然亮了，好像把最后的生机攒成了一团贼光，烟火似的一并炸了个满堂彩。他看不够似的端详了长庚良久，才气若游丝地说道："赐……赐尔名旻，望吾儿浩浩高朗，无忧无愁。一世平安，长命百岁……你有小名吗？"

长庚："有，叫长庚。"

元和帝嘴唇微微翕动，喉咙里"嗬嗬"作响，一时说不出话来。顾昀只好上前一步，将老皇帝扶了起来，轻轻地拍了拍他的后背，让他把一口老痰吐了出来。元和帝噎得直翻白眼，喘得直哆嗦，长吁短叹地躺倒回去，一只"鸡爪子"抓住了顾昀的手。

顾昀："臣在。"

元和帝破风箱似的说道："他的……兄长都大了，只有朕的小长庚，朕怕是……不能看着他成人了……"

顾昀似有所感，与老皇帝的目光对上，苍老的与年轻的，泪痕未干的与不动声色的，他们只交换了一下视线，似乎飞快地就有了某种默契。

顾昀："臣省得。"

"朕把这孩子托付给你，子熹，朕没别人啦，只信得过你，你要替朕照顾他……"元和帝声音越说越轻，"朕还要给他个王爵……你在什么地方找到他的？"

顾昀："北疆雁回。"

"雁回……"元和帝低低地重复了一遍，"朕没有去过，多么远哪。那就……下诏，下诏封皇四子李旻为雁北王，但……喀喀……但不是现在，要等到他加冠……"

顾昀静静地听着，大梁朝一般单字为亲王，譬如二皇子便是封了"魏王"，双字皆为郡王，品级稍低，通常封的也都是远一层的皇室子弟。

元和皇帝："朕不是委屈他，只是不能再护着他了，将来不能让他的哥哥们心生不满……子熹，你知道朕为什么非要他加冠后才能袭王爵吗？"

顾昀顿了一下，点点头。长庚却不知道他们打的什么哑谜，一颗心不明原因地狂跳起来，好像预感到了什么。

元和帝道："因为朕要下旨，将朕的长庚暂时过继给你……本没有这个规矩，可是朕无人可托，少不得坏一回祖宗礼法……让他……无品无爵地赖你几年，子熹，你要待他好，就算将来有了自己的孩子，也别嫌他，他已经十多岁啦，烦也烦不了你几年，及至加冠，你就让他出门建府，到时候以郡王规格……地方朕都选好了……"

元和皇帝说到这里，一口气呛在了嗓子里，剧烈地咳嗽起来，顾昀想伸手帮帮他，被老皇帝挥开了。

老皇帝看着脸色莫名苍白的长庚，真是越看越伤心。他心想，这么好的一个孩子，为什么不能在他身边呢？为什么好不容易找回来，他却看一眼少一眼呢？

元和皇帝仓皇地将目光从长庚身上挪下来，像个懦弱的老男孩一样，对顾昀说道："一路风尘仆仆，怪累的，让孩子下去歇着吧，朕再和你说几句话。"

顾昀就把长庚领到门外，交给候在那里的内侍，在他耳边小声说道："先去歇着，等会儿我去接你。"

长庚没吭声，默默地跟着内侍走开，心里说不出是什么滋味。

这回他名正言顺地成了顾昀的养子，本来应该是件好事，他心里却莫名地高兴不起来。可是金口玉言已定，这里容不得他拒绝，容不得他反抗，甚至容不得他多说一句话。

他只能身不由己地随着低头迈着碎步的内侍从充满了药味与死气的宫殿中离开，走出几步，长庚不由自主地回头看了顾昀一眼，正看见顾昀侧身往回转。年轻的安定侯有一张可以入画的侧脸，宽大厚重的朝服裹在他身上，凭空多了几分说不出的束缚感，看得人心口发苦。

想什么呢？长庚苦笑了一下，心里暗道，你前几天还是个边陲百户的儿子，有个会虐待你、给你下毒的娘，今天却成了安定侯的养子，这种好事做梦能梦到吗？

他就这么一边自我解嘲，一边对周遭的一切无能为力，十三岁的少年走过光线暗淡的宫殿长廊，一共九九八十一步，他走得终生难忘。

寝殿的门扉轻轻合上，床头散着蒸汽的香炉中幽幽地冒着轻烟。

元和帝对跪在床头的顾昀说道："朕记得，你小时候和阿旻最要好，一般的年纪，站在一起，像一对玉做的娃娃。"

提起早夭的三皇子，顾昀的神色终于动了动。"臣顽劣得很，比不上三殿下从小知书达理。"

"你不顽劣，"元和帝顿了顿，又低声重复一遍，"不顽劣……倘若阿旻有一丁点像你，又怎会早早夭折呢？龙生龙，凤生凤，是什么样的种，就会长成什么样的树，子熹，你身上流的才是先帝的铁血啊……"

顾昀忙道："臣惶恐。"

元和帝摆摆手："今天没有外人，朕与你说几句真心话。子熹，你天生应当开疆拓土，群狼见了也会瑟瑟发抖地俯首，可我总担心你戾气太重，将来有损福报。"

坊间有传言，顾昀的外祖——武皇帝就是杀孽太重，才落得晚景凄凉，儿女一个一个都留不住。

"魏王的心虽大，但有你守着，太子将来江山可算无虞，我只是有点担心你……你要听朕一句话，万事过犹不及，你要惜福知进退……护国寺的老住持也算是从小看着你长大，佛法无边，你若是得空，多去他那里坐坐。"

护国寺的老秃驴有张乌鸦嘴，曾经说过顾昀命中带煞、克六亲，因为这个，顾昀始终不肯踏进护国寺一步。此时听皇上提起，顾昀心道：对了，忘了那个老秃驴了，有机会我一定要跟他秋后算账，一把火烧了他那欺世盗名的烂佛堂。

他的仇视并非小肚鸡肠，当年老侯爷死后，皇上就是用这番"杀孽重而不祥"的论调削弱玄铁营的。可是近年来番邦人蛟行海上，频繁往来大梁，北疆、西域，乃至东海万里，哪里没有虎视眈眈的眼睛在贪婪地看着神州大地？

杀孽太重不祥，难道国祚沦落，疆土起狼烟，百姓流离，浮尸千里，就算是以和为贵、万事大吉了吗？如果玄铁营的顾大帅也同他那一表三千里的大表兄一样多愁善感，那么泱泱大国中无知无觉的芸芸众生，又要依仗谁去镇守疆土呢？

派朝中翰林们去"以德服人"吗？

顾昀心里，其实不单想打，还想一劳永逸地打，最好直接踏平西域，打到那些三天两头觊觎中原大地的西洋番邦人的家门口，让他们闻风丧胆，再也不敢窥伺别人家的大好河山。平定西域叛乱的时候，顾昀就上书这么要求过，皇上可能觉得他疯了，一口驳回，驳回不说，还用"寻回四皇子"

这么个莫名其妙的任务将他打发去北疆。

然后这小子给他绑回来一个蛮族世子。

有些人，杀伐星当头，倘不为良将开疆拓土，必定回朝祸国殃民。

行将就木的多情帝王与风华正茂的无情将军一躺一跪，在狭小的床头最后一次掏心掏肺，依然是谁也不能说服谁。

元和帝看着他那双冰冷的眼睛，忽然一阵悲从中来。老皇帝想，如果当年不是自己贪慕皇权，如今是否还只是个走狗斗鸡的闲散王爷？他遇不到那个命中注定的女人，或许会把一世深情许给别的什么人，自是人间富贵，也不必妻离子散这么多年。

这堆满了荆棘与枯骨的帝座，大概只有安定侯他们这种杀伐决断、冷情冷性的人才有资格坐上去吧？

元和帝喃喃地叫道："子熹……子熹哪……"

顾昀那宛如铁铸的神色波动了一下，他眼睫微垂，绷直的肩膀微微柔软了下去，不再那么笔挺得不近人情。

元和帝问道："你会怨恨朕吗？"

顾昀："臣不敢。"

元和帝又问道："那你以后会想念朕吗？"

顾昀闭了嘴。

老皇帝不依不饶地盯着他："怎么不说话？"

顾昀沉默了一会儿，并不怎么见哀色，只是淡淡地说道："皇上若去，子熹就再没有亲人了。"

元和皇帝的胸口一瞬间仿佛被一只手攥住了，他一辈子没见这小王八蛋说过一句软话，如今只这一句，便仿佛将两代人那不曾宣之于口的恩怨与爱憎一笔勾销了，只留下荏苒光阴下，孤独褪色的浅淡依恋。

这时，一个内侍小心翼翼地在门口提醒道："皇上，该进药了。"

顾昀回过神来，一抬头，他又成了那睥睨无双的人形凶器。"皇上保重龙体，臣告退了。"

元和皇帝却忽然开口叫了他小名："小十六！"

顾昀微微一顿。

元和帝吃力地伸手摸到枕头下，摸出了一串古旧的木头佛珠。"过来，伸手。"

顾昀看着气喘吁吁的老人将那串不怎么值钱的佛珠扣在他手腕上，心情有点复杂。

"大表兄……看着你呢。"元和帝拍了拍他的手背，声音几不可闻地说道。

顾昀心里大恸，表面上的镇定几乎要维持不住，只好匆忙告退。

三天后，帝崩。

文武百官与黎民万千一起，又一次送别了一个时代。

贰

京城一场大雨后，隐而不发的寒意揭竿而起，露出内里行将露结为霜的萧条凛冽来。

长庚懵懵懂懂地跟着一堆陌生人送走了老皇帝。送葬那天，有八驾马车拉着九龙的棺椁，大路两边竖起十万蒸汽号，自发地奏响哀乐，喷洒出白烟如盖，罩住了整个帝都，重甲隔出闲人莫入的藩篱，甲阵外，观礼者人山人海，有大梁人、夷人、百越人、蛮人……甚至还有数不清的西洋番邦人。

无数窥伺、揣度的目光或明或暗地落在长庚——这身世成谜的皇四子李旻身上，可惜谁也不敢在安定侯眼皮底下上前跟他搭话。

长庚被顾大帅明目张胆地藏了起来，数日来，除了太子和魏王各自在他面前转了两圈，他一个闲杂人等都没接触过。

等这一切尘埃落定，长庚被带到了安定侯府。

　　侯府从外面看，真是威风得不行，八字开的大门，挂着青面獠牙的兽头两只，兽头口鼻中喷着白气，三十六个齿轮同时转动，重重的门闩"嘎吱嘎吱"地抬起，便露出内里一边一只人高马大的铁傀儡。影壁墙上挂着两套玄铁武将的甲胄，汽灯幽暗，家将护卫在侧，一股冷森森的肃杀气顿时扑面而来。

　　当然，走进去一看才发现，安定侯府上气派的只有大门——侯府庭院虽深，草木却十分零落，门面威严得吓人，里面其实就有几个寡言少语的老仆，见了顾昀，也只是驻足行礼，并不多话。

　　民间大部分傀儡与火机烧的都是煤，只有很小一部分用紫流金，通常是大堤坝、开荒傀儡等巨物，归当地直属府衙所有，至于那些金贵的紫流金小部件，只有一定品级的达官贵人才有资格用。

　　不过规定归规定，人们遵不遵守就两说了——譬如雁回太守郭大人的品级是万万不够的，他家里的紫流金器可不止一件；顾大帅的品级尽管非常够，但府上居然意外地清贫朴素，除了几具铁傀儡外，几乎看不见几件烧紫流金的器物。

　　整个侯府最值钱的，大约就是一代大儒林陌森先生手书的几块匾额——听说陌森先生是安定侯的启蒙老师，想必这几块匾也是白要来的。

　　葛胖小和曹娘子随着长庚一道搬来，三个没见过什么世面的乡下孩子探头探脑，葛胖小童言无忌道："十六叔……"

　　曹娘子小声呵斥："那是侯爷！"

　　"嘿嘿，侯爷，"葛胖小嬉皮笑脸地凑上去问道，"您家好像不如郭大人家精致。"

　　顾昀不以为意地笑道："我哪儿能跟郭大人比？他们那儿天高皇帝远，富得流油，哪儿像我，为了省点钱，逢年过节就要去宫里蹭饭。"

　　这听起来像句玩笑话，但长庚在旁边听着，隐约觉得他是话里有话。还不等他细想，曹娘子又跟葛胖小叽咕道："戏文里不是说世家公子家里都有花园秋千、美貌丫鬟的吗？"

葛胖小好像很懂的样子，腆着肚子道："花园都在后面呢，大户人家的女子，不管主仆，都不能随意抛头露面，那是能给你随便看的吗？不懂别瞎问。"

顾昀笑道："我家没丫鬟，就一帮糟老头子和粗使老妇，不瞒你们，侯府最美貌的算来应该是本人，要看可以看我。"

他说着，还风骚地眨眨眼，笑出一口白牙。

曹娘子连忙娇羞地别开眼，葛胖小没料到堂堂安定侯竟然和"沈十六"一样不要脸，目瞪口呆。顾昀背着手，手里把玩着先帝留给他的旧佛珠，不慌不忙地走过萧条的庭院。"我娘没得早，我又没娶媳妇，我不老不少的光棍一条，要那么多漂亮丫头干什么？显得怪不正经的。"

这么一听，好像他是个正经人似的。

曹娘子不太敢正眼看顾昀——长得好看的男子他都不大敢看，在旁边怯生生地问道："侯爷，别人都说'一入侯门深似海'……"

顾昀忍俊不禁，调笑道："怎么，你要别了萧郎嫁给我啊？"

曹娘子整个脸红成了猴屁股，长庚脸色黑了下来。"义父。"

顾昀这才想起了自己的长辈身份，连忙艰难地庄重起来，惩出一脸蹩脚的慈祥，说道："我这里没什么规矩，想吃什么自己跟厨房说，后院有书房，有武库，还有马厩，读书习武还是骑马都随意，平时沈易有空会过来，他要是忙，我就另外给你们请个先生——出去玩也不必知会我，带好侍卫，到外面别给我惹事就行……嗯，让我想想，还有什么。"

沉吟片刻，顾昀又回过头来说道："哦，对了，还有就是，家里有些老仆年纪大了，反应难免迟钝些，多担待点，别跟他们着急。"

他只是平平无奇地交代了一句，长庚的心却莫名其妙地被他话里难得的温情扫得酥了一下——虽然温情不是冲他。顾昀拍拍他的后背道："我这里是冷清了点，以后就拿这儿当家吧。"

那之后很长一段时间，长庚都没见过顾昀，新皇要登基，魏王要敲打，北疆绑回来的蛮族世子要发落，蛮人无故毁约入侵也要讨个说法……还有无数的应酬，无数的试探，等等，不一而足。

长庚自以为勤勉，可是每天早晨等他起身，顾昀都已经走了，晚上他睡了一觉惊醒，顾昀还没有回来。

转眼溽暑已尽，过了个匆匆来去的秋天，就到了生炉子的季节。

深夜，京城的石板路上铺着一层眼皮一般的薄雪，空中微微起了白雾，有整肃的马蹄声从小路尽头响起，不多时，两匹通体漆黑的马拉着一辆车穿越薄雾而出，停在了侯府的后门。

马车发出"噗"一声轻响，车身周围三条保暖的管道释放出白气来，车门上的齿轮轻轻旋转，车门从里面打开，沈易率先钻了出来。

沈易呵出一口白气，回头对车里的人说道："我看你也别下车了，直接让人把门打开赶车进去吧，天太冷了。"

车里人应了一声，正是顾昀，他倦容很深，但精神似乎还好，吩咐车夫道："开门去。"

车夫一溜小跑地去了。沈易原地跺了跺脚，问道："药劲过去了吗？"

顾昀懒洋洋地拖着长音道："过去了，再宰几个加莱荧惑不在话下。"

沈易听他提起这话茬，便问道："今天皇上叫你进宫怎么说的？我听说天狼部派了来使？"

"老瘸子死皮赖脸地呈上了一张奏表，鼻涕都快抹上去了，说要把每年的紫流金岁贡给我们加一成，让皇上看在他儿子'年幼无知'的分儿上，饶他一条性命，那老瘸子愿意以身代之，自己过来当阶下囚听凭发落。"顾昀兴致不高，嘴里也没好话，"龟儿子，崽子都下了七八个了，还年幼无知，莫非是关外没好土，苗都长得慢？"

沈易皱了皱眉："你没当廷发作吧？"

"我哪儿来那么大脾气？可我若是不发作，那穷疯了的户部尚书敢一口答应下来。"顾昀冷冷地说道，随即他语气一转，叹了口气，"满朝圣贤，都不知道'放虎归山'四个字怎么写。"

那些蛮人进犯雁回时，穿的重甲短炮都装在胸前，那是典型的西洋人设计——中原人骨头天生要细一些，重甲的设计也看重轻便敏捷，通常不在战场上玩"胸口碎大石"。

加莱荧惑的背后毫无疑问就是那群始终垂涎大梁的西洋人。

顾昀垂下眼，看着地面微微反光的薄雪，低声道："四境之外皆虎狼啊。"

他有心纵长蛟入海，直下西洋，一路打到他们番邦老窝去，可是连年征战，大梁国库都快被他打空了，眼下因为顾昀拥立新皇上位，及时雨似的镇住了趁着先皇病危时蠢蠢欲动的魏王，可谓有功，新皇凡事都给他几分颜面。

但是颜面……是能长久的吗？

沈易摇摇头："不提这个了，四殿下在你那儿怎么样？"

"四殿下？"顾昀一愣，"挺好的啊。"

沈易问道："他现在每天做些什么？"

顾昀思量片刻，不确定地答道："……玩吧？不过我听王叔说他好像不大出门。"

沈易一听就知道，顾大帅把四殿下当羊放了——每天给草吃，其他就不管了，不过这也怪不得他，因为当年老侯爷和公主就是这么养活他的。

沈易叹道："先帝当年是怎么对你的，忘了？"

顾昀脸上尴尬之色一闪而过。他其实没太想明白应该怎么和长庚相处。长庚已经过了跟大人撒娇要糖吃的年纪，性格又早熟，在雁回小镇的时候，其实是那孩子照顾他这不怎么靠谱的义父多一点。

顾昀不可能整天带着一帮孩子玩，但也很难作为一个长辈，对长庚做什么引导。因为他实在是被赶鸭子上架，还没有能做好一个父亲的年纪和资质。

沈易又问道："你打算怎么安排小殿下？"

尽管顾昀说过，将来想将玄铁营留给长庚，但那毕竟只是一句玩笑话，他们心里都清楚，那是不可能的。再者说，想在军中闯个什么名堂来，要吃多少苦顾昀心里再清楚不过。只要他还活着一天，还挑得动大梁的江山，就不太想让长庚经历同样的苦。

然而同时，他也希望这交到他手里的小皇子能有出息，最起码将来能有自保能力。

那么一个人要如何能不吃苦又有出息呢？

古往今来的父母都对这个问题的答案求而不得，更不用说顾昀这个半吊子的义父，他只好干脆放任长庚自由成长。

车夫已经打开门，点好了灯，在旁边等着顾昀发话。

沈易对顾昀说道："指望你心细如发无微不至，那是太苛求了，但是他遭逢大变，身边的亲人只剩下你这么一个，你待他实在一点吧，哪怕不知道该干什么，时常在他面前晃一晃，给他写两幅字帖也是好的。"

顾昀这回大概是听进去了，耐着性子应道："嗯。"

沈易将一匹马从车上卸下来，牵起缰绳。他已经跨马要走，走了几步，又忍不住回头唠叨道："大帅，懵懂幼子，久病老父，都是教你成人的，碰上哪一个，都是幸运。"

顾昀痛苦地揉了揉眉心道："娘啊，你这碎嘴子光棍，求求你了，快滚吧！"

沈易笑骂一声，纵马而去。

这会儿已经过了三更，顾昀筋疲力尽，本想回房休息，但到底被沈易的话影响了，脚步不知不觉中转向了后院。

整个京城也没亮着几盏灯，长庚早已睡下，顾昀没有惊动外间老仆，轻手轻脚地进了他的屋子。借着窗外的雪光，他正要伸手替长庚拉一拉被子，忽然，他发现那孩子睡得并不安稳，好像正被噩梦魇着。

"在侯府住得不习惯吗？"顾昀这么想着，将冰冷的手指在长庚手腕上一扣。

长庚狠狠地激灵了一下，倒抽了一口气惊醒过来，眼中惶惑未散，呆呆地盯着床边的人。

顾昀轻轻地晃了晃他的手腕，放柔了声音："做噩梦了吗？梦见什么了？"

长庚刚开始没吭声，好一会儿，散乱的目光才渐渐有了焦距，他盯着顾昀的眼睛在深夜里好像燃着两团火，忽然回手搂住了顾昀的腰。

顾昀肩上挂着玄铁的甲片，捎来一片初冬的凉意，冷铁紧紧地贴在长庚额头上，恍惚间，长庚好像回到了关外那个冰冷彻骨的大雪夜里，他狠狠地打了个哆嗦，至此方才从纠缠的噩梦里解脱出来，心想：我还活着呢。

屋里座钟的齿轮"沙沙"地转着，已经生起了火盆，像一口大锅一样横陈在屋子中间，细细的白气从下面冒出，旋即就被特制的风箱卷走，只悠悠地冒着热气，将整个屋子都循环得暖烘烘的。

顾昀突然被他抱住，先是一呆，随即心里泛起奇异的感觉，头一次被什么人竭尽全力地依靠着，几乎靠出了一点相依为命的滋味来。他平日里那副"老子天下无敌"的轻狂样子当然是装的，自己的斤两他掂得很清楚，可是这一刻，顾昀心里真的升起一种"自己无所不能"的错觉。

长庚的骨架已经长起来了，身体却依然带着孩子似的单薄，伸手一拢，能透过薄薄的里衣隐约摸到他肋下的骨头。这身单薄的骨肉鲜活而沉重地压在他身上，顾昀心想，他得照顾着这个孩子长大，像先帝期望的一样，看着让他平静安稳，长命百岁。

他总算能把对阿晏的那一份鞭长莫及的无能为力补上。

顾昀解下肩头的铁甲，挂在一边，和衣上了长庚的床，问道："想你娘了吗——我是说你姨母。"

长庚摇摇头。

顾昀想长庚对先帝憋不出什么深情厚谊，估计是给自己面子，才叫了先帝一声父皇，便问道："那你想念徐兄吗？"

这回长庚没否认。

徐百户是他多年来见过的第一个好人，虽然没什么能耐，但是宽厚温和。他的继父以身作则，第一次让长庚知道一个人是可以这样平心静气地活着的。只是徐百户军务繁忙，总是不在家，这才让顾昀乘虚而入地填补了那一点空缺。

见他默认，顾昀仰头望着模模糊糊的床帐顶，心里突然有点不是滋味，脱口问道："徐兄比我对你好吧？"

长庚诧异地看了他一眼，不知道这种显而易见的事他是怎么问出口的。这一回，顾昀奇迹般地看懂了长庚的眼神，顿时觉得心口被一阵小凉风卷过，他干巴巴地说道："那也没办法，皇命难违，你只能凑合了。"

长庚一脸无奈。

顾昀笑了起来，长庚感觉到他胸口微微的震动，忽然心生异样，左半个身子觉得这样亲昵的距离有些不自在，想离远点，右半个身子却恨不能化成纸片，严丝合缝地贴过去。去留不定的念头仿佛要将他一分为二。

而就在他心里天人交战的时候，顾昀手欠的毛病又犯了。长庚的头发散在身后，落在了他手里，他便开始无意识地来回捻着长庚的头发玩，力道不重，只是轻轻地拉扯着头皮。长庚激灵了一下，起了一身鸡皮疙瘩，全身的血都从漫步改成了狂奔，仿佛能听见它们擦过血管的沙沙声，一股来历不明的热气散入他的四肢百骸，差点烧穿了他的皮。

长庚猛地翻身而起，一把夺回头发，本能地羞恼道："别弄！"

顾昀小时候多灾多病，长个子也晚，十二三岁的时候还是个孩子样，因此也没把长庚当成什么大人，丝毫没察觉出有什么不妥。他不以为意地缩回作怪的爪子，双手枕在脑后，对长庚道："我没有成亲，当然也更没有儿女，连兄弟姐妹也没有，免不了照顾不周，很多事你要是不和我说，我也不一定想得到，所以有什么委屈，别在心里藏着，好不好？"

他声音低沉好听，大概是太累了，还带了点不易察觉的含混，长驱直入地刺进长庚的耳朵里，弄得那少年背后汗毛竖了一片，还出了一层薄汗。

长庚心里边紧张边纳闷：随口聊几句而已，我干吗要这么如临大敌？

"殿下您也多担待，"顾昀笑道，拍拍身边，"来，躺好，和我说说方才梦见了什么。"

提到梦，长庚身上无名的野火才平静了下去，他盯着顾昀看了一会儿，逼着自己忍住将乌尔骨和盘托出的欲望，先试探道："十六，世上有能致人疯癫的毒药吗？"

顾昀不满地翻了翻眼皮："十六叫谁呢？"

他嘴上虽然训斥了一句，心里倒也没太计较，顾昀顿了顿，说道："肯定有，世界之大，无奇不有，尤其那些番邦之地，长着好多中原没有的草药，再加上祖祖辈辈传下来的这个神那个神的，有不少我们不了解的诡秘伎俩。"

长庚心里沉了沉，狠狠地握住胸前挂着的废刀。

顾昀有些奇怪地反问道："怎么想起说这个？"

长庚指尖冰冷，心里天人交战转眼有了结果，他闷声闷气地说道："没有，梦见有一天我变成个疯子，杀了好多人。"

说完，不等顾昀做出评价，长庚又抢道："梦都是反的，我知道。"

他最终下定决心，要将乌尔骨紧紧瞒住，以一腔少年意气，长庚不肯承认自己有输的可能，他要和乌尔骨对抗到底，清明到死。然而纵使他胸中鼓动着这么大的勇气，却依然不敢打听顾昀若是知道此事会做何想。

长庚想，即便自己头生癞，脚生疮，小义父也不一定会嫌自己，可是倘若他知道自己最终会变成一个歇斯底里的疯子呢？他本能地避而不谈、不愿深究，只是问道："你也被噩梦魇住过吗？"

顾昀脱口吹牛道："怎么可能？"

不过刚一说完，顾昀就想起沈易让他对长庚实在点，又感觉自己吹得太满了，忙干咳一声，往回找补道："也不……那什么，有时候睡的姿势不对，也会做些乱梦。"

长庚："那都会梦见什么？"

顾昀不爱谈自己的感受，因为感觉说出来怪尴尬的，像当着人面扒光衣服满街跑，便搪塞道："乱七八糟的，睁眼就不记得了——你快睡吧，再不睡要天亮了。"

长庚没了声音。可是过了一会儿，顾昀偏头看了他一眼，却见长庚睁着一双眼睛，一直在盯着自己，终于忍不住头疼了起来。

"好吧，"顾昀叹了口气，绞尽脑汁地回想了一下，用哄孩子睡觉的语气说道，"我小时候，有一次梦见自己被关在一个伸手不见五指的地方，周围一点动静也没有，但是我就是知道那地方有好多吃人的野兽，于是就一直跑——那天可能是腿没伸开，都说腿没伸开的人在梦里跑不快，我跑到最后，感觉腿脚是棉花做的，越急越跑不动。"

长庚追问道："然后呢？"

然后当然给吓醒了呗，还能怎样？

可是顾昀嘴上万万不肯承认自己被吓醒过，他绘声绘色地鬼扯道："然后我跑得不耐烦了，不知从哪儿抽出了一把金丝镶背的大砍刀来，一刀捅死了追我的野兽，就心满意足地醒了。"

长庚："……"

他竟然真想从姓顾的嘴里听到几句正经话，想得真是太多了。

谁知那顾昀扯完淡，又一本正经地问他道："你知道做噩梦的时候应该怎么办吗？"

长庚迟疑了一下，再一次轻信了他，认认真真地摇摇头，等着聆听他的高论。

顾昀像煞有介事地道："你之所以会做噩梦，是因为屋里有夜游小鬼捉弄你，小鬼都怕秽物，你以后记着在门口放个夜壶，一准能把它们都轰跑。"

长庚："……"

长庚特别容易把别人的鬼话当真，顾昀很快发现了逗他玩的乐趣，大半夜里笑精神了。

长庚曾当真地认为小义父是来看望他的，现在才知道，这货原来纯粹是来消遣他的！他愤怒地翻了个身，用后背对着顾昀，背影里大大地写着"快滚"二字。

顾昀没有立刻滚，他一直看着长庚呼吸渐渐平稳，才轻轻地替他拉好被子，起身离开。临走，顾昀本想顺手把自己方才摘下来的肩甲拎走，刚一伸出手，又想起以前好像听谁说过，小孩半夜容易惊醒是阳气太弱，招惹了不干净的东西，用铁器压在床头就会好一点。这些民间市井的无稽之谈，顾昀以前是从不相信的，此时他突然觉得它们或许也有些道理，不然怎么流传了那么多年呢？

于是他将那副铁肩甲留下了，穿着一身单衣离开了长庚的卧房。

顾大帅可能果然是个辟邪的鬼见愁，长庚的第二觉居然真就没有了那些纠缠不休的魑魅魍魉，一觉睡到了天蒙蒙亮。

可惜，长庚醒来以后，脸色比一宿没睡还难看。

他面色铁青地在床上坐了片刻，掀开锦被看了一眼，便忍不住带着哭腔长叹一声，将自己团成了一团，低头抱住了头。

这是第二次了。

长庚再也没法自欺欺人下去，因为这回他的梦实在真实又直白……

少年把脸埋在被子里，含混地大吼一声，被自己恶心得无地自容，恨不能一头磕死在床头。这一次，连祥云状的废刀片也不能让他冷静下来了。

就在这少年心乱如麻时，他的门突然响了。

长庚痛苦而沉郁的三魂被吓飞了七魄，第一反应是先慌乱地将床单卷成一团，狠狠地咬咬牙，逼迫着自己稳下心神，腿脚发虚地开了门。

不料一开门，他又受到了第二波惊吓。

<h2 style="text-align:center">叁</h2>

长庚门口站着一个一人多高的铁家伙，玄铁头盔下露着两只豆大的小圆眼，眼中冒着紫流金燃烧时特有的深紫色，显得格外吓人，足以担当深夜鬼故事的第一主角。那铁家伙目视正前方，呆滞地越过长庚头顶，提起一只碗大的爪子，啄木鸟似的敲他的门，没完没了，根本停不下来。

长庚的三魂七魄还扑腾在半空中演绎神魂颠倒，没来得及清醒，一见此情此景，整宿都没能躺下的汗毛再次乍了起来。他倒抽一口气，飞快地后退一步，一把拽下了门口的佩剑。

这时，顾昀从那铁家伙后面露出头来，兴致勃勃地问道："好玩吗？"

长庚："……"

好玩个屁！

"我知道家将跟侍卫们都不敢跟你动兵器，听王叔说，你每天自己在院里练剑，也没个人喂招，怪无聊的，"顾昀一边说，一边在那铁家伙后颈上随意拨动了两下，可怕的铁怪物温驯地安静下来，老老实实地定在原地发呆，顾昀抬手摸了摸它的大铁头，对长庚笑道，"拿个'侍剑傀儡'给你玩，好不好？"

长庚心怀鬼胎，做贼心虚，目光不敢在顾昀身上逗留太久，只好仰头端详那不动如山的铁怪物。端详了片刻后，他木然地指了指自己的胸口："我，玩它？"

不是被它玩吗？

顾昀将铁傀儡推到了长庚住的小院里，长庚有气无力地在后面跟着。少年人虽然堪堪保持住了面上的平静，却依然只敢在顾昀转身的时候，才一眼一眼地往他身上瞟，这么偷偷多看了几眼后，长庚发现了一个问题——顾昀穿得格外清凉。

初冬的清晨已是呵气成霜，顾昀身上居然只穿了一件半新不旧的夹袍，摆弄铁傀儡的时候微微弯了一点腰，那腰线似乎比长庚想象的还要细一些。

长庚狼狈地偏过头，问道："今天不出门？"

顾昀："嗯，休沐。"

长庚沉默了一会儿，还是忍不住说："你怎么穿成这样，不冷吗？"

"啰唆，别学沈易，快过来。"顾昀冲他招招手，将铁怪物扳正，拍着它硬邦邦的肩膀，说道，"这是铁傀儡的一个变种，跟普通看家护院的那种不同，它又叫侍剑傀儡，京城中很多世家子弟习武练剑的第一个导师都是它。我小时候也用过——它会几套固定的启蒙剑术，身上有七个穴点，头、颈、胸、腹、肩、臂、腿，倘若你能刺中前四个中的任意一点，它都会立刻停下。但是触碰的如果是后三个，就要小心了，即便打到了肩臂穴，它还有腿能动，随时能撩你一下。要想锁住它，得肩臂中的任意一穴与腿穴全部中剑才行，怎么样，试试？"

顾昀的讲解还没有一个屁长，三言两语说完，立刻进入简单粗暴的实践环节："拿好你的剑。"

话音没落，铁傀儡已经动了起来，它双眼紫光大亮，蓦地上前一步，举剑下劈。

长庚本来就不在状态，剑都还没拔出来，赶紧手忙脚乱地往后蹿了几步远。铁傀儡却不给他留喘息的余地，一旦开启，立刻开始没完没了地追着他打，转眼已经将他逼到了院墙角。

长庚无处可避，只好狠狠一咬牙，双手执剑，自下而上挥去，两柄铁剑撞在一起，长庚手腕巨震，重剑直接脱手落地，他热汗刚去，冷汗又起，下意识地往后一仰——铁傀儡的剑停在离他额头一拳处。

剑刃上凝着一线冷光。

小院一片寂静，只有长庚剧烈的喘息声和铁傀儡身体里"隆隆"的动力响。

顾昀不置一词，也不上前指导，往院中石桌旁一坐，从怀中摸出一个小酒杯，将腰间酒壶解下来，拿被铁傀儡追得四处乱窜的长庚当下酒菜。

长庚余光瞥见那位大爷，整个人更不好了。一方面，他像个刚刚长成的小孔雀，毛还没长齐，已经先起了一腔"给他点颜色看看"的抖毛之心；另一方面，他满心郁结，一看见顾昀就有点晕。

少年胸中的战意在燃起和熄火间来回摇摆，铁傀儡却不解风情，脚下喷着白色的蒸汽，无悲无喜地滑出了几尺远，侧身摆出起手式，再次剑指长庚。

长庚将重剑架在肩头，主动上前，脑子里拼命地回想着在雁回太守府上，顾昀用一把匕首弹飞他剑的那一招。

顾昀把玩着手中小小的酒杯，"啧"了一声，看得直摇头。

一人一傀儡两把铁剑边缘剧烈地摩擦，火花四溅，剑柄上再次传来让人难以承受的压迫力，长庚剑没到位，人已力竭，重剑再次脱手，被甩出去三尺多远。

侍剑傀儡是陪练用的，不会伤人，目中紫光明灭几下，它将悬在长庚头顶的剑提走，再次滑步而出，换了个姿势。长庚的额角冒了汗，却忍不住再次分心偷看顾昀，心里懊恼地想：他今天就不打算走了吗？有什么好看的！

顾昀看着长庚的剑被打飞一次又一次，喝完了一壶凉酒，两条长腿调换了三次上下，非常沉得住气，直到铁傀儡一下重击后，长庚整个人应声飞了出去，他才终于不慌不忙地站了起来。

长庚在地上撞破了皮，火辣辣的，伸手一摸，还有一点血迹，可他没顾上擦，因为顾昀走到了他身边，双手抱在胸前，正仰头看着面前高大的铁傀儡。

长庚下意识地低下头，挫败得不去看他。

"你心里慌，脚下就飘，"顾昀说道，"脚下若是站不稳，再厉害的剑法也都是无源之水、无本之木。"

长庚心里一动，似乎摸到了一点门路。

顾昀难得正色，淡淡地说道："起来，我教你。"

长庚先是愣住，随即睁大了眼睛，而不待他反应，顾昀已经不由分说地把他拎了起来，从背后握住他拿剑的手，揽住他。长庚艰难地咽了一口唾沫，后背紧绷了起来。

顾昀低声道："放松点，别看我，看着你的剑。"

他话音未落，对面的铁傀儡眼中紫光已炽，再次呼啸而来，腹中隆隆作响，好像一面飘来的战鼓，依然是当头一剑迎面劈下。纵然长庚的血脉中真的深藏着某种野性，那也只在满怀激愤的生死一线间才能被激发出来，而这毕竟只是练剑。

一时间，他顾不上那一点让他不自在的亲密，第一反应依然是后退，任何人在这种庞然大物面前承受逼人的压力时都会有这样的反应。

可顾昀却不容许他后退，长庚觉得自己整个人都被顾昀推着飞了起来，像个无畏的提线木偶一样冲向了铁傀儡，他的手腕镶在顾昀那铁打一般的掌中，不由自主地将手中重剑递出，短兵相接的一瞬，长庚觉得自己握剑的手被顾昀翻转了一个极微妙的角度，铁傀儡下劈的剑居然被"撬"了起来。

寒铁与他擦身而过，几乎要划破他的鬓角，长庚本能地闭了一下眼，还以为自己会直接撞上去。

顾昀心里暗叹一口气，心想：这孩子缺了点血气，恐怕不是拿剑的人。

寒铁的味道从长庚的鼻尖划过，铁傀儡肘部微微卡了一下。顾昀抬脚一踹长庚的膝窝，喝道："睁眼，臂！"

长庚膝盖一软，腿被外力弹了出去，脚尖不偏不倚地点在铁傀儡手臂上。机器上"咔啦"一声，上臂锁住了，长庚一口气刚吐出一半，下一刻，猛地被顾昀按着弯下了腰。

一道厉风擦耳而过，"嗡"一声响——铁傀儡的腿当空横扫过来。

顾昀："看好了。"

他握紧了长庚的手，拖着那少年在地上滑了一个凌厉的半圆，剑尖当当正正地擦过了铁傀儡的脚踝。又是"咔啦"一声，铁傀儡被彻底钉住了。

它保持着金鸡独立的动作静止在了原地，眼中紫光闪了闪，渐渐地偃旗息鼓，暗淡了下去。

长庚手心里全是汗，胸口剧烈地起伏着，连顾昀什么时候放开他的都没察觉到。

这一瞬间，他感觉到了自己和小义父之间天堑般的差距。

顾昀好整以暇地弹了弹身上的尘土。"退缩是人之常情，若是和人对上，进进退退倒是也无妨，但是如果你在未着甲胄的时候对上铁傀儡或者重甲，得记住千万不能退。因为这些铁家伙脚上是烧紫流金的，你一退就会被它们追上，那时你的心和身体都是向后的，很难在短时间里凝聚反击之力，反而会手忙脚乱地落到对方手里。"

长庚沉吟良久，忽然问道："义父是说，如果遇上比自己强大得多的敌人，向前比退避的胜算大吗？"

顾昀一挑眉，有点奇怪道："哎？今天怎么'义父'了？"

长庚什么都好，唯独嘴上总是没大没小这一点很讨厌，张口闭口叫他"十六"。顾昀是正月十六生人，十六这小名还是公主起的，除了公主和先帝，连老侯爷都没这么叫过他，虽说他不大计较，可是一天到晚被这么个小东西十六长十六短地挂在嘴边，也怪别扭的。

根据他的经验，顾昀感觉自己好像只有两种情况能捞到这小子一声"义父"，一种是瞎猫碰上死耗子，他不小心把这崽子哄高兴了，一种是瞎猫踩了狗尾巴，他不小心把这崽子惹毛了。

长庚深深地看了他一会儿，神色莫名复杂地说道："以前是我不懂事，以后不会了。"

他终于意识到了自己可憎可鄙、无德也无能之处，还怎么敢再任性下去呢？有时候，少年人从"自以为长大成人"，到"真的长大成人"之间，大概只有一宿的时间。

粗枝大叶如顾昀，也突然隐约感觉到长庚好像哪里不一样了。

第三章

环伺

壹

安定侯不可能每天在家休息——大梁官员们奔波劳碌的一天通常从晨起点卯开始，申时下朝，下了朝，顾昀也走不了，他难得回京，上有皇上时不常地要召见，下有群臣忙着巴结，应酬日程排了个满，偶尔空闲，还要去北大营转一圈，很难在日落前回府。

因此，想要得到顾大帅的贴身指导，就得赶他早晨上朝前活动筋骨的时间。

长庚从此便开始起五更爬半夜，每天鸡都还在瞌睡，他就领着他的侍剑傀儡去顾昀院里等着。少年拎着他的剑在前面走，侍剑傀儡便在后面哗啦哗啦地跟着，一双铁臂向前平伸，左臂挂着一盏汽灯，右臂挂着一个食盒，活像个送饭的夜游神。

到了顾大帅那里，早起的老仆会把食盒接过去，用小火在一边煨着，顾昀开始给他的干儿子上早课。送饭的夜游神于是成了挨揍的夜游神，当牛做马，十分悲惨。

等一堂天马行空的课上完，早饭也热好了，两人各自吃了，然后该干什么干什么去——顾昀要出门，长庚自行回去等先生来领着念书，过了午，还要跟着侯府的家将习武。

顾昀着实不算什么好老师，和沈易一样，他也有想起一出是一出的毛病，时常刚刚定住铁傀儡，嘴里已经讲到了重甲如何排兵布阵，怎么分配重甲轻甲的比例最省紫流金，乃至西域的马和中原的马品种有什么不同，哪儿产的高粱最扛饿，等等。

等这话题天上人间地绕着大梁转一圈，顾昀大概才回过神来，问长庚道："我又跑题了是吧？我最开始想说什么来着？"

然后两人就只好坐在铁傀儡的大脚上，就着那铁怪物身体里齿轮转动的"嘎吱"声，一起冥思苦想跑了十万八千里的主题是什么。

刚开始，听闻顾大帅亲自传艺，葛胖小和曹娘子都激动不已，也克服万难，哈欠连天地跑来跟着听了几次，不料从头到尾只听出了一个心得——什么玩意！

葛胖小私下评价道："我感觉还不如听沈先生念经。"

"是沈将军，怎么老记不住呢？"曹娘子没好气地纠正完，摸了摸自己的良心，难得在美男子与良心之间选择了良心，补充道，"我感觉也是。"

只有长庚对此毫无意见，每天能和顾昀待一会儿，让他通宵达旦地守在门口都行——反正睡着了也是反复的噩梦，没什么好睡的。何况顾昀只是没条理，要真听进去，他讲的东西起码都是真实可靠的。

顾昀很小的时候就被他没轻没重的爹娘带上过战场，没在宫里过几年锦衣玉食的舒坦日子，十五岁又开始跟着一位如今已故的老将军南下剿匪，那以后就一直在行伍中打滚。八大军种，除了铁蛟行于水中，他不算太熟悉，其他全部交过手，打过胜仗，也吃过很多亏，因此说起各自的优点劣势如数家珍，长庚每每听得如饥似渴。

顾昀对他而言就像一座高山，他每天抬头望上一望，便是给一整天找了个低头前行的方向，他相信这样一步一个脚印地走下来，总有一天能压抑住自己心里不适宜的想法。

不过顾昀本人却不认为这算什么教导。

他另外专门请了先生和武师教长庚他们，每天清晨的活动在顾昀看来，其实都只是他挤出点时间来跟长庚玩。顾昀并不认为长庚适合走他的老路，他更希望长庚能长成个翩翩君子，而不是什么神鬼退避的杀将。

这样一晃，转眼就到了年关。

新皇第一年登基祭天，改年号为隆安，当日便宣布要大赦天下。

既然是天下，当然也包括囚禁于帝都的蛮族世子加莱荧惑。

皇上按捺了两个多月，终于用这种方法迂回地表达了自己的看法——老狼王加一成岁贡的条件太有诱惑力，他又不想当面驳顾昀的面子，于是此事议一次压一次，户部和安定侯的折子全都扣着，一直拖到了天子祭天，才算是见了分晓。

圣人回宫，两行御林军分开两边，沈易纵马长驱直入，直跑到一身轻裘甲的顾昀身边，才"吁"一声停了下来。

顾昀看了他一眼，缓缓地拨转马头往侯府走去，沈易连忙跟上，低声道："大帅，我看皇上这回是铁了心要放虎归山，怎么办？"

"天子祭天是金口玉言，向老天爷发了宏愿，轮得到我置喙吗？"顾昀面无表情地说道，"再者为了安抚我，皇上张口许给玄铁营三十战车和四百钢甲，旨意已经下到灵枢院了，他仁至义尽到这份儿上，我还好意思为了那点小事没完没了吗？"

新皇刚过而立之年，比风烛残年的先帝更强硬。

顾昀无心弄权，皇帝强硬与否他并不在意，但问题是，皇上对边境的政策竟比先帝还要目光短浅。两人并肩沉吟了片刻，顾昀语气缓了缓，轻声道："不过国库空虚也是事实，皇上新近继位，多少有些迫不及待——你不知道，昨天洋毛子'大高帽'派了个尖嘴猴腮的使者过来，叽叽咕咕地说了一下午，我现在耳边都嗡嗡。"

"……" 沈易愣了一下才反应过来，"你是说西洋教皇？"

在大多数大梁人心里，洋毛子都十分不成体统，那教皇不好好在庙里烧香，整天戴个大高帽四处抛头露面，什么事都要掺和，皇帝说话反而不管用——这不是要翻天吗？

顾昀道："说是要通商，昨日我陪着听了一阵，他们想将古丝路沿西域境内扩出一条大商路来，由双方派兵镇守，保障往来互通，说得天花乱坠的，连图纸都画出来了，给皇上算了一笔忽悠账。"

沈易笑道："通商是好事，你说的什么混账话？"

"我没说不好——做生意的事我也不懂，"顾昀叹道，"只是总觉得，洋人若与我们通商，他们未见得占得到便宜，既然占不到便宜，何苦来哉？像是另有所图。"

这是实话。

西洋货自武皇帝年间便开始流入大梁了，那些琉璃灯、西洋镜之类的小玩意很是新鲜了几年，可惜都不长久，因为流入的西洋器物精致归精致，但都要烧紫流金，一入中原，间接炒热了紫流金的黑市。

当年武皇帝感觉这么下去国将不国，为了严控民间私用紫流金，他准备了软硬两手，在一天之内下了四道法令，着各地严查紫流金私用之事，抓一批杀一批，全部以谋反论处，概不姑息，先用高压铁腕勒住了这条国之命脉。随后又让灵枢院牵头，聚集了一大批民间长臂师，很快加班加点地仿出了一堆功能相近，但以烧煤上弦为动力的仿西货。

武帝用硬刀子卡死了紫流金出口，软刀子直接斩断了西洋货的市场——哪怕有紫流金，谁不愿意烧点便宜的煤呢？再者西洋画花里胡哨，在中原人看来，多少有点上不得台面。

真正的西洋货很快便被仿物取代，洋商人的东西在中原大批滞销。

反而是中原的丝绸一类的细巧物件，听说在洋毛子那里火得不行。

顾昀道："也可能是我多心了。"

沈易默然无语片刻，问："皇上怎么看？"

顾昀的嘴角翘了翘，露出了一个说不出是酸是辣的笑容，说道："皇上有恃无恐，他觉得有我玄铁营镇守西北，大梁便能刀枪不入——我自己都不知道自己有这么大本事，你说我愁不愁？"

沈易想了想，问道："皇上是当着你面这么说的？"

顾昀苦笑了一下："不光当着我面说，还赐了我一件狐裘呢。"

顾帅在京城里一年四季只穿单衣，大家都知道，他也就是在关外遇上白毛风的时候会加点衣服，皇上赐他冬衣，显然是让他赶紧滚回边疆的意思。

沈易默然。

顾昀："过完年我差不多也该回西北了，玄铁营老在北大营里待着，皇上有点睡不着觉。"

千里江山，锦绣河山在新皇一句话中凝成了一线，压在了安定侯肩上。

他们觉得他手握玄铁三大营，战无不胜，无所不能。

又倚仗他，又畏惧他。

顾昀玩笑道："你说我要是有一天'嘎嘣'一下死了怎么办？"

沈易脸色一变："哪儿来的混账话，呸！"

顾昀不太在意地说道："这有什么好忌讳的，生死有命，富贵在天，我们顾家就没有命长的，非但命不长，连儿女运也是'黄鼠狼下耗子，一代不如一代'，老侯爷那时候每天看见我就长吁短叹，到了我这里更是……后继无人了。"

沈易："不是还有四殿下吗？"

顾昀摇摇头："那孩子不是吃沙子的命——啧，好好的大年夜，咱俩聊这些添堵的事干什么？快去给我订个'红头鸢'，我回家接儿子去。"

说完，他打马飞奔，将沈易甩在身后。

沈易愤怒地咆哮道："你不早说，全城就二十条红头鸢，今天还怎么订得到？"

顾昀："你看着办——"

"办"字飘然而落，裹着西北风糊了沈易一脸，那安定侯已经绝尘而去。

长庚本来踏踏实实地在屋里看书，大门陡然被人从外面破开，狂风卷雪劈头盖脸地扑过来，他桌上没来得及镇好的宣纸稀里哗啦地四散奔逃。

这样扰人清净的讨厌鬼非顾昀不做第二人想，长庚无奈回头。"义父。"

葛胖小和曹娘子一左一右如哼哈二将，跟在顾昀身后，一起冲他招手："大哥大哥，侯爷说带咱们出去坐红头鸢。"

长庚天生不爱出门，喜静不喜闹，看见人多就烦，以前去将军坡练剑，也是因为自家院子不够大，自打到了侯府，他就没有渴望出去放风的想法。在他看来，过节守岁，大家一起在家里围个小火炉，温二两酒，聊两句闲话不好吗？

非要出门喝风看人，这算什么志趣？

可是顾昀已经自作主张地将他的外袍拿了下来。"快点，别磨蹭，王叔说你自打住进侯府就没出过门，种蘑菇吗？"

一想起京城那人山人海、万人空巷的"盛景"，长庚浑身都起鸡皮疙瘩，哪怕是跟顾昀出去，他也是百般不愿意，于是在原地磨蹭着找借口道："义父，守岁有讲究，得有人留下看家，我……啊！"

顾昀不由分说地把长庚往那外袍里一卷，直接把他当成一段会叫的房梁，扛在肩膀上拖出了屋子。"小毛孩子，讲究恁多。"

长庚从头皮红到了脚后跟，熟得外酥里嫩、七窍流香，气得真是叫都叫唤不出。

曹娘子却对这等"房梁"待遇十分羡慕，流着哈喇子对顾大帅的背影发花痴，咬着葛胖小的耳朵道："有生之年要是能让侯爷扛一次，我可真是死都值了！"

葛胖小十分讲义气，闻言立刻一抹鼻涕，结结实实地扎了个马步，气沉丹田，挺胸叠肚憋住一口气，仿佛即将去扛大包似的拍拍自己的肩膀，视死如归道："来！"

曹娘子与他对视片刻，啐了一口，愤怒地迈着内八字的小碎步跑开了。

除夕之夜，金吾不禁。

到了外面，顾昀总算还记得给干儿子留点脸面，将他放了下来。

长庚面沉似水，大步流星地走在前头，腰杆直得能去当旗杆，披风在身后起伏翻滚，俨然已经有了将来身量颀长、器宇轩昂的模子。

顾昀蹭了蹭鼻子，追上去死皮赖脸地笑道："生气了呀？"

长庚甩开他搭在自己肩头的手，硬邦邦地说道："岂敢。"

顾昀："每天大门不出二门不迈，你不腻吗？小孩……"

长庚阴森森地看了他一眼，顾昀难得长了一回眼色，忙纠正道："年轻人——年轻人要活泼一点，你才过了几个年，就看腻红尘了？"

长庚与这种活泼过头的义父无话好说，木着脸，不置一词，再一次要挥开顾昀拉他的手，谁知刚好碰到了顾昀的指尖，被冰得激灵了一下。长庚一皱眉，反手抓住了顾昀的手，见那爪子冻得发青，凉得活像刚从地底下刨出来的死尸。

也是，人肚子里又不烧紫流金，寒冬腊月天穿着单衣满街跑，能不冷吗？

长庚心疼，疼得心火也跟着旺盛，他一边生闷气，一边三下五除二地解下了身上的披风，不由分说地拢在顾昀身上。顾昀被他拉得不得不低下头，却没有躲闪，纵容地任凭他给自己系上领扣，笑眯眯地享受了一回气鼓鼓的孝敬，心想：有儿子真好，等小长庚长大了，我自己也找人生一个去——要能生个姑娘就更好了。

京城的除夕夜里，从酉时三刻开始，一刻有一声长号，提示人们来年逼近的脚步。

满城锣鼓鞭炮喧天，红纸四下翻飞，宛如彩蝶，河边、楼上、大路中间……到处都是两条腿的人，长庚只看了一眼就觉得头皮发麻——那可真是好似全天下的人都挤在了小小的京城里，跟这种热闹比起来，雁回镇上每年把人挤到河里的集市简直是"荒凉寂寞"了。

无论是强迫他出门的顾昀，还是兴致勃勃的葛胖小和曹娘子，此时此刻在长庚眼里都那么不可理喻，他一边抓着顾昀冰冷的手，尽可能地想给顾昀暖一暖，一边还要留神那两个东张西望的乡下孩子不要走丢，忙得焦头烂额，天生一条操心的命。

这时，空中传来一声像鹰啸又像鹤唳的长音，人群欢呼起来。

"红头鸢！"

"快看，今年第一条红头鸢飞起来了！"

京畿重地，天子脚下，平时是有空禁的，九门上装了无数支白虹箭，便是玄鹰，倘若胆敢从天上靠近京城，也只有被射下来一个下场。

唯有除夕这天例外。

出皇城一条宽宽的大路直通城外，矗立着整个中原的标志——起鸢楼。

据说那些乘着大船漂洋过海的西洋人刚到中原时，所知道的仅有的两处名胜，一个是皇宫，另一个便是起鸢楼。

起鸢楼并非一座楼，乃是先帝在元和二十一年的时候，用削减出来的军费建的，迎宇内八方来客，气派得不行，共分南北两区。北区一排圆顶高塔，取名"云梦大观"，南区则是一座高台，有人背地里调侃说这是"摘星台"。当然，当面没人敢这么叫，民间一般就称其为"停鸢台"。

南北对望，取意天圆地方，与皇宫遥遥相望。

每年除夕，停鸢台都会变成整个京城的中心，南来北往的名妓名角们无不削尖了脑袋想上去献唱一曲，台下围观者人山人海，云梦大观的观景台上也不乏达官贵人。

而酉时三刻一过，围着停鸢台会升起二十条"红头鸢"。

红头鸢和边境巨鸢原理相似，只不过巨鸢让无数蛮人闻风丧胆，红头鸢则完全是玩乐用的。它是船形，首尾两头刻着火红的锦鲤，靠九九八十一个火翅升上天，船身上则用一种半透明如蛛丝的特殊绳索拴在停鸢台上。

火翅一发，二十条红锦鲤似的红头鸢便稳稳当当地悬挂在半空中，微微晃动，摇曳生姿。上面视野极佳，有一个雅间和一圈露台，要酒要菜都能顺着那些蛛网似的绳索传上去，人在上面，能看见万家灯火、红墙宫禁。

顾昀轻车熟路地带着三个半大少年从停鸢台旁边的小路上拾级而上，值夜的卫兵认出他来，吃了一惊，正要俯首作礼，被顾昀轻飘飘地摆手止住："带孩子来玩的，别多礼——看见沈将军了吗？"

一个火侍者远远地跑过来："侯爷，这边请，沈将军在红头鸢上等您呢。"

顾昀面上淡定地点点头，心里却不由得有点叹服——他其实只是带长庚他们来凑凑热闹，完全没料到沈易这么无所不能，居然还真给订来了一条。

葛胖小盯着红头鸢的眼都直了，紧跟着顾昀问道："侯爷，咱们要升天吗？"

顾昀："不着急，过几十年再升，咱们今天先上去踩个点。"

长庚聆听着这两人大年夜里别开生面的"吉祥话"，实在想将此二人的嘴一并塞严实了。

红头鸢上的雅间中温暖如春，顾昀进屋就把披风解下来搭在了椅背上。沈易已经叫好了一桌酒菜，雅间中还有几个美貌少男少女侍立在侧，有那胆大的还不住地偷眼瞄着顾侯爷。顾昀打眼一扫，先是一愣——沈易是个未老先衰的学究，看西洋画都嫌脏污眼睛，二十年如一日地假正经，怎么会留下这么一群小嫩肉？

他当即便投去了一个询问的目光，沈易在他耳边低声道："这条船是魏王听说以后，执意要让给你的。"

顾昀听了一时没言语，脸上喜怒莫辨。

火侍者很有眼力见儿，立刻上前问道："侯爷，点火吗？"

顾昀顿了一下，点了点头："点吧——对了，叫露台上守着的兄弟们进来吃顿年夜饭，今天没外人，不必拘虚礼。"

火侍者得了令，立刻恭恭敬敬地退出了红头鸢，跳下露台甲板，长长地唱和了一声。

几个玄铁营的将士应声进来，训练有素地齐刷刷行了礼："大帅！"

玄铁的冷意顷刻间侵袭了十丈软红尘，雅间里暖昧难明的气息顿时被驱散一空。

顾昀眼角瞟了一眼识趣退出去的侍者们，其中一个格外赏心悦目的临走还含情脉脉地偷看了他一眼，顾昀便冲她笑了一下，同时心里遗憾地想，他身边带着三个半大孩子，这半夜三更的娱乐恐怕也就只能止步于眉来眼去了。

沈易道貌岸然地干咳了一声，顾昀若无其事地收回视线，人五人六地抱怨道："魏王也老大不小了，真够不着调的。"

沈易皮笑肉不笑道："呵呵。"

幸好，那三个少年人被红头鸢周遭成片亮起来的火翅群吸引，全都扒在窗口往外张望，没注意到屋里这些暗潮汹涌地龌龊的大人。

火翅的爆鸣声嗡嗡作响，一股温暖的热风呼的一下席卷而来，吹得窗棂猎猎作响，长庚只觉得脚下一空，不由自主地抓住了木窗边，曹娘子在旁边大呼小叫，整个红头鸢都轻轻颤动着，往天上升去。

戌时到，一团烟花从停鸢台上蓦地平地而起，在二十条红头鸢中间炸了个满堂彩，那些彼此相连的蛛丝都遍染橘红。停鸢台徐徐升起，下面铁齿轮环环相依，一个红衣舞娘抱着琵琶亮相开嗓。

天上人间，最繁华莫过于此。

沈易开了一瓶葡萄酒，抬手给顾昀倒了一杯。"这是西域叛乱平定后他们头年进贡的，葡萄美酒夜光杯，美酒合该配英雄，尝尝吧。"

顾昀盯着那夜光杯看了片刻，神色不由得淡了下来，他接过来啜了一口又放下——并不是酒不好，但总觉得有点不是滋味。

顾昀道："算了，喝不惯这个，还是换花雕吧，看来我不是英雄是狗熊——哎，诸位都坐，别管他们仨，他们在家都吃过了，让他们玩去吧。"

　　说话间，他开始觉得视线有一点模糊，便低头伸手掐了掐鼻梁，知道自己前几天喝的药恐怕快要没作用了。药效消退时间大约是小半个时辰，一般他会先瞎后聋。

　　沈易一见他小动作就知道怎么回事。"大帅？"

　　"没事，"顾昀摇摇头，换了酒，冲席间举杯道，"诸位都是我大梁万里挑一的勇士，跟了我，却既没有荣华富贵，也没有权势好处，边疆清苦，连饷银也就那么一点，都受委屈了，我先敬弟兄们一杯。"

　　他一席话说完，先将酒干了，随即不由分说，又给自己满了一杯。"第二杯酒，敬那些留在西域的弟兄，当年我不知天高地厚地把他们带出去，没能把他们带回来……"

　　沈易劝道："大帅，过年呢，别说了。"

　　顾昀笑了一下，真就住了口，举杯一饮而尽，旋即再次满上。

　　"第三杯，"顾昀轻声道，"敬皇天后土，愿诸天神魔善待我袍泽魂灵。"

　　长庚站在窗边，不知什么时候，外面的盛景已经不能吸引他了，他侧过身，眼睛一眨不眨地注视着顾昀。

　　他见过意气风发的顾昀、惫懒无赖的顾昀，却从未见过顾昀落寞举杯、一饮而尽的模样，这样的义父对他而言几乎是陌生的。算起来，顾昀在他面前就没发过火，也鲜少流露出疲惫或是不开心来，好像总是在逗他玩，又可亲又可恶——似乎除了这一面，其他诸多神色都是不方便透露给他的。

　　因为他只是个无能为力的孩子。

　　长庚突然间生出一种想要立刻变得强大的渴望来。

　　这时，葛胖小突然回过头来喊道："侯爷，沈将军，洋毛子带了一大堆野兽在跳舞！快来看哪！"

贰

　　顾昀慢吞吞地从怀中摸出了一片琉璃镜，架在鼻梁上，溜达到长庚旁边，推开窗户眯细了眼往停鸢台上张望。那琉璃镜镶着白金的细链，横斜入耳，遮住了他一只桃花眼，鼻梁却越发挺直，整个人的气质陡然间清冷了起来，幽幽地冒着一股衣冠禽兽的气息。

长庚呆呆地看了他一会儿，问道："义父，你戴了什么？"

顾昀偏头逗他道："洋人的小物件，好看吧？他们那边就流行戴这个，等出去走一圈，给你骗个洋后娘回去好不好？"

长庚被他说得好不闹心。

有个玄鹰部的小将士有意缓和方才的凝重气氛，抖机灵道："大帅，您也不是亲爹啊！"

顾昀没心没肺地跟着笑。

那小将士摇头晃脑地说道："这几年世道变了，人心都不古了，以前的女人看重的是咱们的德行、能耐和性情，咱们都不发愁，现在倒好，她们只关心男人俊不俊俏。大帅，咱们弟兄们打光棍可不是因为长得丑，是生不逢时啊。"

玄铁营的"土特产"就是光棍，一听这话，全都跟着起哄起来。

顾昀大笑道："滚，别把我也扯进去，哪个长得丑？本侯乃是堂堂玄铁三部一枝花，美名都远渡重洋去了。"

一群军中糙汉震惊于自家大帅的厚颜无耻，只好哄堂大笑以对，沈易凉凉地说道："大帅，您貌美如花，怎么也讨不到媳妇呢？"

一句话戳到了顾昀的伤心事，顾大帅只好捂着胸口道："我待价而沽呢，好东西都压轴，你懂什么？"

说起这事，也实在怪不得顾昀。

当年先帝对他十分矛盾，又疼他，又防备他，小时候还好，稍稍长大些，安定侯的婚姻大事就成了先帝喉咙里卡的鱼刺。选个出身寒微的，怕人说他亏待了忠良之后，跟谁也交代不过去，但要是选个家里位高权重的，先帝心里又要打鼓。两相为难，想必当年先帝心里一定恨不得顾昀是个小太监。

安定侯的亲事一直拖了很久，最后先帝给定了郭大学士之女。郭家世代书香门第，家世清贵，郭姑娘据说貌美如兰，才名满帝都，与当年的太子妃，现在的皇后并称京城双姝，既不牵扯什么，也不算辱没顾昀。

可也真奇怪了，这朵名花自从订婚开始，就跟被霜打了一样，一天不如一天——没等顾昀打完仗回京，郭小姐已经先香消玉殒了。说起来，死过老婆的人多了去，没什么稀奇的，何况只是个没过门的未婚妻子。可这事摊到安定侯头上，就很难不让人联想到他那天煞孤星似的外祖、早逝的爹娘。

于是就这么着，安定侯克妻的名声不胫而走。

能嫁给安定侯固然里子面子全有，还不用伺候公婆，是天大的福分。可天大的福分也要有命享才行。

后来顾昀辗转西域北疆，四五年没回京城，也就再没什么机会张罗，现如今先帝蹬腿去了，当今皇上虽然比顾昀年长几岁，却是从小叫着他皇叔长大的，两人差了一辈，纵然君臣有别，管起他的婚姻大事来也多少不太方便。

顾昀本人也没精力上心，一拖二拖，就拖到了现在。

沈易不肯饶过他："待价而沽？大帅你想把自己卖给谁？"

顾昀一抬头，透过琉璃镜，正看见长庚紧紧地盯着自己，脸上还不由自主地带出些许紧绷来，便以为那少年是担心自己娶了亲不疼他。顾昀安抚性地抬手拍了拍长庚的后脑勺。"我喜欢聪明温柔性情好的，放心，以后肯定不弄个河东狮回来搅和你。"

这话仿佛在长庚胸口豁开了一个洞，那几乎已经被他降伏的妄念得了机会又出来作祟，翻起无处排解的黯然销魂来。长庚只好逼着自己挤出了一个僵硬的微笑，好像每天晚上逼着自己合眼睡觉一样用力。

这时，停鸢台上突然一阵鼓噪，只见几个西洋人将台上跳来跳去的猴儿鹦哥都带了下去，扛着一个绒布盖着的大铁笼上了台，一个脸色惨白的西洋小丑扭扭搭搭地支起了一个大火圈，搔首弄姿好半晌，吊足了人们胃口，才一把揭下笼子上面的绒布。

那笼子里竟有一只大老虎。

葛胖小把整个身子都探出了窗外，嘴里不住地问："真的假的呀？那是真老虎吗？"

小丑上前打开铁笼，提着项圈将那大老虎牵了出来。不知是不是围观的人太多，老虎显得有些焦躁不安，不住地做出挣扎的动作。

顾昀皱起了眉，冷冷地说道："这群洋人规矩真是懂大发了，大过年的弄来这么个畜生——小贾。"

方才话最多的少年玄鹰神色一肃："是。"

顾昀道："找人看着点，下面人多，别再出什么乱子。"

小贾领命而去，直接从红头鸢露台上翻了下去，数十丈的高空，他黑影一闪，在空中留下了一缕细细的白蒸汽，转眼已经不见了。人声鼎沸中，焦躁不安的老虎开始不情不愿地跳起了火圈，神色狰狞得仿佛它是被逼良为娼的。

云梦大观的观景楼上叫好声一浪高过一浪，有人激动起来便开始从上往下撒钱。歌舞杂耍看得高兴了，往停鸢台上扔些铜钱无伤大雅，很多人都这么干，可这天却不知从哪儿来了个二百五，居然一出手便往下攘金叶子。

本来在台下看热闹的人群"哄"一声炸开了锅，"金子金子"的呼喊声不绝于耳。

正在钻火圈的老虎彻底受了惊，它咆哮一声，回头一口咬向猝不及防的小丑。小丑当场被咬掉了一条胳膊和小半个肩膀，发出一声凄厉的惨叫。

猛虎咆哮一声，挣脱控制，向起鸢楼下的人山人海冲了过去。

里圈的人被那畜生吓得没头苍蝇似的要往外冲，外面的人不明就里，听说里面的人在抢金叶子，还在纷纷往里挤。两面一撞，谁也动不了。

有叫唤"金子"的，有哭喊"老虎"的，有摔倒了根本爬不起来的，乱得一塌糊涂。

值夜的金吾卫被人群冲得乱七八糟，起鸢楼附近不乏达官贵人，有那些不把寻常百姓性命放在眼里的，匆忙中只顾自己逃命，逃命还不忘了摆谱——要让家仆给自己推挤出一条通路。

顾昀抓住长庚的肩，把他往后一推，回手摘下沈易挂在门后的箭篓与长弓，吩咐道："别出来。"

桌边的玄铁营将士都跟着站了起来。

沈易一把拉住顾昀的手肘，脱口道："你的眼睛……"

长庚敏感地一抬头，心想：眼睛？眼睛怎么了？

顾昀没理会，挥开沈易的手，不由分说地踹开了雅间的门。红头鸢上的几个玄鹰从高空一跃而下，贴地低飞，几道细小的烟花炸开冷光，另有一个玄铁甲兵站在高处，攀上红头鸢的桅杆，手中举着铜吼，冲混乱的人群高声呐喊道："安定侯在此，不要妄动！"

这话竟比天皇老子的圣旨还管用几分，有不少人一听见"安定侯"三个字，已经本能地先停住了拥挤的脚步。虎啸声从远处传来，被激怒的猛虎闪电似的飞扑而出，正将一个小厮模样的少年按在爪下，顾昀站在红头鸢的锦鲤船头上，斜倚雅间的门框，侧身拉开了长弓。

他的琉璃镜还挂在鼻梁上，没有人会戴着琉璃镜射箭，那东西会让视野有偏差，单薄的衣衫在火翅的热风中翻飞，整个人说不出地随意轻慢，简直像是闭着眼射箭。但沈易是知道的，顾昀现在只要摘了琉璃镜，一丈以外人畜不分，根本就和闭着眼差不多。

为什么正好赶在这节骨眼上？

沈易手心里不由自主地冒出了一层薄汗，整个后背都跟着紧绷了起来。

就在这时，顾昀蓦地松了手。

那羽箭形似流星，笔直地穿过二十条红头鸢下面蛛网一般纷繁复杂的线绳，没入猛虎的后脖颈。这一箭的力道不知有多大，"噗"一声竟将那猛虎盆大的脑袋射了个对穿，它踉跄着扑倒在地，声都没吭一下，死了个干净利落。

顾昀手指不停，再次转身拉弦，直接上了第二支箭，后背靠着雅间的门转动了一个角度，几乎没经过瞄准，便又是一箭离弦，正打在方才往下扔金叶子的观景台柱上。观景台上惊呼声四起，只见那箭擦着一个洋人的头皮，将他的帽子钉在了立柱上，尾羽仍在震颤不休。

那人吓得从椅子上四仰八叉地摔了下来。

顾昀收起长弓，面无表情地对桅杆上拿着铜吼的玄甲侍卫说道："包藏祸心，拿下候审。"

直到这时，被死老虎压住的人才回过神来，发出一声细细的抽噎，周围回过神来的人们惊魂甫定，忙动手将他刨了出来。而停鸢台下，一个不起眼的瘦小人影从人群中穿了过去，趁乱上了不远处湖面的一艘游船。

一上游船，他便将头巾解了下来，竟是个黑发黑眼、模样有几分像中原人的洋人，他很快被放进了船上雅间，见了一直等着他的人。

那是个身着白衫的男人，身上披着一件花纹繁复的红袍，一柄样式古怪的权杖立在一边，他花白卷翘的头发半长不短地垂在肩上，梳得很整齐，手上戴着一枚隆重的大戒指——正是教皇派来的使者。

矮小的黑发洋人恭恭敬敬地半跪下来道："大人。"

白衫男子身子微微前倾，表示自己在注意听。

"我恐怕结果和您预想的一样，"黑发洋人道，"顾和他的家族对这些东方人来说，几乎有某种象征意义，只要'黑色的乌鸦'从夜空飞过，即使面对再大的危机，愚蠢的民众也会盲目地被安抚下来，像找到了牧羊犬的绵羊——这种毫无理由的相信让人难以理解，哪怕我认为他们中的一部分其实连顾昀的全名都说不出来。"

白衫男子神色晦暗不明地沉吟了片刻，问："'种子'没有造成伤亡？"

"几乎没有，"黑发洋人低下头，"安定侯恰好就在红头鸢上，人群里好像早有他安插的卫兵，不知道是我们的人泄露了行踪，还是他本人对于危急事件有超乎常人的感应能力，我们一撒种，黑乌鸦立刻反应过来，顾在红头鸢上一箭射死了'种子'，还抓了'撒种人'。"

白衫男子靠在雕花的椅子上，手指悬在嘴唇上顺着胡须蹭过。"这不是他个人的威信，是三代人的积累，中原人盲目地笃信这些黑乌鸦，几乎形成了一种对顾姓家族的信仰。"

黑发洋人说道："教会很早就探讨过，为什么东方社会漏洞频出，民间却能保持住百孔千疮的和平，我想这种信仰也是原因之一。"

白衫男子闻声站了起来，背着手在画舫中踱了几步。

"这是我们的机会，"他喃喃地说，"不是坏事——我要给教皇写信，我们可以立即启动'楼兰计划'。"

此时，起鸢楼下的秩序已经初步稳定下来，御林军很快来救场，顾昀瞥了一眼，见没自己什么事了，便冲沈易打了个手势，准备离开了——他的视线已经十分模糊，听力也在衰退，周遭人声鼎沸都安静了下来。

顾昀对玄鹰侍卫说道："我有点事先走一步，你跟好四殿下他们，他们要是愿意回家，就等外面太平点后送他们回去，想在红头鸢上多玩会儿也可以——后面不知道还有没有表演。"

长庚忙问道："义父，你呢？"

顾昀此时压根儿听不清他说了什么，只是拍拍他的肩膀，急匆匆地走了。脚下传来越发厚重的隆隆声，他们坐的红头鸢暂时落在了停鸢台上。顾昀与沈易大步并肩而去，夜凉霜露重，长庚抄起顾昀放在一边的披风，刚要追上去，便被旁边的玄鹰阻止了。

那玄鹰道："殿下留步，大帅在京城不穿冬衣的，外面兵荒马乱，请您还是不要离开属下身边。"

长庚心里疑窦陡生——为什么不穿？顾昀不怕冷吗？

还有沈易方才情急之下喊出的那句"你的眼睛"，也让他如鲠在喉。长庚不由自主地想起雁回镇上那个"装聋装瞎"的沈十六，难道真的只是为了迷惑秀娘和那些意图渗透北疆的蛮人吗？

人一想多了就容易焦虑，长庚心里忽然升起不安来，直到玄鹰尽职尽责地将他们送回侯府也没有丝毫缓和。长庚回了房，翻来覆去地睡不着，打发了曹娘子和葛胖小以后，他便悄悄地裹紧外衣，跑到了顾昀屋里等着。

顾昀房中十分干净，带着一种行伍之人特有的利落和整齐，并没有多余的摆设，案头放着几本书，有一盏用旧了的汽灯，墙上挂着一幅字，上书"世不可避"四个字，看得出是顾昀自己的笔迹。除却床头挂着一件崭新的狐裘，安定侯的卧房清贫得几乎有些寒酸。

长庚等了一会儿，不知不觉地趴在小桌上睡着了，窝着胸口，很快乱梦一团。

恍惚间顾昀好像背对着他站在面前，梦里的长庚没了约束，比现实中放肆了不少，亲昵地从后面搂了过去。"义父。"

顾昀缓缓地回过头来，一双眼眶中竟然空无一物，两行血迹泪痕似的顺着他的脸颊淌了下来。"叫我吗？"

长庚大叫一声猛地惊醒过来，被门口卷进来的冷风激了个正着，呆呆地看着从外面走进来的人。

顾昀没料到他居然在自己房里，忙回手将漏风的门掩上，问道："你怎么在这儿？"

他声音有些嘶哑，脸色也很难看。

长庚胸口吊着的那口凉气在看见顾昀的一瞬间总算重重地吐了出来，一时间真幻不辨，他几乎有种失而复得的狂喜。

顾昀扶着门框站了片刻，忍过一波眩晕，有气无力地对长庚招手道："过来扶我一把——明天还要带你进宫给皇上拜年，你当心起不来。"

长庚接过他的手肘，扶他到床边。"义父，你怎么了？"

"回来路上被他们拖到北大营去，喝多了。"顾昀鞋也不脱，仰面往床上一倒，他刚喝下药，脑子里嗡嗡作响，有气无力道，"早点回去休息。"

长庚眉头一皱——顾昀身上确实有酒味，但是并不重，而且说话清清楚楚，怎么也不像喝多了的样子。然而不待他再问，顾昀已经没了声音，好像沾枕头就睡着了。长庚只好自己动手除去他的鞋袜，将被子拉过来给他裹在身上，总觉得顾昀身上的寒意暖和不过来，便将房中的蒸汽火盆烧得旺了些，靠在床柱上静静地注视着顾昀的睡颜。

"我没有胡思乱想。"他把这话默念了三遍，继而像个战战兢兢的小动物，微微靠近了顾昀，仿佛想嗅一嗅他身上的味道，却又不由自主地屏住了呼吸。

第二天，长庚感觉自己刚合上眼，连个噩梦都没来得及做完整，就被顾昀拎起来好一番折腾，然后他精神不济地跟着顾大帅进宫，给名义上的兄长隆安皇帝拜年。

路上，顾昀对他说道："皇上对你怎样都不用太介意，当年太后在世时与贵妃有些龃龉，不过都是上一辈的事了，和你没关系……啐，晦气。"

长庚本来心不在焉地应着，听到他低骂了一句，才抬头望去，只见顾昀正对着一辆车驾皱眉。

那是护国寺的车驾。大梁皇室笃信佛教，连顾昀那杀伐决断的外祖都不例外。尤以现在的新皇隆安帝为甚，每每得了空，便要和大和尚们参禅清谈。

但要说起顾昀平生最烦的，其实不是四方夷人，而是这些光头。那护国寺的秃驴老住持，也不知道什么叫造口业，长了一张丧心病狂的乌鸦嘴，从小就断言顾昀将来长大以后会克六亲。安定侯至今都把自己打光棍的缘由迁怒到护国寺的和尚们身上。

隆安皇帝李丰的贴身内侍见了他，忙小跑着过来。这内侍长得五大三粗，跟顾大帅差不多高，却有大帅三倍宽，天生一双四寸长的小脚，迈起小碎步来，好像一棵狂风中摇曳的大叶铁树，婀娜多姿。此人姓祝，别人当面叫他祝公公，背地里都叫他祝小脚。

祝小脚风评不良，在宫外养着两个油头粉面的"干儿子"，不知道是拿来干什么的。

祝小脚赔着笑脸，凑到顾昀面前。"侯爷和四殿下来了？护国寺的了痴住持正跟皇上清谈呢，说是您二位若是到了，就直接进去，了痴住持也很久没见过您了——哟，巧了，大师们出来了！"

说话间，两个和尚一前一后地从里面出来了。

前面的那个顾昀认识，长着皱巴巴的一张核桃脸，满脸愁苦，仿佛一辈子没吃过饱饭，正是护国寺的住持了痴和尚。随后，顾昀的目光情不自禁地落在了后面那和尚身上，那和尚二三十岁的模样，披着一身雪白的袈裟，眉目如画，干净的僧履踩在皇城小径上，仿佛踏雪而来的仙人。

饶是顾昀讨厌光头，那一瞬间，还是不由自主地想起了前朝远赴天竺的传世高僧。

那年轻和尚若有所感，抬头正对上顾昀的目光，他目光清澈，眼睛里好像有一汪幽静的浩瀚星海，让人看一眼就能沉在里面，随即双手合十，遥遥地冲顾昀稽首见礼。

顾昀如梦方醒地移开目光，心道：我没事盯着个光头看什么看？

他也不搭理人家，十分无礼地移开目光，问祝小脚道："老秃驴领着的小白脸是谁？"

祝小脚从小看着他长大，知道他的脾气，忙道："那是住持的师弟，了然大师，云游海外方归的。"

顾昀心道：什么狗屁法名，一听就倒霉。

谁知他不待见别人，别人却偏偏要凑到他眼前来。

了痴方丈领着他的小白脸师弟走过来，对顾昀稽首一礼，笑出了一脸璀璨绽放的龙爪菊。"多年不见，侯爷风采依旧，实在是我大梁江山之幸。"

顾昀被他老人家的丑脸寒碜得胃疼，心说：可不是吗，还没被你咒死呢。

当然，身为安定侯，顾昀不太方便由着性子无理取闹，起码面子上要过得去，当下只是神色淡淡地微微颔首道："托大师的福。"

那眉清目秀的白脸和尚了然跟着见礼，却只是笑盈盈的，不吭声，顾昀又忍不住看了他一眼。了痴解释道："侯爷勿怪，我这师弟虽然悟性极佳，精研佛法，但可惜天生是个修闭口禅的。"

顾昀一愣，这个了然居然是个哑巴。

了然和尚上前一步，向顾昀伸出双手，这和尚白得几乎炫目，显得眉目越发地黑，像一段横陈在雪地上的焦木，倘若不是个和尚，必有一把黑如墨迹的长发，加上唇红齿白，简直像个白瓷做的妖物。

顾昀微微皱眉，心想：这是要干吗，给我开光？

了痴和尚道："侯爷身系边疆安稳，不日想必又要离京，师弟想为侯爷祈福祝安。"

顾昀一晒："有劳大师，这倒不必了——我也没念过一天经，没上过一炷香，就不去打扰佛祖他老人家了。"

了痴："阿弥陀佛，佛法无边，普度众生，侯爷此言差矣。"

顾昀听见"阿弥陀佛"四个字就很想打人，耐心已经到了极限，再不想跟他们扯淡，面色淡淡地撂下一句："皇上还在等，我便不多耽搁了，择日再拜访大师，少陪。"

说完，他便拽着长庚随祝小脚往宫殿里走去，长庚无意中回头看了一眼，见那了然和尚丝毫没有受顾昀态度的影响，依然虔诚得如跪在佛祖座下，口中无声地念念有词，仿佛要不由分说地将祈来的气运加在渐行渐远的顾昀身上。

信不信在你，度不度在我。

长庚正出神，手上突然被人拉了一把，顾昀没好气地低声道："和尚有什么好看的，看多了晃眼。"

长庚从善如流地收回目光，问顾昀道："义父，那位大师说你还要离京，是真的吗？"

顾昀："嗯。"

长庚追问道："什么时候？"

"说不好，"顾昀道，"看皇上的意思——我要是走了，侯府里你最大，你说了算，有什么事不懂的，和王叔商量。"

好好读书，专心习武之类的事，顾昀没嘱咐，因为在这方面长庚实在自觉得让他这个做长辈的都觉得汗颜。

长庚听了这话，结结实实地愣住了，好半晌，他才艰难地问道："义父不打算带我去吗？"

"啊？"顾昀莫名其妙道，"带你去干什么？"

长庚蓦地刹住脚步。这日之前，长庚从未想过还有这一茬事。从雁回到京城，顾昀一直是把他带在身边的，长庚根本没有意识到，一旦小义父再次领兵去西北，会与他相隔大半个中原河山。

眨眼间，长庚心里茅塞顿开似的突然联想到一连串的事——自己在义父眼里，恐怕就只是个文不成武不就的小孩子，将士远赴边疆，会带刀带枪带铠甲，谁会带个拖累人的家眷呢？将来顾昀去了西北边疆，要是那边平安无事，顾昀或许还能一年回京述职一次，倘若稍有不太平，就说不准要在那边待到猴年马月了，如今他满打满算已经十四岁了，加冠前的少年时光还剩几年呢？到时候他便要离开安定侯的庇护，独自搬出侯府。他会顶着个莫名其妙的虚名，活在空无一物的京城里……

义父也总会娶妻生子，到了那时候，他还会记得当年扔在侯府中放养的小累赘吗？他们以父子相称，可原来缘分就像一寸长的破灯捻，才点火就烧到了头，只有他还沉浸在地久天长的梦里。

这么一想，整个皇宫都好像变成了一个大冰窖，把他囵囵个地冻在了里头。

顾昀见他突然停下，便回过头来疑惑地端详着他。

长庚一时有些惶急，脱口道："我也要跟你去边疆，我可以从军！"

顾昀心说：别闹了，把你挖出门溜达一圈都那么难，从什么军？

不过他经过了小半年的磨合，大概找到了一点当长辈的窍门，并没有当面打击长庚，只是带着装过头显得有些浮夸的鼓励笑道："好啊，将来去给我当参军吧，小殿下。"

长庚："……"

显然，顾昀找到的是如何当一个四岁幼童长辈的窍门，生生晚了十年。

长庚一腔绝望的眷恋被对方轻飘飘地卷了回来，完全没当真。少年于是沉静地闭了嘴，不再做无谓的挣扎，紧紧地盯着顾昀顾长的背影，好像盯着一扇穷极一生非过不可的窄门。

隆安皇帝李丰是长庚名义上的兄长，但从面相上，看不出他们俩有一点血缘关系，皇上长得更像先帝。算来这还是长庚第二次见他，比起上次的兵荒马乱，这回看得更清楚了些，新皇刚而立之年，正是一个男人一生中最好的年纪，长了一副端正的好面貌，纵然不是皇帝，单瞧他的面相，一生也潦倒不到哪儿去。

长庚心很细，特别是到了京城以后，尤善察言观色，顾昀提得少，但沈先生没那么多忌讳。沈易私下里对皇上很有些抱怨，很容易让人联想起一个尖酸刻薄、小肚鸡肠的形象，但其实不是。

顾昀前脚还没进屋，隆安皇帝已经吩咐一边的内侍去拿火盆了，口中还道："我早跟他们说了，皇叔肯定来得早，快进来暖和暖和，我看你就冷。"

隆安皇帝称顾昀为"皇叔"，其实是不太合礼数的，因为顾昀毕竟不姓李，当年先帝私下里爱宠，随便说说也就算了，皇上却将这年幼时的亲昵习惯保留了下来。他在顾昀面前并不端架子，热情中带着点随意的亲昵，不像待臣子，倒仿佛是来了个家人。

"小长庚也过来，"李丰看了看长庚，喟叹道，"这少年人可真是一天变一个样子，上回见他还没这么高呢——我新近继位，总是战战兢兢，这几个月焦头烂额的，也没顾上你，过来让大哥好好看看。"

长庚本来已经做好了不受待见的准备，不料皇上的"不待见"如此隐蔽，以至他完全没感觉出来。

这皇城帝都，恩仇皆是隐蔽，乍一看谁和谁都是一团和睦欢喜。

顾昀和皇上一来一往地随意聊了几句闲话，间或回忆一下童年过往，隆安皇帝便搬出了给长庚准备的"压岁钱"。

长庚一个雁回镇长大的野孩子，没怎么接触过人情世故，也不曾见过什么世面，只知道"无功不受禄"，听着祝小脚一件一件地报，有点不安起来，怀疑顾昀一大早把他拎起来领进宫，就是为了找皇上"收租子"的！

隆安皇帝和颜悦色地问了长庚读书习武的进度，又说道："你是我李家后人，往后可要勤勉，得长本事，将来好给皇兄分忧啊——长庚将来想做些什么？"

长庚看了顾昀一眼，说道："将来愿为大帅亲卫，侍奉鞍前马后，为皇上开疆拓土。"

隆安皇帝大笑，看起来龙心甚悦，连连夸奖长庚有志气。顾昀在一边端起茶碗喝茶润喉，不插话，只是笑，笑得眼角都飞了起来，温暖得不行。

谁侍奉谁？顾昀心里无奈地想着。

一边无奈，他一边又觉得顺耳，一直从耳朵舒爽到了心里，连方才见了和尚的晦气都一扫而空了。

隆安皇帝又玩笑似的道："话是这么说，可边疆将士们苦得很，你义父哪里舍得让你去受那个罪？"

顾昀知道皇上这是绕着弯地敲打他，十分有眼色地接道："臣要是敢把小皇子带上沙场，皇上这做兄长的第一个饶不了臣呢。"

隆安皇帝满意了，招手将祝小脚叫了来："洋人教皇的使者上回送来一个大座钟，比御花园的假山还大，活脱儿是座小楼，每半个时辰，里面就有傀儡出来表演歌舞，热闹得很，你带长庚去瞧瞧新鲜，朕跟皇叔再说几句闲话。"

长庚知道他们有正事要谈，立刻识趣地跟着祝小脚走了。祝小脚对这个知书达理、身世复杂的四殿下十分殷勤，一路把他引到了暖阁里。"暖阁"是一个半封闭的花园，外面罩着光怪陆离的琉璃砖，通风的地方都装了蒸汽火盆，里面四季如春，繁花似锦。

隆安皇帝说的大座钟就摆在正中间，像是山野风光里闯进的一幅西洋景。

　　长庚感慨了一下洋人做工的精致，也不太能欣赏那些浓墨重彩的图画，新奇过后，很快就失去了兴趣，目光落在了暖阁一角——那里有个人，正是方才路上碰见的了然和尚。

　　了然不会说话，轻轻地比画了几下，身边的小沙弥立刻上前见礼道："四殿下，祝公公，我与师叔蒙圣上恩典，在御花园逗留赏玩，途中遇见魏王，师父与魏王说话去了，我们在这儿等他，希望没扫了四殿下的雅兴。"

　　长庚彬彬有礼道："打扰大师了。"

　　了然又做了几个手势，他不管干什么都有一种行云流水般的仙气，让人一点也感觉不出这哑僧的局促。小沙弥在旁边解释道："师叔说他看见四殿下就觉得投缘，让您以后如果得空，去护国寺坐一坐，必以好茶相奉。"

　　长庚客气道："自然。"

　　了然和尚向长庚伸出手，长庚不明所以，犹豫了一下，将自己的手递了过去。

　　了然便在他手心写道："殿下信我佛否？"

　　长庚不像顾昀那样讨厌和尚，这些僧人身上出世清净的气质让他一见就心生好感。但他也并无信仰，因为毫无概念，不了解，也就谈不上信与不信。长庚不想当面驳了然的面子，便只是笑。

　　了然随即了然，不以为忤，反而露出了一点笑容，在长庚手心一字一字地写道："未知苦处，不信神佛，幸哉，大善。"

　　长庚一愣，少年正对上哑僧如包万象的眼睛，突然觉得自己心里的沉疴被对方一眼便洞穿了，一时间，乌尔骨、秀娘、真假难辨的出身、难以启齿的妄念，全都流水似的从他心里滑过，被那"未知苦处，不信神佛"八个字一箭洞穿。

　　了然对他合十一礼，正要离去。

　　长庚却突然叫住他："大师，日后我会去护国寺拜会的。"

　　了然笑了笑，领着他的小沙弥飘然而去。

　　正这当口，到了暖阁中大钟报时的时候，轻快的乐声响起，长庚蓦地回头，见座钟十二道小门依次打开，钻出了十二个小小的木傀儡，有拉琴的，有跳舞的，还有引吭高歌的，欢欢喜喜地唱完一首，鞠了个躬，又转身转回了小门中。

热闹都尘埃落定了。

这天之后，顾昀就过上了比先前还要早出晚归的日子——隆安皇帝的意思是派他代表大梁，同西洋教皇的使者签订通商条约。先在西域边境开通一个集市，倘若顺利，就再将商路打开一点。这样一来，他马上就得准备启程了。顾昀在京城和北大营中间一天要跑几个来回，走之前还得摆平户部，紧盯着这一年配给军中的紫流金额度，忙得不可开交。

正月十六那天，顾昀和沈易照常晚归，已经定好了第二天就要离京，两人有些事要商量，便一起回了侯府。

沈易道："皇上怎么把加莱荧惑也交给我们押送了，不怕我们半路上偷偷宰了那蛮人世子？"

顾昀苦笑道："皇上驳回了我今年增加紫流金配给的奏折，说是灵枢院从洋人那儿偷师了一种新傀儡机，可以代人耕种，神得不行，亩产能增加一半，今年打算先在江南推广——紫流金又多了一项出处，实在分不出来了，我能怎么说？玄铁营还能与民争利吗？皇上又说，玄铁营是国之利器，短谁也不能短了咱们，所以将蛮人加的那一成岁贡拨给了我们，你说我还敢动那蛮人世子吗？"

隆安皇帝的意思很明确——加莱世子掉一根汗毛，玄铁营的铁怪物们就不用烧紫流金了，你顾昀自己推去。

沈易想了想，无言以对，气得笑了。

两人越过侯府看门的铁傀儡，沈易问道："对了，你明天要离京的事，跟四殿下说好了吗？"

顾昀摸了摸鼻子。

沈易："怎么？"

顾昀压低声音，在他耳边道："我跟他说我陪皇上去香山，明天晚上不回来住，一会儿万一见了他，记着别给我穿帮。"

沈易沉默片刻，感慨道："……大帅，你真有种啊！"

顾昀也苦恼，自从他无意中透露出一点自己可能要回边疆的意思，长庚整个人就不对了，以前练武是勤奋，现在成了玩命，头天还把手腕震伤了，肿得馒头一样，下午又不管不顾地去射箭，吓得教他武艺的师父天天找顾昀告罪。

顾昀觉得长庚有点太黏他了，别人家的父子也这么肉麻吗？他没经验，不清楚，只觉得自己这件"小棉袄"太贴身了，把他穿出一身热汗来，实在是个熨帖的负担。

两人并肩走进侯府，一进门，却发现这个点钟了，侯府居然灯火通明，谁也没睡。接着，一个花红柳绿的小丫头炮仗似的从里面冲了出来，回头喊道："大哥，大哥，侯爷回来了！"

顾昀愣愣地想：侯府什么时候有姑娘了，莫非门口大柳树成精了？

再仔细一看，"小丫头"居然是曹娘子，他将自己盛装打扮成了一个小娘子，还是个准备欢欢喜喜过大年的小娘子。

顾昀纳闷道："你们干什么？"

"长庚大哥说今天是侯爷寿辰，特意嘱咐大家伙都等您回来呢。"曹娘子说道，"沈将军也来了，正好能一起吃面。"

沈易闻言一口答应："好，来得早不如来得巧！"

说完，他意味深长地看了顾昀一眼，巧妙地用目光传达了自己的意思——你这个骗子，内疚吗？

老人寿辰大办，叫过寿，孩子生日热闹，是又长大一岁不易，爹娘多松了口气。

顾昀既不老也不小，姥姥不疼舅舅不爱，倘若他正好在家，老管家还能记得替他张罗一二，但他大部分时间都是不在家的，自己都把正月十六这天忙得忘了过去。其实也没什么好庆祝的，坊间讲究"初一的娘娘十五的官"，说的是女生初一男生十五乃为佳，他本可以生在大富大贵的元夕之夜，偏要在娘肚子里多拖几个时辰，可见是条天生的烂命。

曹娘子不但打扮了自己，还伙同长庚等人，将侍剑傀儡也拖出来蹂躏了一番。他们给那夜游神画了淳朴的红脸蛋，不知从哪儿弄来了几条陈年绸缎，把它的铁臂五花大绑起来。侍剑傀儡火树银花的手里捧着一碗面，呆呆地与顾昀面面相觑，黑黢黢的脸上好像有说不出的委屈。

顾昀低骂道："混账东西，侍剑傀儡是让你们这么玩的？"

葛胖小上前分派功劳："侯爷，红脸蛋是假丫头擦的，煮面的火是我生的，面里那鸡蛋是大哥打的呢！"

顾昀一时竟有一点拘谨起来，只觉得冷清了多年的侯府一下热闹得他都有点不认识了。

长庚："义父，吃完面再进门。"

顾昀："好。"

他端起碗来，看了长庚一眼，特意将里面的鸡蛋先挑出来吃了，第一口就咬到了嘎嘣脆的蛋壳，顾昀没有声张，连壳带蛋一并嚼碎吞了，像是八辈子没吃过饭一样，几口就把一碗面扫荡一空，汤也喝得干干净净。

自古温柔乡是英雄冢，顾昀哪次离京都是来去无牵挂，唯有这一回满心惆怅。可能是因为每次都是"回"边疆，只有这次是离家远赴吧。

可惜，不要说这种温柔的惆怅，就算肝肠寸断，也别想绊住安定侯的脚步。

第二天，顾昀没事人一样地整装出门，到底没跟长庚打招呼，只身前往北大营，回头看了一眼京城的方向。可惜，从这样远的地方，他只能影影绰绰地看见一个起鸢楼。

沈易溜达到他身边，问道："大帅，良心发现了？"

顾昀叹了口气道："下次回来没准又不认我了，唉，我这义父的头衔总在摇摇欲坠……走吧。"

玄铁营开拔，军容整肃，仿佛黑旋风一样毫不留情地碾过，所有人都不由得退避三舍。他们要押送天狼部的世子北上，再直奔西边，在西域剿杀沙匪，保证古丝路能安全畅通。

他们离开后第二天，长庚照例早起，想起顾昀不在家，却还是忍不住牵着铁傀儡到了他空无一人的院子里，一个人和铁傀儡练剑过招，又一个人用完了早膳。临走，他一抬头，看见院里的梅花开了。

刚刚下了一场雪，花瓣上结着一层剔透的凝霜，长庚越看越觉得喜欢，便忍不住伸手折了两枝，他第一反应永远是给顾昀留着，纵然知道义父三五天之内不一定回得来，还是细细地拂去枝头的霜雪，想找个花瓶放进顾昀房里。

顾昀偌大一间屋子，连个能插花的酒瓶子都没有。长庚便推开窗，对老管家喊道："王伯，有花瓶吗？"

老管家应了一声，自去寻找，长庚就捏着两枝梅花赖在顾昀房里左顾右盼。突然，他目光落在顾昀床头，愣了一下——床头那件让整间卧房都显得值钱起来的狐裘不见了。

这时，王伯拿着个青瓷的花瓶走了进来，向着长庚笑道："四殿下，您瞧这个行吗？放哪儿合适？"

长庚目光有些发直地盯着空荡荡的床头，问道："王伯，侯爷那件狐裘怎么这么早就收起来了？"

王伯眼角微微抽搐了一下，有些不自然地答道："侯爷不是跟皇上出门了吗，想是带走了。"

长庚的心缓缓地沉了下去。

除夕夜里，跟在顾昀身边的玄鹰告诉过他——大帅在京城不穿冬衣，只有出了关遇上白毛风，才偶尔拿出来。除夕那天他就觉得有点奇怪，顾昀既然不穿冬衣，为什么要将一件狐裘挂在外面？准备做什么用？可当时兵荒马乱，他又噩梦缠身，脑子不太清醒，竟没有细想。

长庚蓦地转过头，声音干涩得像一根拉紧的弦："王伯，他到底去哪儿了？您别骗我，我不爱出门，也知道香山还没有北大营远呢。"

王伯举着个花瓶，手足无措地站在那儿。顾昀那甩手掌柜自己走得倒干净，走了就不管了，老管家早料到迟早有这么一出，可他没想到这么快。

长庚深吸一口气，低声问："他是已经启程离京去边疆了吗？哪儿？北边，还是西边？"

老管家讪讪地赔了个笑："这个，军务的事，老奴也不懂啊……殿下，我看侯爷也是不想让您挂心……"

长庚手里"咔吧"一声，将花枝折断了，一字一顿地说道："他不是怕我挂心，是怕我死活非要跟着去吧。"

老管家闭了嘴。

长庚虽然名义上是顾昀的养子，但再没有人待见，毕竟也是个姓李的，将来好歹是个郡王。老管家心里发苦，感觉自家那不厚道的主人是临阵退缩，将这烫手的山芋丢给了自己，预备好了要挨上一顿发作。

可是等了好久，长庚却一声都没有吭。

长庚郁结而生的大吵大闹、大吼大叫都在心里。不只是顾昀的突然不告而别，这一回，他进京以后就一直积压在心里的不安与焦躁终于按捺不住，决堤而出了。长庚心里其实跟明镜一样，他一直都清楚，自己的存在对谁都是多余的，他无意被卷进来，注定是一枚无关紧要的棋子，会像身处雁回镇那条暗河中一样，身不由己地被卷着走。

他却被这些日子以来粉饰太平的安乐欢喜蒙住了眼，生出贪心，想要抓住一点什么，自欺欺人，拒绝去细想以后的事。

你想要什么呢？长庚扪心自问：想的也太多了。

可是他天生仁义，任凭心里惊涛骇浪，面对着白发苍颜的老管家，依然什么都没说。

老管家战战兢兢地道："殿下……"

长庚默不作声地从他手里取走花瓶，小心翼翼地修剪好被他掰断的花枝，插好以后放在了顾昀的案头，低声道："有劳。"

说完，他就转身出去了。

长庚离开顾昀房中就忍不住跑了起来，侍剑傀偏都被他扔下了。

葛胖小手里拿着一个不知从什么地方卸下来的紫流金盒子，正往外走，堪堪与长庚错身而过，纳闷道："哎，大哥……"

长庚恍若未闻，一阵风似的便卷了过去，冲进自己屋里，回手锁上了门。

就像顾昀最喜欢他的一点，长庚有天大的愤怒，也没法发泄在不相干的人身上，在这方面，秀娘功不可没，她十几年如一日的虐待练就了他惊人的忍耐力。同时，从小埋藏在少年身体里的乌尔骨也好像一株需要毒水浇灌的植物，渐渐开出了面目狰狞的花。

长庚开始喘不上气来，他的胸口好像被巨石压住了，浑身的肌肉绷成了一团生锈的铁，小腿不由自主地颤抖着。

他耳畔嗡嗡作响，惊恐地发现一股陌生的暴虐情绪东冲西突地从胸口翻涌出来，他无意中将手指捏得咯咯作响，头一次在清醒的时候尝到这种被梦魇住的滋味。长庚明显地感觉到，自己心里好像有一只看不见的手，正生硬地擦抹掉他心里所有温暖的感情。

刚开始，长庚意识清楚，心惊胆战地想：这是乌尔骨吗？我怎么了？

很快，他连惊恐也消失了，意识模糊起来，他开始弄不清自己身在何处，脑子里千万重念头潮水一般大起大落，朦胧的杀意自无来由处而生。他一时想着顾昀走了，不要他了，一时又仿佛看见顾昀站在他面前，面无表情地嘲讽着他的无能为力。

长庚心里所有的负面情绪被发作的乌尔骨成百上千倍放大。这一刻，顾昀好像再也不是他小心翼翼托在心里的小义父，而是一个他无比憎恨，迫不及待地想要抓在手里狠狠羞辱的仇人。

长庚死死地攥住胸前挂着的残刀，手指被磨平了尖角的残刀生生勒出了血痕。这一点在无限麻木中异常清晰的疼痛惊醒了长庚，他本能地找到了一条出路，十指狠狠地抓进了肉里，在自己手臂上留下了一串血肉翻飞的伤。

等乌尔骨的发作逐渐平息下来的时候，日头已经开始偏西了。

长庚身上的衣服被冷汗打透了，胳膊、手上，到处都弄得鲜血淋漓，他筋疲力尽地靠在门边，总算是领教了乌尔骨的威力，才知道以前以为乌尔骨就是让他做噩梦的想法有多么天真。

这一次秀娘没有对他手下留情。

老管家见他久久不出来，敲门也不应，早就担心得不行，在外面不住地徘徊，隔一会儿就要叫他一声。这点人气让长庚好受了些，他眼皮微微眨动了一下，一滴冷汗就从额头上滚下来，落到了眼睫上，压得他险些睁不开眼。"我没事，让我自己待一会儿。"

"您这都一天没吃东西了，"老管家说，"侯爷要是在，肯定不忍看见殿下这样糟蹋自己的身体——哪怕喝碗粥呢，要不然老奴给您端进去？"

长庚心神俱疲，听他提到顾昀，便将那人无声地在心里念叨了两遍，强打精神道："没事的王伯，我要是饿，晚上自己会找消夜吃，不用管我。"

老管家听他声气虽然微弱，但是有条有理，也不好再劝，只好回身冲伺候长庚的老仆与探头探脑的曹娘子和葛胖小摆摆手，各自一步三回头地散了。

长庚靠着门坐着，一抬头就看见顾昀挂在他床头的那副肩甲。那东西黑沉沉、冷冰冰，一副不近人情的样子，却是原主人为了给他驱散噩梦而留下的。

不知坐了多久，屋里的火盆才渐渐温暖了他冰凉的身体，长庚有了点力气，就爬起来收拾了自己一身的狼狈，他换了身衣服，找到某天练剑受伤时师父给他的外伤药，洗干净伤口仔细涂好，摘下顾昀的肩甲，抱在怀里，仰面把自己放倒在床上。

他没有哭。

可能是没力气了，也可能是因为刚刚流过血。

选了流血的路，通常也就流不出眼泪来了，因为一个人身上就那么一点水分，总得偏重一方。

长庚方才与那个注定要与他纠缠一生的敌人交了一回手，输得一塌糊涂，也见识了对方的强大。只是他奇异地没有怕，像雁回镇上，他在秀娘房里独自面对穿着重甲的蛮人时那样。他态度温和，但是任何东西都别想让他屈服。

嗯……除了顾昀。

长庚有气无力地想：我恨死顾昀了。

然后他试着把顾昀的肩甲挂在了自己身上。他没穿过甲胄，也不知道合不合身，只觉得这东西压在身上比他想象的沉，他披着甲胄倒头睡去，梦里还有千万重艰难险阻等着他。

第二天，长庚宣布，他要出一趟门。

整个侯府都震惊了——除夕夜里四殿下被顾大帅扛出门的场景可还历历在目。

顾昀的原话是："拖上三五天，到时候反正我们都过七大关到北疆了，他没地方追去，也就老实了。"

可这还没过三五天呢，老管家唯恐长庚是要让他备马追上去，忙小心翼翼地说道："殿下，玄铁营不比普通行伍，脚程快得很的，千里神骏也追不上，再者军中不留无军籍之人，这是老侯爷传下来的规矩了，您看……"

长庚冷静地回道："王伯，我没想追过去添乱，我不是不懂事的小孩。"

老管家："那您这是……"

长庚："我想去一趟护国寺拜访了然大师，以前跟人家说好了的。"

老管家的脸色再次一言难尽起来。大帅将来回府，要是发现他不在家的时候，小殿下居然"叛国通敌"到了和尚庙里……老管家简直不敢想象顾昀的脸色——那还不得活像戴了绿帽子一样？

不过当务之急，是哄着侯爷的义子能高兴一点，老管家没办法，只好咬着后槽牙答应了，如临大敌似的点了一排家将护送长庚去护国寺，浩浩荡荡的如同上门踢馆。

了然和尚煮了茶，见到长庚也并不惊诧，仿佛早料到他会来，和颜悦色地邀请他坐下，倒了一杯茶水给他，又让小沙弥拿来了纸笔和烧纸用的火盆，摆出长谈的架势。才不过大半个月没见，了然和尚发现面前这少年眉目间的茫然和焦灼都不见了，整个人带了几分郁郁的沉静与坚定，像是化蝶的虫挣脱了第一层蛹。

长庚道了谢，接过茶碗来喝了一口，险些呛出来。

这和尚上回说要以好茶相奉，敢情纯粹是客气话，给他泡了一杯不知道什么玩意，苦得舌根疼，全无茶香。

长庚："这是什么？"

了然和尚笑盈盈地写道："苦丁，清目活血，可除烦助眠。"

长庚想了想，说道："那不就是瓜卢吗？我在侯府喝过，好像……"

口感没有这么恶心。

了然："那是小叶，此为大叶瓜卢。"

大叶的听起来有点厉害，长庚刚想顺着夸两句，便见那和尚实在地写道："大叶的便宜些。"

长庚："……"

他仔细地打量着和尚的茶碗，碗是好碗，刷得也很干净，可惜用得太久，难免磕碰，好几个都已经豁口了。

了然和尚："僧舍粗陋，殿下见谅。"

整个京城都给长庚留下了一个纸醉金迷的印象，好像所有人都很有钱，满城都是奢侈的消遣。西洋人说大梁帝都铺的地砖是包了金子的，其实并不算很夸张。但不知为什么，长庚身边认识的几个人都是穷鬼，沈易不必说，天生长着一张世代贫农的苦瓜脸，还有顾大帅，坐拥偌大一个侯府，整个就是空壳子，初一一早就迫不及待地带着长庚去宫里找皇上打秋风，现在又多了一个用豁口杯子的了然和尚。

长庚道："护国寺香火旺盛，大师却安于清贫，果然是出世修行的人。"

了然笑了笑，写道："和尚走南闯北，落魄惯了，慢待贵人了。"

长庚问道："我听人说大师还坐铁蛟去过西洋番邦，是为了宣扬佛法吗？"

了然："我才疏学浅，不敢效仿古时云游高僧，出门只是为了看看四方世界，看看人。"

长庚又含了一口苦丁，越品越苦，毫无回甘，只好失望地咽了下去："我从小在边陲小镇长大，没离开过小镇一亩三分地，来到京城，又鲜少出侯府，是不是太安于一隅了？但我总觉得天底下的喜怒哀乐大抵是一样的，看了别人的，还是没地方安放自己的。"

了然："心有一隅，房子大的烦恼就只能挤在一隅中，心有四方天地，山大的烦恼也不过是沧海一粟。"

长庚听完，愣了好久，看着了然和尚将写过了字的纸一点一点地填进火盆里烧干净。

"大师，你那天跟我说，'未知苦处，不信神佛'，现在我知道了苦处，来讨教神佛，可否请您指点迷津？"

第四章

蛟祸

壹

冥冥中，或许有某个不知名的神灵给远在天边的顾大帅提了醒，告诉他儿子快被秃驴拐跑了，总之玄铁营开拔一个月以后，顾昀居然记得在给皇上写折子的时候，顺便给长庚带了一封家信。

他用长庚临过多次的字洋洋洒洒地写了好几页，先是言辞恳切地认了错，而后又动之以情，晓之以理地说明了自己不告而别的原因，最后直白地表达了自己的思念，并且承诺，要是西北平安无事，他年底之前一定赶回侯府过年。

长庚从头看完，轻轻一晒就搁在了旁边，因为用脚指头想也知道，这东西必定不是出于安定侯之手。"一别千里，夙夜难安""加食添衣，勿忧我心"之类的肉麻话，根本不可能从顾昀脑子里那片土里发芽，字里行间那股絮叨劲一看就是沈易代笔的。

浑蛋义父顶多自己誊写了一遍。

不过长庚悲哀地发现，他心里想得这么明白，一想起这些字真的是从顾昀手里的笔下流出来的，还是忍不住把每个字都抠出来镶进眼里。

可惜，顾昀食言了。

顾昀自知有愧，这一回让随便代表他承诺的沈易滚蛋了，他亲自操刀，给长庚写了一封又臭又长的道歉信。长庚看完以后气笑了，虽然感觉这回这封家信还挺真诚的——顾昀实在没有哄人的天分，完全是在真诚地火上浇油。

顾大帅先是三纸无驴地说了一堆他自认为有意思的琐事，下笔千言，离题万里，直到最后，才硬邦邦地用"军务繁忙"四个字概括了他不能回京的原因。长庚不关心大漠里的蝎子怎么烤好吃，但他前后找了好几遍，始终没找到他最关心的一句话——顾昀今年不回来，什么时候能回来？

可是"军务繁忙"后面什么都没有了，附了一个长长的礼单。

顾昀可能是觉得言语的歉意不够实在，于是用行动来表达了——他把这一年得的好东西都运回了侯府，一股脑地塞给了长庚，珠光宝气的、鸡零狗碎的，不一而足。

那天，十五岁的长庚把自己关在房中，和顾昀送给他的一把楼兰短刀一起，挨过了一次发作的乌尔骨，进而做了个决定——他不想窝囊废一样地留在侯府了，不想跟着老夫子与战战兢兢的师父学些纸上谈兵的文章和武艺，他想要自己走出去，看看那外面的世界。

年初一，长庚独自跟着宫里来的祝小脚进宫给皇上拜年，照例是走过场。然后他在侯府逗留到了正月十六，让厨房煮了一碗长寿面，端回屋里自己吃完了，随即平静地宣布了一个又把侯府上下炸翻了的决定。

长庚道："我打算去护国寺住一阵子。"

说完，他看着老管家惨绿惨绿的神色，又补充道："王伯放心，我不出家，就是想跟着了然大师修行一阵，顺便给义父祈福。"

老管家："……"

他老人家还能说什么呢？只好准备好香火钱，忍着胸口疼，派人把长庚、葛胖小和曹娘子三个送到了护国寺。

侯府的老管家觉得自家那森严威武的大门保不准就是被什么蛮夷巫蛊诅咒了，进了这个门的，别管是自己家里生的还是从外面认的孩子，一个比一个难对付。老管家至今记得顾昀小时候的样子，他好像一匹被伤害过的小狼，不分青红皂白地仇视周围所有的人。

那位好不容易磕磕绊绊地长大了，能顶门立户了，又来了一位更让人捉摸不透的！

顾昀走后，长庚就过上了整天往护国寺跑的日子。半大的少年人，爱跟谁玩不好呢？天天往庙里钻，四殿下李旻真是不出门则已，一出门目的地就不同凡响。

老管家愁肠百结，每天都担心长庚要剃度。但他也知道，十五六岁的少年人是最听不得老人劝的，何况长庚也不是他带大的，老管家不敢干涉他太多，便只好跑到曹娘子和葛胖小面前敲锣边。

曹娘子一听，把眼皮上的香粉都瞪下来了，怒道："什么？那秃驴想勾搭我长庚大哥出家？"

世间模样端正的男子如凤毛麟角，大帅说走就走，到现在连人影子都不见一个，身边只剩下一个长庚。长庚到了这个年纪，还有惊无险地没有长残的迹象，是多么不容易啊，居然还有变成光头的危险。曹娘子当即就成了老管家的盟友。

第二天，曹娘子特意换上男装，死皮赖脸地非要跟长庚去瞻仰佛门圣地，临出门的时候对着门口的一对铁傀儡撸起袖子，做了个志在必得的手势。

铁傀儡不通人性，木然地注视着他蛇精般"曲折离奇"的背影。

不过当天晚上从护国寺回来，曹娘子就再也没提过"让那妖僧现形"的事，并从此义无反顾地加入了每天参悟佛法的队伍——无他，"妖僧"长得太俊俏了。

大帅虽然也俊俏，可惜太有攻击性，不能安安静静地坐在那儿任人欣赏。了然大师就不一样了，曹娘子认为他简直就是一朵行走人间的优钵罗，倘若装进盆景里，必能流芳百世，多看他一眼可以心旷神怡好几天。

老管家不知道那了然和尚给这一个两个都施了什么迷魂药，只好找到了葛胖小头上。葛胖小义不容辞地陪同前往了。

几天后，葛胖小也倒戈了。

因为了然和尚不但会念经，他对现存多种紫流金驱使的火机和傀儡都十分精通，葛胖小甚至在他那里碰上过灵枢院的人。做梦都想开一架巨鸢上天的葛胖小二话也没有，直接拜倒在了和尚莲台下。

这一年过去，老管家其实也习惯了长庚他们三天两头往和尚庙里跑，刚开始并没有很放在心上。不料四殿下好的不学坏的学，到了护国寺第二天就效仿顾昀，玩了一手金蝉脱壳，不告而别。

他先跟随行侍卫交代好，自己要跟着了然大师闭门清修一阵子，让闲杂人等不要打扰，侍卫当然真就不敢打扰，只守在门外。当天晚上，长庚就带着他那两个吃里爬外的跟班，跟着了然大师下江南游历去了。

等过了几天侍卫们反应过来不对劲，再去找人，那禅房里就只剩下一纸轻飘飘的书信了。

老管家欲哭无泪，只好一边托人上奏皇上，一边派人给顾昀送信。

皇上听完以后心非常宽，一来他也不太关心这个便宜弟弟，二来他笃信佛教，对了然和尚有种盲目的信任，听说长庚跟了然去游历，还生出几分羡慕来——只恨自己被俗务所累，不能跟着沾一沾高僧的光。

顾昀那边更是鞭长莫及，指望不上，因为西域一带沙匪多如牛毛，他整天不知道追着沙匪流窜到了什么地方，信使即便到了西凉关，要想立刻找到顾帅本人，也完全得靠运气。

不管炸锅的侯府，大半个月以后，江南一家小小茶肆中，三个少年与一个和尚围桌而坐。

江南春耕已经开始了，但放眼望去，田间地头却看不见几个干活的人，三两老农身披斗笠，无所事事地远远望着正在劳作的铁傀儡。比起侯府守卫和侍剑傀儡的煞气盎然，这种杏花烟雨中种地的铁傀儡并非人形，像一辆小车，在地头来回奔波，顶着个木雕的水牛头，显得憨态可掬。

这是朝廷第一批拨下来的耕种傀儡，在南京一带先试推行。

了然敲了敲桌子，将长庚等人的注意力拉过来，相处了一年多，长庚他们已经能看懂他的手语了，和尚也不用再一字一句地写。

"江南在推行的耕种傀儡我曾经在西洋看见过，一个傀儡可以轻轻松松料理一亩地，虽然还是需要烧一点紫流金，但经过几次改良，煤已经足够支撑大部分动力了，这样一来成本就很低了，据说一个傀儡比长明灯还要省。"

葛胖小："那敢情好啊，往后岂不是种地干活都不用起早贪黑了？"

试推行的铁傀儡是朝廷拨给南京的，乡绅老爷们各自登记后领走，负责之后的维护。佃户愿意自己种地就自己种，不愿意就把自己承租的地让给傀儡，来年丰收的时候将租子加一成，抵偿耕种傀儡烧的煤和微量的紫流金。

头一年很少有人干，毕竟要加一成租，但第二年已经推广开了——老百姓看出来了，这东西确实比人好用，加了租，留在手里的粮食还是比先前多，还不用起早贪黑地干活，这种好事谁不答应？

这才有此时江南田间不见人的盛景。

了然笑而不语。

长庚忽然说道："我倒是觉得未见得是好事——倘若铁傀儡能完全代替人，还要人做什么用？佃户们租的地也是乡绅老爷的，头些年老爷念旧情，愿意养着这些闲汉，但是能养他们多少年呢？"

葛胖小痴迷于各种火机，立刻接口道："他们可以留下当长臂师！"

曹娘子："这个我知道，一座雁回镇里所有守军的钢甲加起来，只要两个长臂师就够了，那时候他们也只是偶尔忙不过来，才会去找沈先……沈将军，用不了那么多长臂师。"

葛胖小："他们可以去找别的事做，比如……"

比如什么，他一时也说不出，当年屠户家的日子毕竟是好过的，在葛胖小眼里，除了种地，世上还有那么多的事好做。

曹娘子艰难地将自己的目光从了然的脸上扯了下来，问道："那么如果大家都找不到事情做，或是大多数人都找不到事情做，他们会造反吗？"

了然垂下眼看着他，曹娘子的脸一下煮熟了。了然比画道："这些年是不会的。"

三个少年沉默了一会儿，长庚问道："是因为我义父吗？"

了然含笑看了他一眼。

"我记得前年除夕夜里，洋人带来的虎跑了，满街的人乱成一团，是看见我义父才安静下来的。"长庚顿了顿，说道，"我后来听人说，起鸢楼附近人山人海，若不是义父稳住了人流，踩也能踩死很多人。"

了然比画道："我私自带殿下出门，可算是把安定侯得罪惨了，将来东窗事发，还忘殿下在侯爷刀下保和尚一条小命。"

葛胖小和曹娘子都笑了起来，以为了然和尚是开玩笑——毕竟，在他们印象里，顾昀从来都是和颜悦色的。了然苦笑了一下，将这话题跳过，接着比画道："民间至今有老侯爷带玄甲三十人便使北狼俯首的传说，都说玄铁营是神兵天将，可以上天入地，刀枪不入。有玄铁营这根大梁镇着，民间犯上作乱的暴徒虽然有，但始终难成规模。"

长庚坐直了些。"可是我听人说，若是想拆房子，第一件事便是砸了大梁。"

了然看着面前的少年人。顾昀要是回来，大概已经不认识长庚了，短短一年，他蹿高了几寸，原本眉目间流转的孩子气荡然一空。当年除夕夜里出趟门都要头皮发麻的少年，如今却坐在江南田间茶肆，跟和尚聊天下民生。

了然道："殿下不必挂心，这些事，侯爷早就心知肚明。"

长庚想起顾昀房中那幅"世不可避"，微微愣了愣，心里忽然泛起决堤般的思念，他静静地坐了片刻，任那思念奔涌，苦笑了一下，端起桌案间的茶根，一口喝个干净。

而被长庚记挂在心里的顾昀此时还在西域茫茫大漠中，已经跟当地规模最大的一伙沙匪对峙了一个多月。

此时的西凉关早已经不复当年萧条，自从大梁与教皇签了《西凉关条约》之后，整个西凉关一线简直成了一块聚财的风水宝地，商人与游人很快聚拢起来，几个镇上人口暴长，西洋人、中原人与西域一线小国的人混居，几乎要你中有我、我中有你起来。

位于古丝路入口处的楼兰更是因此成了通商要地，迅速从一个名不见经传的小国变成了流金之地。楼兰人热情快乐，安居乐业，不爱找事，当年西域叛乱也没人家什么事，跟大梁的关系一直十分友好，皇上便特意将古丝路入口放在了此处。

"大帅，小贾那边已经将贼窝拿下，动手吗？"

顾昀："那还等什么？逮了匪首，晚上咱们上楼兰王子那儿蹭饭去！"边说，他一边轻轻按了按眼皮。

沈易："你眼睛是不是又……"

"没有，"顾昀嘀咕了一句，"眼皮一直跳，可能……"

他话音没落，一个亲卫突然走上前来，从怀中取出一封信："大帅！"

顾昀："嗯，哪儿来的？"

亲卫："侯府的家信，送到了西凉关，家人一直找不到您，辗转托楼兰人送来的。"

"没准是长庚的回信。"顾昀想着，顺手拆开，挺期待地看了起来。

然后沈易就看见顾昀脸色变了。

沈易："怎么了？"

"了然这秃驴，最好别落到我手上，"顾昀阴恻恻地说道，他背着手在帅帐中没头苍蝇似的转了几圈，一脚踹翻了一个小桌案，"给我调几个玄鹰来，季平，这边的事你暂时替我顶一下。"

沈易："什么？"

顾昀："我要去一趟江南。"

沈易痛呼一声："哎哟……咝，下巴砸脚背上了，可疼死我了——你疯了吗？西北守军主帅擅离职守私下江南，你是要作死还是要造反！"

顾昀冷静地回道："今天端了沙蝎子的老窝，起码三五个月内应该能太平了，以玄鹰的脚程，一两天就能到江南，我不会耽搁太久，找到人就回。"

沈易气沉丹田，开始酝酿一场滔滔不绝的长篇大论，然而尚未出口，顾昀已经一横肘子打在了他小腹上。沈易"嗷"一嗓子弯下了腰："我还什么都没说呢！"

顾昀："防患于未然。"

当天夜里，十三玄骑从大漠深处将周旋了许久的沙匪头领及其党羽一举捉拿，顾昀听报，吩咐了一句"收押"，而后来不及休息，当夜就要走。楼兰王子班俄多已经准备好了酒菜，正等着给玄铁营接风洗尘，刚一来，却看见顾昀顶着一脑门官司换上了玄鹰甲。

楼兰国地处古丝路入口重地，是沙漠的儿女，也十分痛恨横行的沙匪，久而久之，他们就成了玄铁营纵横沙漠剿匪的最佳向导，双方关系颇为友好。楼兰人能歌善舞，尤其好美酒，男人女人都是酒鬼，王子是酒鬼中的酒鬼。顾大帅兵法莫测还是武艺超群，对他来说都没什么触动，唯独对顾昀拿烈酒解渴的酒量，班俄多欣赏不已，已经自封为顾大帅的"酒肉朋友"，做得尽职尽责。

班俄多拖着长音，用一种类似沙漠唱游的调调，哼哼唧唧地问顾昀："顾大帅，今天怎么走得像天边的云彩一样迅疾，是要去追寻夕阳一样的姑娘吗？"

沈易："……"

夕阳一样的姑娘是什么姑娘？又红又圆吗？

顾昀："我去砍人。"

"哦！"班俄多拎着两坛酒愣了一下，纳闷道，"刚砍完又砍？"

"你早晨吃完饭难道晚上就不吃了？"顾昀杀气腾腾地喝道，"闪开！"

几个玄鹰暗影似的飞掠而至，脚尖轻点地，落到顾昀身后，转眼就黑旋风过境一般无影无踪了，只余下袅袅的白烟，在空中打了个妖娆的弯。班俄多目送着他的背影，充满崇敬地问沈易道："大帅一天要砍三次人啊？"

沈易冲他招招手，示意他附耳过来，低声道："儿子被人拐跑了。"

班俄多狗熊捧心："哦！那一定是个满月一样的姑娘！"

沈易："……不，他只有个满月一样的后脑勺。"

留下班俄多王子纳闷地摸着自己的后脑勺，沈易心事重重地往回走去，走了两步，他突然脸色一变——遭了，顾昀走得这么匆忙，到底带没带药？

江南用一场沾衣不湿的小雨迎接了一身沙尘的顾昀，他略微休整了一下，直接带人杀到了应天按察使姚镇的府上。

依着顾昀的身份，本不该与江南的地方官有什么交情，这里头还牵扯了些旧事。顾昀十五岁第一次随军剿匪的时候，救出了几个被悍匪劫持的倒霉蛋——当年被人陷害罢官回家的姚镇就是那些倒霉蛋之一。后来姚镇得以起复，时任应天按察使，和顾侯爷算是君子之交，淡淡的，无关利益，但是一直有联系。

姚大人这天正好休沐，睡到了日上三竿还不肯起，乍听家仆来报，整个人都震惊了。

姚镇："他说他是谁？"

家仆道："他说他姓顾，顾子熹。"

"顾子熹？"姚镇擦去眼角的眼屎，"安定侯顾子熹？我还是当朝首辅呢——这种骗子你也信，打出去！"

家仆应了一声，提步要走。

"等等！"姚镇拥被而坐，琢磨了片刻，"……慢来，我还是去看看吧。"

他福至心灵，不知怎的，忽然觉得擅离职守这种事或许真是顾昀能干出来的。

此时，恰好身在应天府的了然和尚还不知道自己行将大祸临头。这和尚抠门抠出了禅意。他一个大子要掰成两半花，能有间破庙寄宿，绝不住客栈，一天到晚吃糠咽菜，想吃顿好的得靠化缘——俗称要饭。

他自己不花，也断然不许长庚他们花，难为这三个半大少年都吃得了苦，竟能跟着他饥一顿饱一顿地颠沛流离。

了然走得非常随性，有时候带着长庚他们在市井人家中走街串巷，有时候沿着田间地头漫无目的地溜达，化缘不分好赖，去过乡绅善人家，也去过寻常佃户家，赶上什么是什么。有一次到了一个寡居无子的老人家里，见人家实在已经揭不开锅，非但没化出饭来，反而倒贴了些银钱。

"安康盛世也有冻死饿殍，动荡乱世也有荣华富贵，"了然穿过小镇上的集市，对长庚他们比画道，"'世道'二字，理应一分为二，'道'是人心所向，'世'就是万家灯火下的一粒米粮，城郭万里中的一块青砖。"

长庚："大师理应是出世之人，讲起'世'来，倒也头头是道。"

长庚的个头几乎比了然和尚还要高了，嗓音已经完全退去了少年的清越，有一点低沉，说话不徐不疾，显得很稳当。他本性好静，从前一见密集人群就浑身不舒服，此时却已经不知不觉地修炼出了走到哪儿都如闲庭信步的本领了。

想来可能是因为他有心破釜沉舟，一些细枝末节的不情愿，自然而然就变成了小事。

了然笑了笑，坦然比画道："和尚若不知世道，怎么有脸自称身在世外？"

了然和尚长了一张很能唬人的脸，洗干净了像出尘的高僧，好几天没洗澡了像历劫的高僧，光头映照着浩然佛光，眼睛里永远含着一汪预备要普度众生的水——倘若他对身外之物的孔方兄再大方点，长庚他们真要承认他是个彻头彻尾的高僧了。

忽然，曹娘子打断了高僧，压低声音道："别打禅机了，长庚大哥，你没发现有好多人在看我们？"

他们这几个人——有和尚，有文质彬彬的年轻公子，有挺胸叠肚的暴发户之子，还有一个虽然娇俏，但说不出哪里不对劲的小丫头，走在一起本来就十分扎眼，早就被人围观惯了，连长庚对路人的目光都不那么敏感起来。

不过这一回，他们遭到的围观却似乎有点过火。

路边的人见了他们，纷纷驻足审视，不但审视，还要指指点点地偷偷交流。

葛胖小嘀咕道："我总觉得要发生点什么事。"

长庚："你说得对。"

作为四个人中最高挑的，长庚已经越过人头，看见了不远处城楼上贴着的一张告示——告示上画着一个逼真的人像，是个眉清目秀的光头和尚，底下写道：此人假冒护国寺高僧，坑蒙拐骗，无所不为，猥琐之至，特此通缉，如有报案者，赏纹银十两。

"了然大师，"长庚道，"你值纹银十两呢。"

了然大师在原地站成了一幅活色生香的美僧人像。

"想必是我义父收到了王伯的信，派人来找你麻烦了。"长庚眼角瞥了一眼开始奔着十两纹银滚动的人群，对了然道，"对不住，我们还是先走吧。"

了然飞快地比画道："阿弥陀佛，四殿下别忘了茶肆里的承诺啊。"

然后这和尚脚底下抹油一般，撒丫子跑了，真是静如石像，动如疾风。

集市上等着"捕获"十两纹银的老百姓们一看打草惊蛇，纷纷抛弃矜持，嗷嗷大叫着"淫僧""骗子"之类，从四面八方围攻过来。

葛胖小："我爹他们以前上山打兔子就是这么干的。"

长庚和曹娘子一起看着他。

葛胖小："拿着棍子嗷嗷叫，要把兔子吓得慌不择路，它自己会一头撞在网里——嗯，真的。"

了然大师比兔子机智多了，并没有慌不择路，他早已经看明白了小镇集市的构造，左突右钻，整个人成了一道残影，不知是怎么琢磨的路线，几个来回就将四面八方追赶他的人遛成了一股，游刃有余。

这时，不远处传来"让开"的喧哗声，再一看，是一队官兵赶来了，想是得到了谁的线报前来抓人。

长庚心想：果然是顾昀找人干的。

他心里既有点安慰，又有点不是滋味。安慰的是，顾昀纵使远在西北，到底不肯让他自生自灭，虽然手段损了点，但心里还是挂念着他的。同时他又觉得是自己连累了了然大师。

再者说，那个人连过年都不回侯府，现在手伸得这么长做什么呢？

曹娘子一把抓住他的袖子："大哥，怎么办？"

长庚从纷繁复杂的念头里回过神来，沉吟了一下，随即伸手摸进自己的行囊，抓出一把碎银锭子，看准了方向，天女散花似的一撒道："接钱了！"

幸亏了然大师跑了顾不上，不然一定要心疼得长出头发来。

正在追着和尚跑的人被碎银锭子砸了脑门，当场蒙了，立刻要去捡，其他人听说有现钱，顿时放弃了奔跑的"银子等价物"，纷纷回来捡货真价实的银子，一时间堵成了一团，把官兵牢牢地挡在后面，了然和尚已经不见了踪影。

长庚笑了一下："我们也走。"

说完，他率先从人缝里钻了出去，准备神不知鬼不觉地离开这个是非地，可是尚未来得及离开，一阵马蹄声突然从窄街的另一侧响起，听来路，仿佛正好要将他们堵在里面。

闹市纵马而来的，不是找事的，就是抓人的。

葛胖小建议道："大哥，我们穿小路。"

"不，"曹娘子木然道，"我们还是老实待着吧。"

逼近的马蹄声在集市口精准地停了下来，只见几个行伍出身的汉子翻身下马，整肃地站成了一排，中间有一个……化成了灰长庚都认识的人——

长庚呆住了，谁也没料到顾大帅竟从西北赶来，亲自抓人。

顾昀在来路上已经想好了，他要先把了然扒皮抽筋，再把长庚抓回来揍一顿屁股。小树不修不直，他感觉自己以前对这孩子还是太娇惯了，跟先帝学的那一套果然不管用，爹的当法还是得效仿黑脸老侯爷。

可是满腔颠三倒四的怒火，在他看见长庚的一瞬间，突然就哑然了。

顾昀人在马上，差点认不出长庚来。

十几岁的男孩一天一个样，在雁回镇的时候，长庚一直在自己眼皮底下，每天的成长都不明显，只能借着他一天短似一天的裤子知道他在长高，分别一年多，这日积月累的变化突然就将一个少年变得陌生了。

他的个头已经赶上了高挑的顾昀，本来有些单薄的骨肉不知什么时候长成了一副大人模样，脸上难以置信的神色只是一闪而过，旋即便被新近学会的不动声色遮盖了过去。

顾昀放任自己的马在原地踱步片刻，面无表情地想：打不了了。

不是打不动了，而是长庚既然已经是一副大人的样子，再用教训孩子的手段对他，就不是教训，而是折辱了。

一年又一年，对顾昀来说没什么差别，都是仓促而过、毫无意味。这一刻，他却突然后知后觉地感受到了光阴的无情，自己不过是一错眼，他那小长庚已经匆匆忙忙地长大了，他错过的这一段日子，以后永远也补不回来了。

顾昀终于意识到，长庚是十五奔着十六数了，再有三四年的光景，就要搬去雁北王府，离开他的羽翼庇佑了。三四年是个什么概念呢？可能也就够他回一趟京城，那么他们之间难道就只剩下"一面之缘"了吗？

时隔一年，顾大帅总算是将这件事反应过来了。

他翻身下马，径直走到长庚面前，沉着脸道："跟我走。"

长庚的目光一直盯在他脸上，一寸也不舍得移动，顾昀脖子上还有一道浅浅的伤痕，从西北沙漠里带出来的，还没来得及好利索。

长庚艰难地找到了自己的声音："义父，你怎么会来？"

顾昀冷冷地哼了一声，闷不作声地率先往集市外走去。

说话腔调都不一样了。他怅然若失地想道。

跟来的官兵一路小跑上前来，屁颠屁颠地对顾昀道："大帅，那和尚跑了，还追吗？"

"追，"顾昀一口答道，"全城通缉，就算跳进海里也给我捞回来！"

官兵："是！"

曹娘子在后面偷偷拉葛胖小的衣袖，葛胖小吐了吐舌头，感觉此事他们是泥菩萨过江，自身难保，只好爱莫能助地摇摇头，希望了然大师自求多福。

长庚等人一路跟着顾昀来到了应天按察使姚大人府上，姚大人早做好了拍马屁的准备，带人迎接到了门口。"四殿下光临寒舍，真是蓬荜生辉！快请快请，臣已经备好酒菜，准备给殿下接风。"

话音没落，顾昀已经沉着一张阎王脸走进去了，眼角眉梢都吊出一句话——接什么风，饿死他得了。

整整一晚上，顾昀也没想好怎么和长庚说话，只好在自己房里一杯接一杯地喝随身带来的楼兰酒，过了一会儿，门却被敲响了。

顾昀："进来。"

长庚轻轻地推开门走进来。"义父。"

顾昀没吭声，脸上喜怒莫辨。

长庚回手掩上门，微微低下头，好像盯着顾昀看久了吃力一样。

长庚："义父，我很想你。"

顾昀沉默片刻，终于叹了口气道："过来，我看看。"

长庚顺从地走过来，顾昀身上带着一点陌生的酒气，有点甜，似乎是西域酒，肩上挂着经年不去的冷铁硬甲，长庚本以为自己能克制住，没料到高估了自己——就像他也没料到顾昀居然亲自到江南来找他。

他暗自抽了一口气，擅自上前，抱住了顾昀。

一瞬间，顾昀什么脾气都没有了。

他伸手接住长庚，顺势拍了拍长庚的后背，下巴蹭过对方肩膀，感觉那副臂膀已经不再是徒有其表的骨头架子了。顾昀也想很直白地说一句"我也想你了"，可是一句话在胸腹中三起三落，最后还是怯场了，临阵脱逃回了肚子里。

他只是淡淡地笑道："多大了，还撒娇。"

长庚闭了闭眼，心里知道不能再逾矩了，情不能自禁，四肢身体却是能自禁的。他从善如流地放开顾昀，在一边站定，忍着胸口一团看不见的野火丛生弥漫。他知道自己想要的太多，多得没有道理，乃至由此生出的种种怨愤，也都是面目可憎的，因此丝毫不敢露出形迹来。

长庚深吸了一口气，问道："义父怎么会到江南来？"

顾昀横了他一眼，没好气道："还有脸问，不都是因为你？"

长庚不敢多看他，微微低下头去。

顾昀却只当自己把话说重了，一番训斥已经到了舌尖，又被他自己匆忙叼回去了。他将自己的拇指收进手心，一个关节一个关节地来回捏过两三遍，奔波千里的疲惫感这才涌上来，他忍耐着这股突如其来的疲惫，斟酌几遍，尽可能心平气和地对长庚道："坐，跟我说说为什么跟那个秃……喀。"

顾昀意识到当着长庚的面叫"秃驴"好像不太合适，"大师"他又万万叫不出口，卡了一下壳。

长庚忙觑着他的神色道："了然大师要南下游历，是我自作主张非要跟着的，义父要是因为这个去找他的麻烦，我心里也十分过意不去的。"

这孩子太会说话了，既知道替那秃驴开脱，又知道怎么开脱才不搓火，一句话道清了内外有别，弄得顾昀都差点跟着"过意不去"起来。他第二次暗暗吃惊，这才不过一年的光景，以前那说话跟棒槌一样的孩子从哪里学来的这一套？

"义父像我这么大的时候，已经南下平叛剿匪了，我却还是文不成武不就，所以想离开侯府看看外面的世界，"长庚偷偷看了顾昀一眼，发现他眼睛里居然有血丝，立刻就说不下去了，满心愧疚从胸口涨到了嗓子眼，低声道，"……只是手段任性，还让义父奔波，我错了，你罚我吧。"

顾昀沉默了一会儿，忽然说道："我第一次随军出征，其实是杜老将军联合老侯爷一干旧众，向先帝强求来的。"

长庚蓦地抬头。

顾昀并不是什么很谦虚的人，喝多了也时常满嘴跑火车，"蒙着眼塞着耳也能在半炷香的时间放倒二十个铁傀儡"之类的鬼话他都吹过。可是细想起来，他少年成名、挂帅西征、重整玄铁营的那一串光辉历史，分明哪一件事说出去都够吹半辈子的，顾昀却从未提起过。

顾昀又拿出一个杯子，给长庚倒了一杯微酸的酒水。"这是楼兰人的酒，你也大了，可以尝几口。"

长庚喝了一口，没品出什么味来，便放在了一边。他与顾昀良久未见，见他一面已然是血脉扰动，实在用不着酒水加持了。

顾昀缓缓道："我那时什么都不懂，跟着去纯属添乱，又年少轻狂，不肯虚心承认。剿匪途中，我一次急躁冒进的私自行动捅了好大一个娄子，一场小战役折了三十多个真金白银堆出来的重甲，还累及杜老将军重伤……你听说过杜长德将军吗？"

长庚听了然讲过，那和尚对前朝今朝文武百官如数家珍，恐怕比对佛祖真经还要熟悉些。十几年前，老安定侯夫妇相继病殁，顾昀还小，是杜老将军周旋于边疆与朝堂，独撑大局，可惜后来旧伤复发，死在了远赴西北的路上，这才让当时不过十七岁的顾昀挂帅西征。

顾昀叹道："那次要不是因为我，他老人家本来可以硬硬朗朗的，不至于被一场风寒就引得旧伤发作。当年南下剿匪班师回朝时，老将军上书报奏朝廷，对我的过错只字未提，通篇都在表功，硬是让我留在了军中。"

顾昀说到这里，顿了一顿。他忽然觉得有点不可思议，一路上心里想的都是抓住长庚以后要如何教训，从文斗琢磨到武斗，谁知莫名其妙地演变成坐下来交代自己丢人现眼的陈年旧事。他本以为自己会对那些事讳莫如深，可是如今扒拉出来一看，突然也就能坦然面对了。

这简直超出了他对自己的了解。

也许沈易说得对，幼子与老父，确实都是沉甸甸的担子，能把人压得低下头，看清自己。

"我之所以在这个位置上，不是因为我比谁厉害，而是因为我姓顾，"顾昀看着长庚说道，"有的时候，你的出身就决定你必须要做什么，必须不能做什么。"

这是顾昀头一回当面和长庚解释自己不能带他去西北的缘由，虽然十分隐晦。

长庚一动不动地看着他。

顾昀斟酌了一下，又道："但你要是真的想好了自己要走一条什么样的路，倒也不用有太多顾虑，只要我还活着，总有力气替你把障碍扫一扫。"

长庚本以为自己跟着了然和尚已经练就了一张见了什么人都敢开口说话的嘴，此时他才发现，这个"什么人"，依然要把顾昀剔除出去，他面对顾昀的时候，会变得异常笨嘴拙舌。他一直以为自己是先帝扔给顾昀的累赘，是个垂涎着不属于他的世界的贪心人，可原来不是的。

长庚心想，再不可能有谁像顾昀一样对他了。

就在这时，门外突然一道人影闪过："大帅。"

顾昀回过神来，对长庚摆摆手道："早点去休息吧，跟着那和尚吃没好吃住没好住的——嗯，还是说你要留在这儿跟我睡？"

长庚脑子里"轰隆"一声炸开了花，登时面红耳赤起来。

顾昀笑道："你还学会不好意思了，以前做噩梦的时候吓得哭，不都是我哄你睡的吗？"

长庚实在不知道该怎么面对这种当面砸来的诽谤——关键顾昀说得还那么坦荡，好像真有那么回事一样！

这老成的少年哑了火，脚步有些发飘地跑出了顾昀的屋子。

贰

长庚离开后，顾昀才对门外招招手："进来。"

一个身着玄鹰甲的将士立刻应声而入。

玄鹰道："属下奉命追捕那位僧人……"

了然私下拐带小皇子出京，尽管这事确实是办得出圈离谱，但现在人已经找到了，顾昀倒也不便把护国寺得罪得太惨，何况长庚方才还说过情。

顾昀："算了吧，跟重泽说一声，把通缉令撤了，就说是场误会，改天我请那位了然大师吃顿素斋。"

"重泽"就是姚镇姚大人的字——他话虽然这么说，但了然只要长了心，必不敢来赴宴，顾昀有把握让他对着自己这张脸连口水也喝不下去。

谁知那玄鹰却低声道："属下无能，还没有发现那位高僧的踪迹，今天傍晚的时候见他登上了一艘渡船，随官兵上船搜查的时候，发现了这个。"

他说着，从怀中摸出了一个小布包，打开以后发现是一根布条，上面沾着一点金色的粉末。顾昀接过来只看了一眼，眉头就皱了起来。

这东西他很熟悉，名叫"碎心"，是一种与紫流金相伴而生的矿石，碾成末以后按一定比例加入紫流金中，能防止长途运输途中紫流金意外燃烧，运到了地方再用特殊的工艺将紫流金过滤出来就好，十分方便。

可是一般朝廷运送紫流金，不是用巨鸢行于空中，就是干脆走官道，由各地驻军派兵护送，一艘和尚都能随便混上去的渡船里怎么会有这东西？

顾昀："没声张吧？"

玄鹰："大帅放心。"

顾昀站起来，在原地踱了两步。"这样，通缉令不要撤了，对外就说我一定要捉到那和尚，你们弟兄几个替我把那批渡船盯紧了，哪里来的，往哪里去……"

顾昀说到这儿，话音戛然而止，他愕然地发现自己的视线开始模糊，不远处的玄鹰身上有了一圈不轻不重的虚影。

坏了。顾昀不动声色地想：走得太急，没带药。

怪不得隐约觉得好像忘了什么事，沈易这饭桶，也不提醒他！

玄鹰疑惑道："大帅？"

顾昀若无其事地接上了自己的话音："如果有可能的话，最好能知道船主人是谁，特别注意平日里谁在和他们往来。"

玄鹰不疑有他："是！"

"等等，还有，"顾昀叫住他，"如果找到了那和尚，私下里带他来见我。"

玄鹰立刻领命而去。

打发了这名玄鹰，顾昀拧亮了桌上的汽灯，一动不动地坐了下来。

江南不产紫流金，要是那几艘渡船真的有问题，来路无非两条——要么是江南这边有官员私自倒卖流出去的，要么是来自海外的。如果是前者，倒还好说，江南富庶地，天高皇帝远，借着此间推行耕种傀儡之时，偷偷摸摸地揩油徇私罢了，此事自有按察督察来办，轮不到他伸手。

但若是后者，恐怕就复杂了。

大梁八大军种都不弱，尤其以"甲"和"鹰"二支最为厉害，那是灵枢院三代人呕心沥血的积累，单就装备而言，也绝不逊于擅长奇技淫巧的西洋人。

唯独"蛟"不行。

大梁的"蛟"虽为水战之用，但一般仅做海防，极少出海，和西洋人乘风破浪的巨帆大船没法比。历来是这样的——当年海上商路贯通东西南北的时候，沿海一线所有港口码头中停靠的几乎都是洋船，那时候武帝当政，大梁正是财大气粗，根本不在乎与西洋蛮夷的通商，都是洋人们上赶着跑来淘金。

那时所谓的"通商"，是人家送货到门口，这边才纡尊降贵地开一开码头，勉为其难地留下洋人的鸡零狗碎，再打赏他们点零花钱。及至先帝与当今，虽然看到了海运通商的利润，热情都很高，但因为西北一线一直不太平，"巨蛟入海"的海防一事始终被搁置，不是没钱，就是没紫流金配额。

如果那批渡船上真的有人在私自倒卖紫流金，那么极有可能威胁到东海一线的海防……还有那了然和尚，将他们引至渡船，到底是无意为之，还是蓄谋已久？

这么一会儿工夫，顾昀眼前已经越发模糊了，他往怀里摸了摸，摸到了那片琉璃镜，凑合着架在鼻子上，这样起码一只眼睛能稍微看清一点东西。

顾昀苦笑一声，心道：这可要怎么办？

长庚脚不沾地地逃回自己屋里，心跳还没平复，一推门先看见了一个白惨惨的和尚，他一口没吞下去的气再次提起来，连忙掩上门，压低声音道："了然大师，你怎么在这儿？"

了然笑眯眯地合掌一竖——阿弥陀佛，贫僧无孔不入。

这和尚想必是练过来无影去无踪，神出鬼没的，连按察使府邸都能随时进出，也实在是个神人。和尚同长庚比画道："安定侯恐怕这次能放过我了，殿下不必忧心。"

长庚没有忧心他，他心思剔透，微微转念就回过味来，问道："你是故意利用我引他来的吗？应天府到底有什么？"

了然激赏地看着他，缓缓地伸出两只手，打着手语："东海蛟妖要化龙，和尚特地引来大天劫。"

这是什么暗示？

魏王要造反吗？

还是有别的什么事？

一时间，好几个念头从长庚心里闪过，他以前只知道这和尚入世，没料到他入世入得这么深，眼神里不由自主地带上了些审视与防备。然而不等他多问，了然冲他做了个跟上的手势，轻车熟路地从窗户跳了出去，长庚迟疑了一下，取下自己的佩剑，跟了出去。

长庚追着了然和尚来到城外的时候，夜色已深，周遭万籁俱寂，城里木头小车打更的声音也隐约远去了。他于是停下脚步，开口叫住了前面的人："了然大师，且先慢点走。"

了然脚步一顿。

长庚说话慢条斯理，态度也不见一点火气，温和有礼，像往日在禅房里沉默不语地喝苦丁茶一样。唯有手掌已经移动到了剑柄上，随时拔剑出鞘，便能将那和尚穿成肉串。

长庚道："这些日子以来常与大师清谈，我受益匪浅，也知道大师心系天下，不是安于禅院谈佛论道的人——我家安定侯爷纵横千里，纵然是一代名将，但不论家国江山将他摆在什么位置上，对我来说，他也只是个相依为命的亲人。我一介小人物，没什么本事，手中铁勉强够立足而已，顾虑不了大事，心里只有巴掌大的一个侯府和几个人，还望大师谅解。"

了然："……"

长庚平时跟顾昀怎么说话他不知道，不过对外人，一直是"三分的话，十分的含蓄"，了然本以为自己已经领教过了，但他还是万万没想到，世上能有人把"交情归交情，敢动到顾昀头上，我就一剑戳死你"这种杀气腾腾的话说得如此春风化雨。

了然低头看了看自己跑了一天已经看不出底色的僧履，试探道："殿下天潢贵胄，心怀仁厚，该有一番天地，不必妄自菲薄。"

长庚神色淡淡的，不为所动。"男儿生于世间，要是连周遭一亩三分地都打理不好，有什么必要把视线放那么远？"

了然苦笑了一下，知道他不好糊弄，只好信誓旦旦地比画道："顾帅乃是社稷之栋梁，牵一发必动全身，和尚怎敢有半点不轨之心？"

长庚的手掌依然撑在剑柄上。"但大师确实是有意要将我义父引到此地。"

了然正色道："请殿下随我来。"

长庚凝视了他片刻，重新将佩剑提起来，微笑道："那就有劳大师带路解惑了。"

解不好还是要戳死你。

了然和尚把僧袍一扒，里外翻了个，只见那披麻戴孝一般的白僧袍居然两面都能穿，里面是黑的，往身上一披，再罩上脑袋，和尚就融入了黑暗里。

长庚见了，心里不由自主地浮现了一个疑问——他们从京城溜达到江南的这一路，好像确实没见了然换过衣服，那么他这僧袍里面究竟本来就是块黑布，还是他老也不洗，一面穿黑了就翻过来接着穿？

这么一想，长庚整个人都犯起了洁癖，几乎没有办法与"高僧"并肩同行了！

身着"夜行衣"的了然带着长庚在江南细密曲折的小桥流水中穿梭而过，很快到了内运河码头。大梁海运与内陆运河之间的通路早在十年前便已经打通，双线并行，往来船行十分便捷，曾经成全过河畔一线繁华地，近几年因为税赋过重，倒是显得有点萧条了。

不过瘦死的骆驼比马大，此时已经夜深，码头上依然有商船和船工在忙碌。

了然摆摆手，止住长庚的脚步，比画道："前面已经有玄铁营的眼线了，不要再接近。"

长庚瞥了他一眼，摸出一只千里眼，往水面上望去。码头上风平浪静，船工与脚夫来来往往，岸边有一些从江南驻军中调来的将士正在检查货物，他既看不见玄铁营的人，也看不见水面有什么异常。

长庚此时不太信任了然，并没有直言询问，自己默默地观察起来——

船工正在往上载货，货物统一用薄木盒子装着，上船前要把箱盖打开，放在一个齿轮转动的传送条上，让守卫驻军查看过了，再运到另一头，有几个船工在那儿等着，挨个封箱抬上船。

前几天经过的时候，听当地百姓闲聊提起过，海运与河运码头对商船查得一般没有这么严，是江南最近开始推行耕种傀儡，朝廷下放了一大批紫流金，为防有宵小之徒私自倒卖才紧张起来的。

验货的箱子一打开，隔着百丈远，长庚都忍不住皱起了鼻子："什么味？"

了然在旁边的树上写道："香凝。"

长庚一愣："什么？"

了然比画道："殿下久居侯府，用的熏香想必都是御赐的，不曾见过这些平民老百姓用的便宜货。这是将一堆香料的下脚料压制成油或膏状，气味非常浓烈，买回去要加三层密封罐才能让它不走味，每次只消取出一点，以温水化开，便能用上数月，一粒香凝的香膏只有拇指大，用上十年八年不成问题，才一吊钱。"

压制的香过于浓烈，香到了一定程度，完全就是恶臭了。长庚被熏得脑仁疼，没顾上纠正和尚的误会——侯府从不用熏香，洗完的衣服只有皂角味。

长庚抬高了千里眼，忽然见那商船上有个男人的身形一闪而过，发饰穿着都与中原人不同，想起了然给他讲过的海外见闻，便问道："我好像看见了一个大师说过的东瀛人，那么这是开往东瀛的商船……东瀛人要这么多香凝做什么，拿回家煮着吃？"

了然赞赏地看了他一眼。

盛放香凝的木头箱子蜿蜒如一条长龙，四五艘隐没在暗夜中的大船等在那里，比旁边运送新鲜水产的商船还要壮观。

要是一粒香凝就能用上十年八载，怎么还会有人买这么多？别说巴掌大的东瀛列岛，就算大梁民间也不一定买得完这几船。

码头驻军被熏得眼泪汪汪，拿着手帕捂着鼻子，拼命催促船工快点过货箱，旁边本来有一条协助稽查的狗，早已经给熏得趴在一边不动了。

长庚低声问道："请教大师，驻军身边的狗是查什么的？"

"那是'狗督察'，"了然说道，"紫流金有一股淡淡的清苦气，寻常人是闻不到的，狗却十分敏感，紫流金事关重大，武帝时期下死命令整顿紫流金黑市的时候，狗督察立下大功，至今仍在用。"

狗督察给劣质香凝熏得直翻白眼，别说是紫流金，就是肉骨头想必也闻不出来了。

长庚便问道："所以大师怀疑这一队商船上有不可告人的秘密，引我义父来是查这个？"

了然还没来得及点头，长庚便紧接着逼问道："那么敢问大师，你怎么知道我家侯爷会亲自前来呢？而且这本该是应天府和江南驻军的事，他又是开小差而来，你怎么笃定他一定会插手呢？为何你不去找应天巡抚，不去找按察使和督察使大人，非要舍近求远，费尽心机地将他从西北引来呢？"

了然沉默了。他本想着，这少年头一次独自出远门，便撞上这么大一桩阴谋，震惊之余，很容易忽略其他的事。可他没想到，长庚居然并不怎么震惊，从头到尾只是皱了个眉，而且非要刨根问底。

和尚忍不住想起当年顾昀从雁回小镇将这孩子领回来的传言——有人说雁回镇的蛮族叛乱，是由四殿下的养母一手促成的，四殿下大义灭亲，方才让玄铁营有了准备，将蛮人一网打尽。

可长庚那时候才多大？充其量十二三岁吧……

了然忽然很想问一句"雁回动乱时，你杀过人吗"，片刻后，又咽回去了，因为感觉没必要问。长庚静静地看着他，月夜下，了然从长庚的眼睛里看见两团浅浅的黑影。他早知道长庚身上有种特殊的早慧和早熟，还以为那是长庚年幼时身份突变，在京城寄人篱下而生的敏感，直到这时，和尚才忽然意识到，这个少年的眼睛里恐怕看见过谁也不知道的暗处。

他甚至怀疑，连顾昀也是不知道的。

了然的态度慎重了起来，斟酌了片刻，才缓缓地比画道："我知道他会来，我也知道他只要来了，就一定会插手，因为此事牵连甚广，不是一个小小的应天府可以摆平的——有些事，侯爷心里应该是与我们心照不宣的。"

长庚眯了眯眼，敏锐地注意到他说了一个"我们"。

就在这时，身后忽然有风声响起，了然还没反应过来，长庚腰间那装饰一般的佩剑已经尖鸣一声出了鞘，这是他无数次与铁傀偏过招的本能反应。雪亮的佩剑撞在了玄铁割风刃上，长庚认出来人是个玄鹰，两人同时撤兵器后撤。

玄鹰看清是他，吃了一惊，顺势单膝跪下："属下死罪，惊扰殿下！"

长庚："什么事？"

玄鹰道："侯爷让属下带大师回去一叙。"

长庚方才放下的眉梢轻轻地提起来，顾昀要私下见了然和尚？了然说的"心照不宣"指的又是什么？

了然从善如流地摘下他可笑的头巾，宝相庄严地稽首行礼，无声胜有声地表达了"如此就叨扰了"。

回到姚镇府上，长庚很快被顾昀派人打发了，也不知他和了然见面以后说了些什么。第二天一大早，就有个玄鹰敲门。"了然大师要继续游历，大帅也要赶回西北，托属下护送殿下回侯府，请殿下示下，何时方便出发。"

如果不是头天晚上在运河渡口目睹了那批诡异的东瀛商船，长庚差点就信了。

可还不待他开口，对面有人轻轻敲了敲长廊的木扶手。玄鹰回过头去，见那行踪诡秘的哑僧不知什么时候站在了那里，了然冲长庚做了个"稍候"的手势，整了整衣冠，直接伸手推开了顾昀的房门。

玄鹰和长庚一同目瞪口呆——那和尚竟没敲门！

要不是整个侯府都知道顾昀讨厌光头，长庚几乎要怀疑这两人关系匪浅了。

大概是怕被打出来，了然推开门并没有直接进屋，只是对着屋里人一稽首。

顾昀居然没跟他急，有点不耐烦的声音从屋里传来："大师有什么见教？"

了然比画道："大帅，雏鹰并不是在金丝笼中长大的，何况你此番身边正缺几个侍从避人耳目，何不带上殿下同你一起？先帝为殿下留下雁北郡王之位，过上一两年，他也该要上朝堂了。"

顾昀冷冷地回道："大师未免管太多。"

了然上前一步，突然跨过门槛，在别人看不见的地方，他似乎对顾昀做了一个什么手势。屋里的顾昀突然就沉默了。

长庚听见曹娘子在身后小声问道："什么意思啊？大帅要带我们去哪儿？"

长庚心里突然一阵狂跳，以顾昀的性情，是万万不肯带他去的，长庚心里有数。他本以为自己要在"偷偷跟去、擅自行动"与"老老实实地回京，不让顾昀操心"之间选一个，从未指望过顾昀竟肯将他带在身边。

这会儿骤然燃起期冀，手心里出了一层汗。与蛮人对峙的时候他都没有这样紧张过。

好半晌，他听见顾昀叹了口气："跟来就跟来吧，不准离开我身边，按照之前说的做。"

根本不知道要干什么去的葛胖小和曹娘子"嗷嗷"地欢呼起来，长庚低下头轻咳了一声，把嘴角的傻笑压下去，同时，又一个疑问从他心头浮起——了然对顾昀说了什么？世上竟然还有能说服他义父的人吗？

不多时，一辆破破烂烂的马车就往城郊的方向走去。

赶车的是个和尚，车里是一个"文弱"的公子带着两个小厮和一个丫鬟，顾昀随身的几个玄鹰已经不见了踪影。

长庚又忍不住去看顾昀，他把一身甲胄都卸了，换了件广袖的高领长袍，把颈子上的伤口挡住了，发未束冠，风流不羁地披了下来，仿佛是对赶车人大光头的嘲讽，眼睛上蒙着一块黑布。看不见他的上半张脸，长庚懊恼地发现，自己的注意力总是不由自主地在小义父苍白的嘴唇附近打转，只好眼观鼻鼻观心地收回视线。

葛胖小忍不住出声道："侯爷，你为什么要装成这样？"

顾昀往他的方向微微偏了一下头，指了指自己的耳朵，一本正经道："我聋，别跟我说话。"

葛胖小："……"

聋得真霸气。

不知是谁出的馊主意，顾昀打算以香师的身份混上那几艘香凝船。民间有些香行认为，五感会妨害嗅觉，遂将人从小弄瞎弄聋，让他们以嗅觉为生，这样培养出来的香师是顶级的，民间尊称为"香先生"，一旦出师，千金难求。

顾昀把眼睛一蒙，假装自己是个又聋又瞎的香先生，从出门开始就这副样子，还要求别人不要跟他说话，演得格外投入。

行至码头，已经有人在那里接应，长庚一掀车帘，只见一个胖墩墩、笑起来一团和气的中年男子冲着马车道："张先生来得晚了些，是路上有事耽搁了吗？"

顾昀也不知神不知鬼不觉地顶了谁的名号，长庚感觉真正的香师大概是被玄鹰半路上劫走了。他神色不变，拱手道："对不住，我家先生耳目不便。"

那中年男子一愣，顾昀伸手拍了拍长庚的臂膀，伸手让他扶。长庚忙扶住他，同时心里疑惑道："纵然是装的，他眼睛也蒙着，怎么行动不见一点不便？"

他伸手拍长庚之前连摸索的动作都没有，落点准确，倒像是瞎习惯了的。

　　然而这疑惑只是一闪而过，顾昀下车的时候微微弯下腰，几乎靠进了长庚的臂弯里，他突然除去甲胄，此时看上去竟然有些瘦削，长庚有种自己伸手一揽就能将他整个人抱起来的错觉。

　　这让他陡然口干舌燥起来，质问了然时一句紧逼一句的清明荡然无存，只堪堪维持着面上的镇定，一边心猿意马，一边行尸走肉似的扶着顾昀来到那中年人面前。

　　那中年人脸上飞快地闪过疑惑和戒备，拱手道："恕在下不知道阁下竟是位'香先生'，我们小本生意，卖的都是粗制滥造的香凝，这……"

　　他话没说完，几个船工打扮的汉子纷纷回过头来，个个目露精光，太阳穴微微鼓着，打眼一扫就知道，这些人根本不是什么船工。长庚微微低下头，只当没看见，上前一步，微妙地将顾昀挡在身后，在顾昀手心上写道："先生，人家问咱们来路呢。"

叁

　　顾昀面不改色，镇定地从怀中取出一个信封递给长庚。信封里没有信，单是个皮，上面飘出一股冷冷的、似乎是沉香与降香混合着的什么味道。

　　头天晚上，玄鹰从劫住的香师身上搜出了三个信封，这是其中之一。三个信封味道各不相同，那香师骨头颇硬，怎么严刑逼供都不肯交代——当然，这么短的一点时间，即便他交代了，顾昀也不一定敢信。

　　三个信封中，顾昀唯一能讲明白出处的，就是这一封。

　　相传此香乃是前朝昏君笃信邪魔外道，令宫人制出助其得道升仙的，叫"御皇香"，冷而不清，雍容华贵。先帝那里曾经偷偷存过一点，有一年心血来潮点了，味道真是与宫中常用熏香不同。先帝告诉他，此物虽然好闻，但又名"亡国香"，私下里点一次就算了，让御史们知道了要炸锅的，千万不能声张。

　　多年过去了，顾昀对这"亡国香"依然印象深刻。

长庚方才紧绷了一下，顾昀立刻察觉到了，没等他在自己手中写字，就开始思考将这信封抛出去蒙对的可能性有多大。顾昀掂量了一下，心道：三中取一，行，把握还挺大的，不行就兵来将挡，水来土掩吧。

万幸，这个"把握"只有他一个人心里有数，其他人只能看见他表面上的笃定，只好跟着一起淡定。

中年人神色一动，接过信封，凑到鼻下来回嗅了几次，脸色变幻莫测。

长庚心想：要动手吗？

顾昀却好整以暇地拍了拍他绷紧的手背。

那中年人再抬头看顾昀，神色正常了不少，说道："在下翟颂，乃是这批商船的总把头，不知先生从何而来，要往何处去？"

这是黑话，长庚一五一十地写在顾昀的手心里。

顾昀第一回开了口，说道："从地上来，往蒿里去。"

那自称翟颂的中年男子看似吃了一惊，犹疑片刻，声气微微弱了下来："那……那就劳烦香先生了，请。"

顾昀纹丝不动地站着，聋得十分周到，直到长庚轻轻地拉了他一把，他才面无表情地被长庚牵着往前走去，活脱儿就是个五感断绝，脾气古怪的"香先生"。

借着顾昀那宽大的袖口遮掩，长庚在顾昀手心写道："义父怎么知道他们的黑话？"

这其实是玄鹰头天夜里奉命监视商船时，偷听到的两个船员的对话，事无巨细地报给了他，顾昀其实压根儿不知道是什么意思，依然是蒙人，不过他大尾巴狼一样地对长庚吹道："我无所不知。"

一行人顺利上了东瀛商船，几个东瀛人纷纷冒出头来，好奇地打量着传说中的香先生。东瀛受大梁影响，神佛文化盛行，有不少人见顾昀身后跟了个和尚，纷纷露面出来打招呼。

长庚不动声色地打量着这些东瀛人——数量比他想象的还多，以护送商船的名义，身上都配着长刀，有些人裤腿手腕上还别了铁腕扣和样式古怪的飞镖。凑得近了，能闻到他们身上淡淡的血腥味。

突然，只听身后有人大喝一声，一个戴着面具的东瀛人神不知鬼不觉地落在顾昀身后，二话不说，纵弯刀便劈向顾昀后背。长庚反应极快，剑未出鞘，已经架住了对方的弯刀。那东瀛人尖声怪叫了一嗓子，瘦小的身体扭曲成一个古怪的弧度，整个人就像一条没骨头的蛇，弯刀在他手中成了邪门的蛇芯，接连向长庚出了七刀，同时，他左肩突然开了花，一支东瀛回旋镖猝不及防地直冲向顾昀。

而那顾昀不知是做戏做到底还是要怎样，居然纹丝不动地站在原地，毫无知觉似的！

情急之下，长庚手中剑鞘与剑身一分为二，将剑鞘狠狠掷出，在回旋镖几乎擦过顾昀胸口时将它撞飞了出去。

长庚不是头一次和人过招，也不是头一次这样险象环生，却是头一次有人竟在他面前差点伤到他小义父。他眼睛里一瞬间浮起一层薄红，身上的乌尔骨突然有蠢蠢欲动之势。他手腕蓦地向下一别，用了平时对付侍剑傀儡的招式，东瀛人手中的弯刀剧烈地震颤，几乎被压弯，还不等对方撤刀，长庚一脚已经踹在了对方的腰窝上。

传说有些东瀛人为了飞檐走壁潜伏刺杀，身体必须比常人瘦小，这蛇一样的男人想必是其中翘楚，果然灵活诡谲，却也真的不禁打，被长庚这一脚险些把肠子踹出来，手中弯刀再拿不住，踉跄着逃开。

长庚却不想放过他，脚尖挑起地上的弯刀，钉在那东瀛人面前，长剑在长庚掌中转个个弯，眼看就要将那东瀛人劈成两半。

此事全在电光石火间，周围连敌带友，谁都没反应过来，便见长庚就已兔起鹘落要下杀手，三声"住手"同时响起。几把东洋长刀同时从四方伸过来，七手八脚地拦住长庚那睥睨无双的剑风。

目瞪口呆的了然和尚这才来得及擦一把汗——长庚头天晚上威胁说要戳死他的那些话居然是当真的。

长庚低喝道："滚开！"

翟颂忙赶过来，连声道："误会误会，都是误会，这位上川先生初来大梁，不大懂规矩，见小兄弟身上带刀，就想来开个玩笑。小兄弟大人大量，别跟他一般见识。"

长庚微微泛红的眼睛盯着那畏缩地退到人后的蛇男，从牙缝里挤出两个字："玩笑？"

翟颂赔着笑，转向那没事人一样站在一边的顾昀："张先生……"

看着那位木然的脸，他又想起这些顶级香师都是看不见也听不见的，只好上前一步，想伸手拍拍顾昀的手臂。人还没碰到，身后忽然有一道厉风袭来，幸亏翟颂反应得快，否则手腕以下便要不保。

长庚："别碰他！"

翟颂："……"

这群人里，一个听不见的，一个不会说的，一双摆在一起腰鼓棒槌一样的半大孩子，就这么一个能代表他们说话的，这会儿正发着疯，手里的凶器还没收起来呢，气氛就一时僵持住了。

这时，顾昀才终于开了尊口："还在这里耗什么？别误了发船的时辰。"

方才那一场惊心动魄的冲突，他好似全然没有感觉。

翟颂忙打圆场道："正是正是，都是一家人……"

他话没说完，顾昀已经旁若无人地抬起一只手，长庚顿了顿，用剑尖挑起地上的剑鞘，还剑入鞘，上前接住了顾昀的手，扶着顾昀往里走去。了然和尚只好断后，他一团和气地冲受到了惊吓的东瀛人群环绕稽首一次，又不知从哪儿摸出一把烂木头佛珠来。佛珠外面上了一层暗红的漆，假装自己是小叶紫檀，漆皮经年日久，已经被和尚揉搓掉了，成了一串斑驳掉色的"紫檀"。

同样衣着斑驳的白脸俏和尚笑容可掬，无声地念着经，一边超度眼前这伙人，一边赶着葛胖小和曹娘子追了上去。

这回，沿途遇上的东瀛人都如临大敌地目送着他们的背影，一时没人再敢上去打招呼了。

长庚一路神经紧绷地将顾昀送到商船专门备给香师的屋子，谨慎地往门外看了一眼，才合上门，长庚一转身："义……"

顾昀转过身来，竖起一根手指在嘴边。

以顾昀此时的耳力，除非贴着他耳边大声喊，否则根本什么也听不清，但他能通过长庚关门时急速转身带起的气流判断那孩子可能要和他说话，抢先让长庚打住。

顾昀那服特殊的药，是十岁出头的时候，老侯爷的一个旧部找来的民间高人开的，在那之前，他一直是忍着耳目不便瞎过。老侯爷铁血半生，严于律己，比律己更严的是律儿子，压根儿不知道"宠爱"俩字怎么写，不管顾昀看得见看不见，不管他心里有什么感受，该练的功夫得练，铁傀儡也绝对不因为他耳目不便留一点情面。

那可不是他用来哄长庚玩的侍剑傀儡——侍剑傀儡虽然长得可怕，但被特别调整过后，与人过招都是点到为止，手中刀剑不伤人。真正的铁傀儡动起手来，就是一群不通人情的铁畜生，哪儿管这一套？

顾昀必须通过微弱的视线、听力与周遭流动的细风来和它们周旋，而无论年幼的顾昀怎么努力，都永远跟不上老侯爷对他的要求，每次刚刚能适应一种速度和力量，马上就会被加码。

老侯爷的原话是："要不然你自己站起来，要不然你找根房梁吊死，顾家宁可绝后，也不留废物。"

这句话就像一把冷冷的钢钉，在很小的时候就钉进了顾昀的骨头里，终身无法取出，及至老侯爷去世，顾昀入宫，他也未敢有一日放松。这种多年磨合出的极致的感官总能在一些场合帮他遮掩一二，这也是他不到冻得肉体凡胎承受不住，便不穿厚衣的原因——厚重的狐裘和臃肿的棉衣会影响他的感觉。

顾昀在空中摸索了片刻，在长庚手心上写道："方才与你交手的是个东瀛忍者，那些人偷鸡摸狗的本领很有一套，当心隔墙有耳。"

长庚低着头，忍不住抓住了顾昀那只布满了薄茧的手，继而他长长地吐出胸中一口翻腾不休的戾气，自嘲地摇摇头。顾昀永远镇定，吓得半死的永远是他。

顾昀心里纳闷，不知道他好好的叹什么气，侧过头来"看"着他，挑了挑一边的眉。长庚趁他蒙着眼，放肆地盯着他看。顾昀顺着他的手臂摸到他的头，拍拍他的脑袋。长庚闭了眼，险些想在他手上蹭一蹭，好悬忍住了。他将顾昀的手摘下来，写道："头一次跟在义父身边见这种阵仗，心里有些没底，有点怕。"

最怕的就是那东瀛人将回旋镖飞到顾昀胸口的那一瞬间。

顾昀仿佛想起了什么，忽然笑了。

长庚："笑什么？"

"我是对你太放纵了，"顾昀在他手心上龙飞凤舞地写道，"当年我若是敢在我爹面前说一个'怕'字，非得挨一顿板子不可。"

长庚默默地想：那你为什么从不打我板子？

顾昀非但没打过他，连疾言厉色都少见，永远凶不过三句，简直是将他当姑娘宠。最开始，他面对侍剑傀儡的时候心有畏惧，适应不过来，顾昀也从未露出过多失望或是多不耐烦的神色。时隔一年多，长庚回忆起来，觉得那并不是一个严苛的前辈教导后辈的目光，更像是顾昀在笑眯眯地看一个小孩笨拙地玩耍。

顾昀又写道："东瀛人动起手来很麻烦，小伎俩很多，不过真正的高手不多，你看他的回旋镖来势汹汹，其实轨迹是弯的，只是为了试探我是不是真瞎而已，这一船的东瀛人也没什么可怕的，我担心的是他们的目的地。"

商船要从海运与运河之间的通路驶离内陆，入海往东，将货物送往东瀛本土，途经数个稽查站。香料船上必须有香师随行，在过稽查站的时候上交检验过的样品，所以无论这几艘商船的真正目的是什么，总要有个香师掩人耳目。

船行了十来天，葛胖小偷偷摸摸地钻进了顾昀房中。"侯……张先生，长庚大哥。"

说完，他看见了顾侯爷脸上的眼罩，又嘀咕道："忘了他聋了。"

打完招呼，葛胖小就开始从怀中往外拿东西，先是两个罗盘，随即是一个不停地往外冒白气的盒子。这小胖子十分神奇，肚子仿佛是可伸缩的，缩起来可以往怀里装好多东西，把东西拿出来……也没见他"消瘦"。

长庚："这是什么？里面还烧着东西？"

葛胖小笑道："嘿嘿，紫流金。"

长庚惊道："你不嫌烫吗？"

葛胖小把衣服一扒，只见他胸前有一块暗色的板，是重甲上装短炮的地方隔热用的，被他剪成了一块兜肚状，葛胖小臭不要脸地拍拍肚子道："铁兜肚！"

顾昀将眼罩摘下来，扣上琉璃镜，凑过来仔细打量着葛胖小的杰作，心里十分拜服，感觉这几个熊孩子平时看来狗屁不懂就知道玩，但当初那么小就有离开雁回小镇随长庚上京城的魄力，胸中虽不见得有沟壑，但肯定都很有想法。

葛胖小学着了然和尚的手语比画道："谁规定只有女的才能穿兜肚？"

顾昀一竖大拇指——说得对。

桌上两个罗盘正对着转圈，转得驴唇不对马嘴的，葛胖小示意两人看，用手轻轻地磕了一下桌子，比画了一个三——罗盘至少乱了三天了。

顾昀是时常出门在外的，看一眼就懂，风水先生一般出门都带两个罗盘，倘若其中一个失效，看另一个就能知道是罗盘坏了还是地段有问题，海上或是沙漠里经常有一些能让罗盘失效的地方，一般商船渔船都会避开，而这群东瀛人非但不闪不避，还特意往里开，航线毫无疑问已经偏离了既定目的地。

"从地上来，往蒿里去"，这个"蒿里"指的究竟是什么？

葛胖小："幸好我还带了这个。"

他说着，打开了那一直冒白气的小盒子。只见里面是一个极精致的小东西，中间有个飞快转动的小轮，连着一根轴，外圈有几圈金灿灿的圆环，角落里刻了个篆书的"灵"字，竟是灵枢院出品。

"这是灵枢院给的模子，转起来的时候这根轴永远指向一个方向，"葛胖小伸手一指，"就是这根——它比罗盘准，只是费紫流金，成品没出，听说被上面驳回了。我和大师偷偷做了一个，来之前从大哥的侍剑傀儡上卸下来一个碗底的紫流金。"

顾昀小心地伸手端起这小东西，做得太精致了，他唯恐自己手劲大了碰坏了它。"这东西要是让沈易看见，够让他以身相许的了。"

葛胖小又不知从什么地方抠出了一张羊皮地图，皱巴巴地铺在桌子上，短撅撅的手指头在上面比画了半晌，最后落在了一点上："按照这个方向，我跟了然大师推断，咱们马上要到了。"

他手指的地方是一片东海小岛，地图画得很不清晰，像一串随便甩上去的墨点子。

整个大梁的版图都在顾昀心里，他却不记得有这么一块地方。商船上连一盏像样的汽灯都没有，室内油灯昏暗，即使有琉璃镜，看东西也十分吃力，他微微皱了皱眉，试图将油灯调亮些。

葛胖小："这是了然大师给我的地图，我看了，兵部出的地图上没有这块地方，大概都是些没法住人的小岛，周围一圈不是乱流就是暗礁，民间还有不少闹鬼传说，当地人都不知道这里有岛。"

这里远离陆地，游是游不过去的，不坐船，就只能靠飞。

可是"鸢"和"长蛟"都十分依赖罗盘，小岛附近如果有天极之乱，它们是过不来的，何况此地再往东基本就是东瀛人的地盘了，大梁的"鸢"或是"蛟"要是无缘无故地过去溜达一圈，多少有点挑衅的意思。

而"鹰"的维护对长臂师要求很高，维系不易，成本又高，东海一线平静惯了，并没有配备这个军种。

长庚忍不住问道："如果兵部出的图都没有，那了然大师这张地图是从哪里弄来的？"

葛胖小认认真真地回道："他说这是前朝昏君爱东海珠，渔民被岁贡逼得没办法，组了个采珠敢死队，误打误撞到了这地方，绘制而成的。"

长庚："……"

了然和尚糊弄傻小子的瞎话还真是敷衍。

葛胖小转向顾昀，比画道："侯爷，怎么办？"

顾昀没来得及答话，整个船身突然剧烈地震颤了一下，顾昀一把扶住险些倾倒的油灯，使了个眼色，示意葛胖小将桌上的东西都收起来。葛胖小立刻机灵地深吸一口气，挺胸收腹，三下五除二便将这一堆鸡零狗碎塞进怀里。

长庚抓起桌上佩剑道："我出去看看。"

葛胖小："等等，我也要去！"

两人一前一后地闪身出去了。顾昀将琉璃镜摘下来放在一边，揉了揉酸涩的眼睛——那一小片岛屿的位置非常微妙，越过东瀛诸岛，也不与大梁相接，直指济南府，倘若设计得好，逼近京畿重地也不在话下。

只是大梁海军再弱，也不是小小东瀛人撼动得了的。东海迄今为止没有发现紫流金矿，大梁对紫流金出口卡得极严，在这方面像一毛不拔的铁公鸡。东瀛人要大批量用紫流金，要么以高价从西洋人那里买，要么想方设法从大梁黑市上弄。这紫流金倘若是从西洋人那儿买，不会走大梁内陆。而黑市……匪若是不与官勾结，必不易长久。大梁境内三代皇帝都深恶痛绝的紫流金黑市好像一条死而不僵的百足之虫，风声稍微放松一点，立刻就能死灰复燃，用脚指头想也知道，肯定不全是民间亡命徒的买卖，背后必有各方势力的影子。

别人不说，顾昀自己的手就绝对不干净，否则光靠朝廷每年拨给他的那点紫流金，别说是玄鹰、玄甲、玄骑，连家雀、黑狗、夜虎子也养不活。因此这样大规模地走私黑市紫流金，其背后的人来头必然不小。

这时，船舱木门突然被推开了，仙气缥缈的了然和尚走了进来，很自来熟地冲顾昀稽首，回手将门带上了。

顾昀只好把摘下的琉璃镜重新戴上迎客。他始终想不通，了然到底凭什么认为自己不会挨揍呢？因为自觉长得不错吗？

了然沐浴着顾昀冷冷的目光，毫不在意地低头找了一把椅子坐下，凑到顾昀面前比画道："今日入夜，差不多就能到嵩里了，届时和尚任凭大帅驱使。"

顾昀："不客气——你会干什么？我不缺照亮的。"

了然："……"

顾昀微微坐正了些，什么都看不清的眼睛里刀锋犹在。"我以前真没料到，'临渊阁'的手已经伸到了护国寺。大师，咱们不如打开天窗说亮话，你们掺和到这件事里，究竟想干什么？"

了然脸上化缘时专用的笑容渐渐收敛，收成了一脸高僧似的悲悯。"临渊阁并无恶意。"

顾昀似笑非笑道："否则你以为为什么自己还活着？"

相传前朝横征暴敛，国君昏聩无能，临到式微时，各地群雄并起。而太祖皇帝之所以在其中脱颖而出，很大程度上是由于当年神秘的临渊阁选择了他。临渊阁上至达官贵人，下至贩夫走卒，无所不包，网罗奇人无数。大梁建国之初，太祖皇帝念其大功，想要册封临渊阁，当时的阁主固辞不受，从此隐匿江湖，使这庞然大物再次沉寂至今。

顾昀道："临渊阁盛世沉潜，乱世浮出——都说玄铁营是乌鸦，我看阁下才是真乌鸦。"

了然垂下眼，像个慈悲为怀的俊美佛陀。"侯爷知道我的来历，却没有阻止我接近四殿下。"

顾昀默不作声地看着他。

了然："和尚斗胆猜测，侯爷心中所忧所想，和我们不约而同。"

船行平稳了下来，桌面的油灯一跳一跳的。顾昀收敛了敌意，长发披散坐在桌边，眉心一道若有若无的褶皱，像是把平时踩在脚底下的正经全都一次性地端在了脸上。两人相对无语，彼此交流只有飞快的手势，却也毫无障碍。

了然："紫流金烧得太旺了，这火是扑不灭的，没有人能阻止，大帅想过退路吗？"

他不等顾昀答话，又接着比画道："人都道安定侯一介武夫，只会打仗，只是皇上手中的一把刀，我看不见得。否则侯爷为何至今没有娶亲？难不成真是我师兄咒的？"

顾昀似乎是笑了一下，将琉璃镜揣好，重新蒙上眼罩，不想再与了然交流了，完事后，他打手语道："顾家没有退路，要真有那么一天，顾某人只好身为燃料，为我外祖家的江山殉葬——对了，下次见到那位给我医治过眼睛的神医，代我向他问好。"

从天底下第一碗紫流金被挖出来开始，就注定人间再也太平不了了。

总有一天，再勤勉的农人都会败给田间地头上往来不息的铁傀儡，再绝代的高手也难以抵挡重甲横扫千军的一炮，所有人都必将面临一场史无前例的动荡，才能重新找回自己的位置，或极富极贵，或极卑极微。

而败在紫流金点着的擂台上的人，将再无翻身之日——此事大到家国之间，小到三教九流之类，都是一样的。

当所有人都开始意识到这一点的时候，无法避免的乱世一定会来，只看那一天是早还是晚了。这是时代的脉络，任你英雄无敌，王侯将相，也都无法阻挡。

顾昀比画完最后一句话，从容地起来，不再理会了然和尚。他背着手走出了船舱，打算见识见识外面是什么情况，能让了然和尚都如临大敌地跑来表忠心。他刚一站在甲板上，就闻到海风中传来的一股怪味，好像什么东西正在燃烧，顾昀站在门口，仔细分辨着风中传来的味道，随即他意识到，那是掺着杂质的紫流金燃烧时细微的怪味。

此时，"商船"缓缓地通过小岛旁边的浅海，两侧是两排整肃的"长蛟"，雪亮的战船一字排开，弹药充足，私运紫流金的商船排着队前行，像是穿梭在千军万马中毫不起眼的粮草车。

顾昀虽然看不见，但已经从骤然紧张的空气中猜到了周遭是什么情景。这种阵仗，别说他带来的那仨瓜俩枣的玄鹰，就算是江南水师，也不见得能对抗。

这时，一个熟悉的人靠过来，默不作声地伸出手碰碰他。除了长庚一般人不这么做，要扶就扶，不扶就不扶，没有长庚那么多步骤。顾昀觉得长庚在自己跟前好像总有点莫名其妙的紧张，总是要先非常低调地表示一下他的存在，然后除非顾昀伸手让他扶着，否则他就亦步亦趋地跟着，绝不伸手。

不可理喻。顾昀扶住长庚伸过来的胳膊，心里纳闷道：跟我紧张什么，天下还有比我更慈祥的爹吗？

长庚在他手上飞快地写道："这里至少有上百艘大战船，我不确定是不是海蛟……"

"是，"顾昀回道，"闻出来了，紫流金味。"

长庚："……"

了然和尚不是说人闻不出紫流金味，只有狗督察才行吗？

顾昀暗叹了口气，心里不无怨气地嘀咕道：都是你那败家抠门的大哥，非要把我远远地支到西北才放心，这回倒好，后花园荷花池里老鳖成精，要兴风作浪了！该！

傍晚，了然和尚又换上他的"夜行衣"跑去找顾昀。顾昀戴着琉璃镜，双耳只能听见两尺内的大动静，一只眼能透过眼镜勉强看见屋里有谁，身边的"兵"有哑和尚一个，假丫头一个，小胖子一个，还有一个撒娇很有一手的儿子——外面是荷枪实弹的海蛟战舰群和数不清的东洋武士与私兵。

但谁也没紧张，因为顾昀在这儿，反正他一个人能代表千军万马。

"别装蒜，"顾昀对了然说道，"这'蒿里'肯定有你们的人，要不然你何至于这么处心积虑？赶紧供出来，咱们现在是一根绳上的蚂蚱。"

了然无声地念了一句佛号，摸出他那掉了漆皮的"紫檀"佛珠。顾昀伸手接的时候忽然忍不住皱了皱鼻子，异常敏感的鼻子敏锐地捕捉到了一股馊味。顾昀往后一仰，对待和尚从来都不客气，直言道："我天，大师，您多长时间没沐浴过了？这都快起包浆了。"

三个少年立刻同时退到了三步开外。

长庚简直无力去追忆宫中初见了然大师时此人的形象了。了然大师当时为了面圣也是够诚心的，竟把自己洗得出水小白莲一样。

顾昀冷着脸，糟心透了，他耳目不便，和尚是个哑巴，他鼻子极灵，和尚不爱洗澡——果然，天下秃驴就没有不跟他犯克的。

一百零八颗佛珠，除了隔珠以外，每隔两颗的佛珠中间是可以拧开的，里面是一个钢印，总共三十六枚印，每一枚都代表了一个临渊阁的人。

顾昀沉默了一会儿，问："临渊阁是'倾巢'出动了吗？"

了然笑而不语。

长庚皱了皱眉，开口问道："临渊阁是什么？"

他突然开口说话，顾昀猝不及防地没听清，直到看见了然和尚冲长庚琐碎地比画起来，才猜出他们俩的对话，立刻截口打断道："是一帮很能起哄架秧子的乌鸦嘴——行了，别解释了，怎么联系到这些人？"

了然："其他人不清楚，但我知道其中一个人是船队统领的乐师，只需要先联系上她就可以。"

顾昀心想：我们西北正牌军里连个会唱歌的蛐蛐都没有，这帮养私兵的军中居然还有乐师，天理何在？

长庚道："可是东瀛人对我们有疑虑，我几次都能感觉到那个蛇似的男人在附近，我们不便随意走动。"

有长庚带头，葛胖小也开始开口说话："侯爷，咱们的人什么时候到？"

顾昀沉稳地坐在原地，端着一脸大梁军神的高深莫测——其实啥也没听见。

了然忙出面救场，比画道："要耐心等，江南水军一动，很容易打草惊蛇……"

顾昀通过他的手势，才反应过来葛胖小说的是后援，心说：我带来的玄鹰一只手能数过来，姚镇那种每天要睡五个时辰的饭桶还不知道管不管用，打扫战场还差不多。

他一边这样想着，一边再一次打断了然大师的话，大言不惭道："这样规模的水军不是一天两天攒起来的，我怀疑是朝中有人密谋造反，收拾这些废铜烂铁不是目的，揪出那个人才是最重要的。"

好心救场却被打断两次的了然大师好脾气地坐在顾昀对面微笑，像一朵没洗澡的优钵罗。

曹娘子忽然干咳一声，他倒是没说话，自从他见了顾昀这个披头散发的打扮，在顾昀面前就有点说不出话来，阴错阳差地便宜了那个聋子。他小心翼翼地比画道："我可以试试。"

顾昀大概知道这孩子一天到晚只会发花痴，功夫练得稀松二五眼，一口否决道："不行，接着装你的小丫鬟吧。"

曹娘子道："我会打扮成东瀛人的样子。"

顾昀一挑眉。

曹娘子忙解释："我会，我连男人都扮过。"

顾昀上身微微前倾，诚恳地问道："少年，你知道自己本来就是个男的吗？"

曹娘子的脸"轰"一下就红了，三魂七魄都在纤绳上来回荡悠起来，根本顾不上听他说了些什么。这时，顾昀的肩膀突然被人用力往后一扳，长庚这会儿不怕碰他了，一脸严肃地站在他身后，面沉似水的模样活像沈易那老学究。

顾昀干咳一声，顺着他的手往后一靠，庄重道："那也不行，你又不会说东瀛话。"

曹娘子开口说了句话，在场除了顾昀没听见，其他人都十分意外——

他说了句很复杂的话，夹杂着几个不知道什么意思的东瀛词，剩下的是舌根生硬的大梁官话。商船上的东瀛人常年在大梁海岸附近跑，都会说官话，只是腔调古怪，间或夹杂着他们自己的本土话，曹娘子居然学得惟妙惟肖。

曹娘子说完，见所有人都在看他，顿时不能淡定了，低头捂住了脸。

于是这天入夜的时候，一个纤细的"东瀛少年"神不知鬼不觉地上了小岛。

这里东瀛人实在太多了，天色又晚，没有人留意到他，他对着排得横平竖直的海蛟舰队打了个寒战，努力定了定神，撒丫子跑了起来。

与此同时，一个不速之客找上了顾昀他们。

长庚将门拉开了一条小缝，见翟颂在外面笑容可掬地说道："将军听闻咱们这商船上有位香先生大驾光临，特意让我来请您去赴宴。"

肆

长庚平静地回道："稍等。"

说完，他面无表情地把木门拍上，深吸了口气，努力镇定下来，冲顾昀打手势道："义父，叛军头领要见你，怎么办？"

葛胖小心惊肉跳，下意识地屏住呼吸，不一会儿就把脸憋成了一个茄子。顾昀的反应却很奇怪，长庚看见他在一愣之后，居然笑了起来，还是某种胜券在握一般，与什么人心照不宣的笑容。

"真是刚瞌睡就有人给送枕头啊，"那唯恐天下不乱的安定侯说，"我好多年没见过活的叛军首领了。"

葛胖小十分好糊弄，眼见顾昀不放在心上，立刻毫无戒心地跟着放松下来，仿佛即将见的不是什么叛军首领，而是一个稀世奇珍。长庚却不肯听他的鬼话，他的脸绷得死紧，连日来心里积压的种种疑虑一时间全都冒了出来，又无声地比画道："江南水军与玄铁营何在？"

这时候，瞎如顾昀，也看得出长庚脸上的铁青色。

长庚虽然不清楚临渊阁到底是什么，但也知道顾大帅跟护国寺的梁子尽人皆知，别的不说，顾昀手上若是有人，怎么会把了然和尚带来碍眼？

上次在雁回就算了，当时他身怀皇上密旨，调兵遣将名正言顺，可是这次顾昀跑到江南来纯粹是擅离职守，身边有几个玄鹰侍卫了不起了，他哪里来的兵？

还有方才，顾昀为什么每次说话前都停顿片刻，才失礼地贸然开口打断了然？他简直好像专门跟了然过不去一样。长庚知道，顾昀虽然私下颇为可恶，但是在正事上，万万不该撩这种无谓的火。

有那么一瞬间，长庚心里甚至掠过一个可怕的猜测：顾昀会不会不是假装的，是真听不清他们说话，看了了然的手语才推断出别人说了什么的？

这念头一闪，长庚先是觉得匪夷所思，几天以来种种古怪的细枝末节却都浮现心头——

第一，顾昀并不是沉默寡言的人，可是这几天，无论他们私下相处还是都聚在一起，顾昀就没和他"说"过话，所有必要的交流几乎都是通过手语，东瀛人一路上都那么戒备森严吗？

第二，顾昀为什么要以香师的身份混上商船？天下不入流的香师多了，他为什么偏偏要伪装成一个"香先生"？细想起来，这不但不起什么好作用，还增加了不少麻烦，极有可能暴露自己，长庚不相信顾昀只是为了磨炼演技。

第三则是一个细节，了然和尚进顾昀的屋子不敲门——是那和尚胆大包天不知礼数吗……还是他知道敲了也没用？

这些疑点本来长庚早该想到，可那顾帅坐镇中军久了，身上有种难以言喻的气质，让人莫名其妙地就相信他万事都在掌握中，其他人只要供其驱使就可以了，不知不觉就忽略了很多不自然的地方。

葛胖小察觉长庚神色有异，不明所以地看看这个，又看看那个。门外翟颂又轻轻敲敲门，扬声道："我家将军等着呢，还请张先生快些。"

顾昀拍拍长庚的肩，凑到他耳边，低声道："玄铁营在此，不用怕。"

说完，他将蒙眼的黑布条取出来递给长庚，示意长庚替自己戴上。长庚接过布条，神色阴晴不定了片刻，蒙在顾昀眼睛上。

然后在顾昀看不见的地方，长庚冲葛胖小摇了摇头。葛胖小还没来得及反应过来他是什么意思，就见长庚冲着自己的方向不轻不重地说道："义父，你再这样，我可就不认你了。"

葛胖小瞪大了眼睛："啊？"

顾昀嘴角含笑，冲葛胖小的方向招招手。"你们俩别聊了，跟我走，一会儿不要离开我身边，到这儿来长点见识也是不错。"

葛胖小被这驴唇不对马嘴的对话惊呆了。

长庚的心却沉了下去——他真的听不见，顾昀只是通过某种方法知道自己在和葛胖小说话，那么他的眼睛是不是也……可是前几天分明还好好的！

不等他细想，顾昀已经率先推开木门走出去了。长庚的心漏跳了一拍，几近慌张地赶上去扶住他。这回长庚顾不上再羞涩别扭，紧张地一手抓着顾昀的胳膊，另一只手绕过他身后，心惊胆战地半抱着他往前走。

顾昀以为是突如其来的变故让长庚不安了，漫不经心地回手拍拍长庚的胳膊。鉴于顾昀这对自己人也虚虚实实的手段，长庚已经分不清小义父是真心大还是装得有恃无恐了，只好七上八下地跟着。

等在门口的翟颂见了跟在顾昀身边的长庚和葛胖小，笑道："张先生这边请，哎？那位大师和姑娘不在吗？"

"姑娘水土不服，大师留下来照顾她，"长庚扫了翟颂一眼，全副精力拴在顾昀身上，还要抽空绵里藏针地微笑道，"怎么，将军要我们全部到齐，给他老人家检查吗？"

翟颂客客气气地说道："公子说的哪里话。"

这本来是几个荒凉的小岛，羊屎蛋一样散落在东海水面上，最大的一个大概一天就能围着岛走上一圈，小一点的只有一亩见方，海蛟战舰停得满满当当的，互相之间有冒着白气的铁索道荡悠悠地相连，四通八达，远远一看，像是一座悬在海面的城。

长庚一边走，一边在顾昀手心上简要写些见闻。同时，少年心里忍不住升起疑问——这片小岛位置确实隐蔽，往这里私运一些紫流金，恐怕的确是不容易被人发现的，但是这都快建起一片蓬莱仙山了，江南水军是死的吗？还是江南水军中根本就有他们的人？

就在他胡思乱想的时候，带路的翟颂突然停下了。

一群舞女模样的人莲步轻移，从他们面前走过，她们走在悠悠荡荡的铁索道上，脚不沾地似的，白烟缥缈中好似一群仙子。为首一个白衣女子怀里抱着一把琴，见了翟颂停下来，敛衽见礼，她说不上多好看，五官淡淡的，好像笼着一层纱，浑身上下没有一点刺人眼的地方，看起来很舒服，但是一转脸，又有点想不起来她长什么模样。

翟颂："不敢，陈姑娘先请，别让将军久等。"

女子也不推辞，点头致意，抱着琴福了一福，飘然而去，一股安神香的味道扑面而来。长庚看见顾昀的嘴角微微翘了一下，像是笑了。

与此同时，曹娘子假扮的东瀛少年一路跑到了一艘十分不起眼的小船上。守卫正在睡觉，曹娘子将手背在身后，手里拿着一根铁棒，靠近过去。他人长得瘦小，手脚也仿佛比别人轻盈一些，靠近那守卫，对方都没反应，曹娘子借着海上月色看了看那张嘴打鼾的人，见哈喇子都流到了脖子里，便放心了，想道：好寒碜。

一波海浪温柔地拂过，船微微颤动，守卫翻了个身，险些从木椅子上掉下去，哑吧着嘴醒过来，这才惊觉旁边有人，那守卫翻身坐起，看见面前站着一个男女莫辨的东瀛少年，脆生生地用东瀛话跟他打了招呼。

守卫放松下来，揉了揉眼，正要将眼前人打量清楚，曹娘子已经一棒子挥了下来，削在了他后脑上。

那守卫一声不吭地趴下了。

行凶之人拍了拍胸口，连声道："吓死我了，吓死我了。"

曹娘子一脸受惊的样子，手里却不含糊，三下五除二地从守卫腰间解下一串钥匙，转身钻进船舱中。那里果然如给他指路的人所说，有一间牢房，里面关了二三十个工匠模样的人。曹娘子才一露面，里面便惊弓之鸟似的传来一声低呼："有倭寇！"

"嘘——"曹娘子低声往自己头上扣了个大高帽，"我不是东瀛人，我是安定侯顾大帅带来平叛的，先放你们出去。"

夜色浓烈起来，海面波光上蒸腾着一层浅淡的雾气。

了然和一个手脚利索的黑衣人钻进了一间船舱，船舱里整整齐齐地排着几十具钢甲。了然拎着一个包，从中取出一个瓶子，转身丢给他的同伴，两人相视一眼，同时开始往钢甲上喷墨鱼汁。

翟颂一路将顾昀他们带到了一艘不起眼的海蛟上。

索道还未走到尽头，已经隐约能听见船舱里的笑声和乐声，就在翟颂踏上甲板的一瞬间，异变陡生。

角落里突然传出一声长庚十分熟悉的咆哮，接着，白气暴起，一只隐藏在黑暗中的铁傀儡蓦地一步踏出，挥刀便斩向顾昀。连翟颂也猝不及防，当即吓得大叫一声，一屁股坐在地上。

长庚反射性地要拔剑，手却被人猝不及防地一推，将剑撞了回去。

下一刻，他怀里一空，耳目不便的顾昀整个人竟从铁傀儡的刀后翻了过去，他身形近乎写意，脚背漫不经心地在那怪物肩头微微一点，霎时间，铁傀儡手中雪亮的刀光将他的脸照亮了细长的一条。

长庚瞳孔骤缩——他不是蒙着眼又听不见吗？

那刀光转瞬即逝，下一刻，顾昀隐没在铁傀儡身后，惨叫声在夜空中乍起，又戛然而止。

翟颂狠狠地哆嗦了一下。

发作的铁傀儡动作卡在半空中，接着，一个东瀛人的尸体被抛了过来。顾昀的长袍在海风中上下翻飞，他站在甲板上，从怀中摸出一块手帕擦了擦手，微微抬起头，旁若无人地伸出一只手。

长庚喉头微动，心跳如擂鼓，立刻上前扶住他。

顾昀开口说道："倘若这就是将军的诚意，我们真是不来也罢。"

翟颂擦了一把颊边汗，正要说话，却被顾昀堵了回去。

"不必解释了，"顾昀淡淡地说道，"聋子听不见。"

说完，他转身就要走，就在这时，歌舞喧天的船舱门突然打开。两排私兵并肩而出，让出一条通路，长庚转过头去，见那船舱中有一个面白无须的中年男子，盯着顾昀的背影扬声道："张先生留步！"

顾昀充耳不闻，长庚在他手心写道："贼首出来了。"

顾昀心道：儿子啊，他可不是贼首。

那中年人站起来，拱手道："在下久闻张先生大名，那狗皇帝有如此人才却不知善用，实在是气数已尽。"

葛胖小越听越糊涂，心想：张先生不是侯爷随便取的名吗？哪儿来的久闻大名？这客气话忒假了。

顾昀不避讳人，侧头问长庚道："他说什么？"

"说久仰你大名，皇帝不用你是作死。"长庚简短地写道，电光石火间，他串联起了前因后果。

对了，顾昀一开始只是假装一个香师混上了商船。香师和那些船工与东瀛护卫一样，虽然也需要自己人，但毕竟是个小人物，为何贼首点名要见他？要么他们身份暴露了，要么就是和尚的人在其中通过某种方法，给顾昀伪造了一个假身份！

长庚想起听见贼首要见他时，顾昀那短暂一愣之后的微笑，心里又不是滋味起来——义父是那时就知道了吗？时隔一年，他看顾昀的时候不必再仰头，他甚至觉得不穿甲胄的顾昀能被他一只手揽过来。

可是那种怎么追也追不上的距离感却再次浮现在少年心头。

顾昀没回头，冷淡地点点头。

中年人拱手道："刚才虽是东瀛蛮子不懂礼数，不过某与张先生素不相识，又见尊驾耳目不便，某虽然早已经接到举荐信，却还不知高人的高明之处，哈哈，这回算是长见识了——轻絮，快给张先生倒酒，替我赔个不是。"

长庚简短地将那中年人的废话传达给顾昀，还没写完，便见席间一人站起来，正是方才途中遇到的白衣女人。她面无表情地倒了一碗酒——并不是一杯，是一碗。

女人缓缓地走过来，也不说话，径直递到顾昀面前。方才闻到过的安神香味和着海风迎面而来，她虽然只是个伶人艺伎之流，容色举止间却并无媚态，反而有些爱搭不理的冷意。顾昀伸手接过了女人手里的酒，似乎低低地嗅了一下。然后他冷淡的脸上露出了第一个微笑，低声道了谢，长庚没来得及阻止，顾昀已经端起那碗来一饮而尽了。

女人规规矩矩地垂下眼，微微欠身，退至一边，中年人见状大笑道："张先生好痛快，我就是喜欢这样的爽快人。"

长庚情急之下在他掌中写道："你不怕有毒吗？"

顾昀一时间还以为是那不开眼的贼首问的，从容不迫地回道："要毒死一个看不见也听不见的香先生，阁下恐怕要费些力气找点无味的药来。"

长庚："……"

幸好顾昀原本态度就十分傲慢，这句话虽然听起来有点棒槌，但也没显出什么特别不对。同时，长庚越发确定了，顾昀是真的听不见，一点也没装。

中年人道："快请，请上座。"

这回长庚再不敢出么蛾子，一五一十地传达给顾昀。

一行人走进船舱，那爱搭不理的姑娘开始弹琴。中年人开口道："万幸那昏君失德，使我等得以聚首天下英雄，实乃平生之幸。"

顾昀冷笑道："我倒是没觉得和一帮倭寇共处一室有何幸哉。"

他每个字都带刺，这冷嘲热讽却莫名其妙地带出一点世外高人气。中年人不以为忤，显然是为了造反黜出去要见遍天下怪胎了，笑道："成大事者不拘小节，先生这么说就有失偏颇了。自武皇帝大开海运以来，多少夷人之物涌入我大梁，单是江南下放的这批耕种傀儡后面就有外来的影子，只要能成事，管他是东洋人还是西洋人呢？"

他说着，便发起感慨来，将元和年间民间种种弊端痛陈罗列。长庚和葛胖小平时打交道的不是神秘的护国寺和尚，就是侯府重金请的当代大儒，乍一听这头头是道的论调，只觉十分新鲜——无一句经得起推敲，实在是满口屁话，不知所云。

顾昀便不吭声了，只是冷笑。坐了约莫一炷香的时间，他好像突然耐心尽失，截口打断那中年人的话，说道："张某诚心来投靠，大人却找个学话傀儡来搪塞我，真是让人寒心。"

那中年人面色一变。

顾昀二话不说，拉着长庚站起来。"既然这样，我们还是走吧。"

中年人忙叫道："留步！张先生留步！"

顾昀充耳不闻。就在这时，门口卫兵突然分开两边，一个瘦高男子身披大氅，大步走进来，朗声道："张先生，你看黄某有与你说话的资格吗？"

中年人几步抢下来，来到那瘦高男子身侧，对顾昀说道："这是我家黄乔黄大人，兹事体大，须得验明先生身份，万望先生见谅。"

长庚皱了皱眉，总觉得"黄乔"两个字有些耳熟，正要往顾昀手心写字，却被顾昀轻轻地捏住了手指。那方才还聋得不行的顾昀不知怎的，竟"亲耳"听见了这句话。

"黄大人。"顾昀低声道，"江南水陆提督，从二品……真让我大吃一惊。"

他说着，缓缓解下了脸上蒙眼的布条，一双眼如寒星，哪儿有一点瞎的意思？他将胳膊从长庚手里抽出来，冲那面带忧色的少年摆摆手，有点不正经地笑道："哎，黄大人，当年我随杜老将军鞍前马后的时候，你还是个参将哪，一别多年，可还记得我？"

伍

曹娘子试了第六把钥匙才将那铁牢的门打开。"快，快出来。"

里面关着的人已经成了惊弓之鸟，一见他手中的棍子，先吓得集体往后缩了缩。牢房里为首一个花甲老人，颤颤巍巍地拱手道："小将军，我等只是被叛军抓来的长臂师，不是跟着他们造反啊，小将军一定要报给顾侯爷知道。"

曹娘子忙把铁棍背在身后，道："我家大人都知道，只是还有件事需要仰仗诸位帮忙。"

这条不起眼的小船上，一帮光脚狼狈的长臂师互相搀扶着从牢笼中鱼贯而出，纷纷跳进海里，往四面八方游了出去，脚步声震颤着甲板，守卫哼哼唧唧的，刚要醒来，迎面又挨了一闷棍。曹娘子干完这一票，叉着腰低头看了看那守卫，只觉匪夷所思——美男晕倒必然我见犹怜如玉山倾倒，丑男晕倒为什么都要将白眼翻到头盖骨上呢？

他摇头径自道："不可理喻。"

然后曹娘子捏着鼻子将此人拖到了牢笼里，"咔嗒"一声落锁，大功告成，也跑了。

此时主舰船舱中，身边只有两个少年的顾昀从容不迫地负手而立，似笑非笑地看着面前这群披坚执锐的私兵。一个人十五六岁时，气质自然与历尽沙场磨砺后天差地别，乍一看可能认不出来，但只要不破相，五官模样却不大会变了。

黄乔听顾昀开口说话便是一脸惊疑不定，盯着他仔细看了半晌，忽然倒抽一口凉气，蓦地往后退了一步。"你……你是……"

顾昀手里握着方才抢来的东瀛武士刀，漫不经心地掂了掂，把蒙眼的布条绑在了披散的头发上，笑道："难得，看来黄提督是认出在下了。"

黄乔方才还一副器宇轩昂礼贤下士的模样，眨眼间，整个人好像中了邪一样，不受控制地哆嗦起来。"顾……顾……"

顾昀应了一声："嗯，顾昀，久违了。"

他话音没落，便听"锵"一声，竟是那私兵中有人握不住手中兵刃，吓得脱了手。船舱内一片寂静，唯有角落里弹琴的白衣女好像全然没听见一样，手中琴弹得一个乱音都没有，一曲江南的《渔舟唱晚》在这种场合下显得格外刺耳。

"不可能！"方才大放厥词的中年人脱口道，"安定侯在西北剿匪，怎会……"

"造反要多读书，"顾昀看着他语重心长道，"东海是没钱养'鹰'，可你听总该听说过吧？"

船舱外突然响起惨叫，有人猛地提灯去照，只见两三条鬼魅一样的黑影极快地在船舱外穿梭而过，与主舰一触即走，雁过拔毛，落地必杀一人。

"玄鹰！是玄鹰！"

"不……不可能！闭嘴！"黄乔喝道，"东海怎么会有玄铁营，怎么会有安定侯！放箭！放白虹箭将这些装神弄鬼的射下来！"

"大人小心！"

玄鹰从他头顶上方掠过，箭矢如雨，甲板上的叛军纷纷抱头鼠窜。四下混乱成一团，墙角里弹琴的姑娘岿然不动，伸手一抓拉琴弦，噼里啪啦地换成了《十面埋伏》，格外应景。

黄乔目眦欲裂。"顾昀在此又能怎么样？我不相信他能将远在大漠的玄铁营一起带来！宰了他，看那狗皇帝还依仗谁去？上！"

一帮士兵"唰啦"一下拉开兵器，杀气腾腾地逼视着被围在中间的三个人。葛胖小一愣，在乐声的遮掩下偷偷拉了长庚一把。"大哥，他说得对呀！怎么办？"

长庚没来得及答话，顾昀已经回手在葛胖小毛发稀疏的脑门上敲了一下，坦然笑道："不错，我身边只有这几个玄鹰侍卫，黄提督有胆有识，说得好！"

葛胖小眨巴眨巴眼睛道："大哥，不对，侯爷底气足得很呢。"

长庚："……"

拉开兵器的一排小兵你上前一步我退后一步，排成了波浪形，一会儿涨潮一会儿退潮，愣是没人敢上前。

葛胖小整个人已经晕了，心想：侯爷他到底有人没人？

长庚虽不敢自负聪明，但平时总比葛胖小想得多些，不料此时跟葛胖小一样蒙得厉害，心想：他到底聋是不聋？

让人费解的顾大帅八卦迷魂阵一样笑盈盈地走向黄乔，根本无视他周围进进退退的兵。"要是我没记错，黄提督师承常知禄，好像是魏王的舅公？怎么，当年先帝驾崩，魏王动用御林军不成，现在又想走水路了吗？"

长庚恍然间想起来了，当年顾昀带他回京城，是拖着小半个玄铁营一起的，直接将玄铁营留在京外，剑指京城，他们俩赶回宫时，在先帝殿外和跪在那儿的魏王与太子——现在的皇上打了个照面，顾昀还停下来打了个招呼。现在想起来，那个招呼真是格外意味深长。

原来魏王那时候就想造反，只是被赶回京的顾昀镇住了吗？

黄乔一听这话，如遭雷击，顿时就以为自己阴谋败露了。要么是皇上早就察觉魏王的异心，京城那边露了马脚，要么是两江之地自己人里出了叛徒——这都已经不重要了，他只知道，顾昀来了，他死定了。

当然，黄乔打死也想不到，顾昀纯粹是对朝中一些武将师承隐约有点印象，随口蒙人的。

葛胖小目瞪口呆地想：什么，原来侯爷早知道魏王要造反！

长庚的手按在了腰间佩剑上。

黄乔知道自己死到临头，只好拼了，他恶向胆边生，当即大吼一声，面目狰狞地向顾昀扑了过来。船舱里的角落中，几个本是装饰用的铁傀儡同时发出怒吼，咆哮着举起手中利器。

长庚蓦地从顾昀身后掠过，抢在顾昀出手前架住了黄乔的剑，沉声道："领教大人武艺。"

主将已经身先士卒，后面的小兵再害怕也不能退缩，顿时要一拥而上，冲进小小的船舱里。

葛胖小慌忙在自己身上摸着，没摸出什么能保命的东西，连忙跟紧顾昀。顾昀平端东瀛刀，细窄的刀身一横，随手拨开一把砍向他的刀，笑道："嘘，诸位没听见吗？"

他装神弄鬼的功夫比手上的真功夫还要出神入化，众人情不自禁地侧耳听去。长庚手中长剑从黄乔刀刃间划过，尖鸣刺耳，嚓的一声，那少年面无表情地飞起一脚，狠狠地踹在黄乔的腰眼上，黄乔惨叫了一声，跌到了一只铁傀儡脚上。铁怪物敌我不分，见人就砍，黄乔躲得好不狼狈。

船舱中琴声铮然——那女的不知是怎么想的，从《十面埋伏》又换成了《凤求凰》。

外面海浪依稀，玄鹰呼啸而过，渐渐地，所有人脸色都变了。他们听见了喊杀声、哨声和锣鼓声……仿佛有千军万马从四面八方合围过来！

黄乔心里大骇，那一刻，他不由自主地想起了玄铁营的可怕传说——当年北疆关外，漫天的白毛风，一望无际的吃人草原，狼与羊一同瑟瑟发抖，狂风卷来了阴兵，他们身着乌黑的铁甲，背后白雾翻滚，破风而来，神鬼为之惊惧……

这时，大片海蛟在黑夜中亮着的光突然渐次暗下去，越来越多的船舰动力被切断，暗处好像有一只所向披靡的怪物，大口大口地吞着无还手之力的海蛟。船上兵将与东瀛武士乱成一团，空中突然炸开一团巨大的烟花，照亮了半个天空，有眼尖的人惊叫道："玄铁营！"

烟花残光里，一队身着漆黑重甲的将士已经上了船，为首一人回头，目光如电。

长庚蓦地欺身而上，居高临下地斩向黄乔。葛胖小眼珠转了转，从自己怀里摸出一个药丸大的铁球，伸手向黄乔脚下扔去。"大哥，我助你一臂之力！"

铁球好像自己会加速，"咻"一声冲向黄乔脚下。黄提督脚步顿时乱了，胡乱挡了几剑，被长庚一剑挑了手腕，大叫一声扑倒在地。而那小铁球直接从人群中往外飞去，跳出甲板，呼啸而上，在空中炸了个满堂彩。

长庚回手将手中剑鞘插进逼近他的铁傀儡胸口，一拧一压，铁傀儡当场发出几声呛咳声，不动了。

长庚："义父，贼首已经制住。"

顾昀大笑道："贼首尚在朝中啊。"

说完，他旁若无人地往船舱外走去，竟无人敢挡。

甲板上玄鹰盘旋，顾昀从怀中摸出一个巴掌大的铁牌，往上一扔，一个玄鹰伸手接住，站在高高的桅杆上，将海蛟上的铜吼卸了下来，朗声道："叛军首领已拿下，玄铁虎符在此，有江南水军将士者，若见此令弃暗投明，既往不咎，违令者就地处斩！"

玄铁虎符乃是武皇帝赐给安定侯的，危急时刻可以号令天下八大军种，一共三枚，顾昀手中一枚，朝廷保管一枚，皇上手中一枚。

三十多个被关起来的长臂师在水里把海蛟的动力切断了大半，谁也联系不上谁。叛军中的私兵有一多半是黄乔带来的水军，少部分是征来的杂牌军，闻听玄鹰喊话，顿时乱成了一锅粥，有坚持负隅顽抗的，有当场反水的，更多的是不知所措。吓坏了的东瀛人先下手为强地对战友动了手，好多人莫名其妙地就和自己人打了起来。

主舰灯光大亮，长庚把五花大绑的黄乔推了出来，主舰上的叛军见大势已去，纷纷扔下武器。那没心没肺的乐师姑娘还在弹琴，换了不知多少首曲子，全都弹得像模像样。

顾昀的脸在微光中显得平静无波，长庚迷惑地看着他，心里一时想他肯定见过很多这样的场面，一时又忍不住疑惑那些玄铁兵是从哪儿来的。

两三个玄鹰便于藏匿，玄铁兵也能藏吗？再说他是怎么将玄铁兵从西北大漠带来的呢？方才他到底是装聋还是装不聋呢？

一时间，连长庚也忍不住认为，顾昀确实很早就知道魏王要造反，盯上了东海水军，就等着他们船炮备齐，再一举包圆。

远处传来熟悉的隆隆声，姚镇终于调动了江南水军，巨蛟出海，一艘巨鸢已经在空中露出了形迹。顾昀与天上玄鹰交流全靠简单的手势，一个玄鹰带着玄铁虎符领命飞上巨鸢，接管了姚镇带来的水军。

黄乔死死地闭上眼——大势已去了。

没完没了的乐声终于停了，白衣女琴师抱着琴不慌不忙地从船舱里走出来，看了一眼被五花大绑的黄乔。

黄乔狰狞地瞪着她，嘶声道：“陈轻絮，连你也要背叛我吗？”

陈轻絮莫名其妙地看了他一眼，面无表情地从他身边走过，她的脸好像一张画皮，敬酒的时候面无表情，弹琴面无表情，听见厮杀面无表情，被人质问还是面无表情。她款款走到顾昀面前，开口道：“侯爷。”

顾昀忙收敛了方才的傲慢，道：“多谢姑娘援手，不知姑娘和陈卓老先生是……”

陈卓就是多年前给他开药的老神医。

“那是我爷爷，”陈轻絮意有所指地说道，“海上风大，侯爷最好还是去船舱里面坐一坐。”

顾昀听出她是来提醒那药头痛欲裂的副作用的，当下微微笑了一下，没吭声。陈轻絮见他不听，也不废话，只敛衽道：“愿盛世太平安康，诸君长命百岁。”

顾昀再次道：“多谢。”

陈轻絮转身下船，可能是弹琴弹累了，看也不看那些打得乱七八糟的叛军。葛胖小：“哎，索道那头好多人打得乱七八糟的，那个姐姐怎么就这么走了？”

顾昀一皱眉，刚要叫住她，便见索道上冲出了一个东瀛人，张口向她喷出一支口中暗箭。高处的玄鹰一箭立刻射了过去，东瀛人应声落海。陈轻絮脚步轻移，似乎是踏着索道晃荡的节奏走了个舞步，东瀛人的暗箭"当"一声打在了铁索道上，与她擦身而过，她眼也不抬，依旧女鬼似的飘忽而去。

葛胖小："……"

果然天下怪胎，尽出临渊阁。

巨鸢与蛟龙抵达的时候，叛军已经自己乱得差不多了。玄鹰将主舰上的阶下囚押了起来，正规军开始收拾残局。这时，一个玄甲兵才冲上主舰，面罩往上一弹，长庚震惊地发现，此人竟是了然大师。

了然大师竟然还不如突袭雁回小镇的北蛮人熟悉重甲，虽然在机械加持下力大无穷，但走路顺拐，跑动间动力控制不好，一蹿一蹿的，像一只英勇笨拙的大兔子，勉强抓住桅杆站定，好悬没直接跪下。仔细看，他身上那"玄甲"居然有点掉色，露出里面惨白的金属色，身上还带着一股销魂的腥味。

所以方才吓破叛军胆子的"玄铁营"就是这帮货色！

那喊杀声哪里来的？口技吗？

长庚不动声色地磨了磨牙，感觉又被顾昀坑了。

了然和尚吃力地撑起两条机械手臂，想比画几句手语，奈何机械手控制不好，十个手指头掰不开缝，像海带一样悠悠颤动，谁也看不懂。他比画得额头都冒了汗，在重甲中奋力挣扎起来。

葛胖小呆呆地说道："侯爷，大师好像有紧急军情。"

顾昀微微扭头看了一眼，说道："没事，那蠢货出不来了，你从外面帮他卸一下甲。"

葛胖小："……"

和尚被困在重甲中，无辜地和他对视，葛胖小抽了口气："大师你不是精通各种钢甲火机吗？"

和尚说不出来，也比画不了，只好用他那双异常灵动的眼睛试图传达一个意思：精通不等于会穿，出家人又不用上战场。

葛胖小只好和长庚从外面动手将重甲拆卸下来，了然大师从重甲中滚出来，来不及整理仪容，便走到顾昀面前，正色比画道："大帅，江南水军已到，姚大人已在鸢上，无论如何，你先进船舱休息休息。"

长庚一愣，从这话里感觉到了什么，猛地扭头望向若无其事的顾昀。

顾昀倒是没坚持，应了一声，把玩着他缴来的东瀛刀缓缓地往回走去，长庚忙跟上去。就在这时，那蛇一样的东瀛人悄悄地贴着甲板上的阴影来到近前，手腕上的袖中丝露出淡淡的光。

蛇男扭曲地笑了，看准顾昀即将走进船舱的瞬间，一双袖口同时发作，六枚袖中丝射向顾昀。

玄鹰呼啸而下。

长庚吃了一惊，本能地扑上去想保护他，利器割破的海风却已经先一步传达到了顾昀身上。他伸手将长庚一揽，带着长庚连错几步，手中东瀛刀弹开，三把袖中丝同时打在刀身上，直接将刀碎成了三截。顾昀转手一甩，袍袖翻飞，抱着长庚利索地滚了出去。袖中丝打散了他绑头发的黑布条，蛇男被高处的玄鹰一箭射死。

顾昀并没有将这小插曲放在眼里，他拍了拍长庚，漠然道："漏网之鱼，没事。"

说完，他撑了一把长庚的肩，想站起来，谁知脚下却一个踉跄。

长庚魂飞魄散地接住他，无意中摸到他的后背，发现顾昀活似刚从水里捞出来的——后背的衣服已经被冷汗打湿透了。

顾昀刻意把呼吸放得很缓，可是一口气到最后，身体总会不由自主地颤抖，方才他站得和桅杆一样，别人看不出来，这会儿长庚抱着他，感觉剧烈的痛苦快从他身体里爆出来了。顾昀轻轻地喘息片刻，眉心不易察觉地一皱，冲长庚胡乱笑了一下，睁眼说瞎话地诽谤道："好了，一个东瀛人而已，给你摸摸毛，吓不着——快别抓我这么紧。"

长庚真是又心疼又想打死他。

顾昀拄着东瀛刀的长刀鞘，重新站了起来，青色的血管从他苍白的手背上露出来，几欲破皮而出。陈轻絮给他端的那碗酒里放了他平时喝的药，顾昀凑近一闻就闻出来了，他在"聋瞎"和"头快爆了，但是能看见东西"之间徘徊了一下，很快就选了后者。

其实不喝问题也不大，毕竟，顾昀事先也不知道临渊阁的"乐师"那么巧就是陈神医的孙女。可是当那碗药端到面前的时候，他到底没能克服骨子里的掌控欲。

顾昀承认沈易是对的，也知道，总有一天，他必须和这有残缺的身体和平共处，只是知道是一回事，一时还做不到——尽管不靠视力和听力他也能没什么障碍地活下去。

任何一种病痛，一旦成为习惯，也就不算什么病痛了。可是老侯爷为了这个，剥夺了他的童年少年时代最无忧无虑的时光，想来虽然时过境迁，到底还是意难平吧。

难平也只好慢慢平，等光阴解答一切——其实这几年磕磕绊绊地和长庚相处，顾昀心里对上一辈的怨气已经淡了不少了，他虽然肯定不会像老侯爷一样严厉地对待长庚，但也逐渐能理解老侯爷的为父之心了。

世间所有仇与怨的消弭，大抵一边靠忘，一边靠将心比心吧。

长庚咬牙切齿道："我不。"

长庚非但没松手，抱着顾昀的双手还紧了紧，死活要黏在他身上，一路"胁持"着顾昀，黏着他进了船舱。

顾昀奇道："你怎么又发明了一种撒娇的新花样？"

长庚一字一顿地反讽："快被东瀛人吓死了吧。"

顾昀："……"

长庚心里对自己说道："淡定，淡定一点。"

他一边拼命自我平静，一边扶着顾昀在方才那匪首的椅子上坐下，调整了一个相对舒服的姿势让顾昀靠着。长庚皱着眉端详了一下顾昀的脸色，压低声音在他耳边问道："义父，你哪里难受？"

顾昀心知瞒不过去，想了想，果断选择了耍赖，便冲长庚勾了勾手。

长庚神色凝重地凑过去。

顾昀低声道："经水不利，少腹满痛。"

长庚先开始没反应过来："嗯，什么？"

问完，他才回过味来，少年的脸"腾"一下就红了，不知是不好意思还是活活气的。顾昀头痛欲裂，恨不能撞墙，又见长庚脸嫩得可爱，一边忍着一边笑，消遣止痛两不误。

长庚眼睛里几乎喷出火来，愤怒地瞪着他。

顾昀深谙"调戏一下要摸摸头"的节奏，当下又干咳一声，正色道："晚上没来得及吃东西，又喝了陈姑娘一碗凉酒，有点胃疼，没事。"

这话乍听起来好像有点道理，可常年行走行伍的，哪个不是饥一顿饱一顿？像顾大帅这种格外皮糙肉厚的，怎么有脸装这种娇弱？

长庚方才为了平心静气做出的努力彻底化为泡影，气得快炸了，脱口道："顾十六，你……"

"你"了半天，他没想出下文怎么发作。

顾昀忽然笑了，抬手拍拍长庚的脑门。"怎么，大了，知道心疼义父了？没白疼你。"

他手掌如天幕，长庚心里的滔天怒火就这么被他劈头盖脸地拍下去，转眼只剩下了一点微不足道的青烟，灭得又无力又无奈。

长庚心想：鬼才心疼你，嘴里没有一句实话，我干吗要操这份闲心？反正也死不了。

可是顾昀难看的脸色刺得他眼睛疼，长庚管得住自己说什么想什么，却管不住心里的焦躁。他独自生了一会儿闷气，暗叹了口气，转身绕过那把气派的大椅子，双手按住顾昀的太阳穴，一板一眼地揉起来，面沉似水，一脸刚吵过架的样子。

长庚看出顾昀的肩膀是放松的，肯定不会是胸腹有伤痛，四肢也活动如常，想必胳膊腿上的一点皮肉伤也不至于把他疼成那样，想来想去，大概还是头疼——长庚记得他从雁回镇往京城赶的半路上也犯过一次。一边按，长庚一边忍不住讥讽了一句："义父上次还跟我说你是偏头疼，今天忘了吧？"

顾昀："……"

他确实忘了，这辈子扯过的谎浩如烟海，要是每条都记得，脑子里大概也没地方放别的东西了。

长庚："嗯？"

顾昀："头疼也是有的，不都是为大梁鞠躬尽瘁累得多愁多病吗，唉！"

他竟说得毫不脸红，长庚拜服，彻底没脾气了。

顾昀说完，祭出"倒头就睡"的绝招，闭着眼享受着长庚的服侍，只可惜外面事还没完，他得时刻留着一只耳朵，不敢真的睡过去。

长庚刚开始心无旁骛地为他按着穴位，按着按着，目光便不由自主地落到了顾昀的脸上。对看惯了的人来说，其实俊还是丑区别都不大，连和尚那张妖异的小白脸，在眼前晃得时间长了，他都感觉和侯府王伯没什么区别了——哦，王伯还比那和尚爱干净。

唯有顾昀是个例外。

顾昀被东瀛人打散的头发没来得及收拾，散乱地铺了一身，他不羁惯了，也浑不在意。长庚盯着他看久了，深深压抑在记忆里的种种梦境不由自主地就浮上心头，思绪一下子信马由缰起来。

身体里蠢蠢欲动的乌尔骨给他编织了一个无法言喻的幻想。

他仿佛看见自己弯下腰，触碰顾昀的额头、眉心、鼻梁……一路徘徊到嘴唇，那嘴唇必定是清苦的，顾昀身上总有挥之不去的药味，他还很想咬顾昀一口。这想法一冒出来，长庚唇齿间仿佛立刻浮起了一丝微甜的血腥味，这让他整个人都战栗了起来。长庚狠狠地哆嗦了一下，蓦地回过神来，发现自己痴痴地站在顾昀椅子后，舌头被自己咬破了皮。

下一刻，长庚意识到自己的手指还在顾昀的耳侧，顿时仿佛被烫着一样缩回了手。他僵立片刻，气息不稳地轻唤道："义父？"

顾昀正装睡装得投入，没睁眼，也就没有看见长庚眼睛里没有退去的血光。

长庚深深地看了他一眼，拎起自己的佩剑，快步跑出了船舱。

船舱外海风猎猎，玄鹰徘徊在主舰附近护卫，下面的江南水军正在姚镇的指挥下有条不紊地收拾战局。树倒猢狲散的东瀛人干脆跳到海里，准备乘小舟或是游走。四面海蛟已经在水里张了暗网，不多时就抓了一大堆自投罗网的。黄乔被带到姚镇面前，姚镇面带玩味，正在不远处弯腰和他说什么。这些匆匆入了长庚的眼，通通没往心里走，他身上脸上灼烧一般的热意在海风中缓缓消散。

海上独有的、如附骨之疽一般湿润的阴冷悄悄地钻进了他的骨缝，长庚冷得刻骨，面朝大海，心里对自己说道：你这个畜生。

他想，自己不能再待在侯府或是顾昀身边了。

陆

两天后，姚大人府上的桃花开了，芳菲的水汽扑面而来。顾昀坐在窗口，嗑着瓜子等姚镇写奏折——这么大的事，当然得上报朝廷知道，等将一干贼首上报朝廷后，再要审查，不定又牵连出多大的一桩大案，搞不好京城的天都要变一变。

姚镇一脸睡眠不足地搁下笔。"侯爷，您看此事怎么算？"

顾昀漫不经心地回道："就说按察使大人察觉到海上有异，暗地派人明察暗访，在叛军未成形时一举挫败其阴谋。"

姚镇忙道："不，不，下官一介书生，上蛟晕蛟，上鸢晕鸢，一路吐过去的，何德何能揽此大功？自然是侯爷只身入敌阵，力挽狂澜。"

顾昀笑道："顾某远在西北，难道会飞天遁地之术？倒是姚大人临阵机智百出，令手下兵将着黑甲，震慑叛军，令其自乱，这样的手段实在让人佩服。"

姚镇脱口道："我不干，侯爷别害我。"

姚大人今年三十有六，正是一个男人最年富力强的岁数，留着两撇精神的小胡子，天生一张精明强干的脸，此人半生仕途几起几落，始终赖在鱼米之乡不走，半生毫无建树，身怀一天一宿长睡不起的绝技。

久而久之，人们都忘了他的出身——元和十二年，顾昀的老师林陌森还在世，正是那一届会试的主考官，见了姚镇文章拍案叫绝，上呈给了元和皇帝。姚镇姚重泽，乃是当年御笔亲封状元郎。

顾昀意味深长地说道："平东海之叛，将一场危及京畿重地的大战消弭于无形，这么大的功劳你不要？将来出将入相指日可待啊，姚大人。"

姚镇苦笑道："有多大能耐吃多大碗饭，下官无才无德，偏安一隅舒坦养老就好，哪儿有乘风化云的本领？侯爷饶了下官吧。"

顾昀摇头："我还想上报皇上，派你来西北做监军呢。"

姚镇抱头作揖："下官上有八十老母，下有幼子嗷嗷待哺，求英雄饶我一条狗命，看上我家什么好，您尽管拿去。"

顾昀："……"

"要不侯爷您看不如这样，此事出在我们这里，两江总督周大人肯定是绕不过去，我去跟他老人家商量商量，"姚镇赔笑道，见顾昀脸色似乎不太好，忙又补充了一句，"对了，还有小殿下，小殿下游历江南，无意中发现叛军征抓民间长臂师，路见不平，只身潜入，与我军里应外合，亲手抓到匪首，您看这样好不好？"

这话一出口，顾昀便不吭声了。

对长庚的出身，当今虽然不便明说，但肯定心怀芥蒂。现在这个事搞不好要牵涉魏王，皇上必然心寒，再看这一直不待见的幼弟旗帜鲜明地站在他那边，说不定愿意放下上一辈的恩怨。长庚眼看着快到可以封王的年纪，如果能得皇上偏爱，将来的路或许会好走一点。

顾昀权衡片刻，没好气地瞪了姚镇一眼——此人确实非常有才，否则也难在一面之缘后跟安定侯保持长期的友谊，但不求上进也是真的，全部的追求就是混吃等死，将聪明才智都放在了上下打点、溜须拍马上。

姚镇笑嘻嘻地说道："侯爷，您看这样行吗？"

顾昀摆摆手，披衣而起。他准备悄悄离开江南，这件事中，临渊阁和玄铁营都参与了，但是都不便露面，怎么编圆，全靠姚镇一支笔了。

顾昀推门而出的时候，见长庚在院里削竹笛，葛胖小、曹娘子，还有姚大人的两个小女儿都围着他。长庚手巧又耐心，一人给削了一支小竹笛，像模像样的，两个小丫头都不过七八岁的年纪，围着他又蹦又跳。

顾昀看见长庚就觉得心情很好，虽然从未说出来过，但一直希望长庚能长成一个敏锐但不过分外露，仁义又不优柔寡断的人，既不要像他父亲一样懦弱，也不要像他母亲那么偏激。

长庚的成长完全和他的设想不谋而合，连模样也是从父母中挑了优点继承。

顾昀走过去，从长庚手里将一根新成形的笛子抽出来，笑道："有我的吗？"

长庚放松的笑容一顿，将笛子拿了回去，递给一边眼巴巴等着的小女孩，口中道："哄孩子玩的小东西，粗陋得很，义父不要取笑。"

顾昀："……"

他默默地盯着小姑娘手里的笛子，心想：我也想要。

还没有顾昀腿长的小孩将手往身后背了背，悍然无畏地仰头和顾大帅对视。

长庚将手头的东西放下，示意葛胖小他们带两个小丫头玩，自己跟上顾昀，将心绪沉了沉，对顾昀说道："义父是不是要回西域了？"

顾昀兴致不高地一点头："嗯，你替我回京面圣，该怎么说，重泽会教你，不要担心。"

长庚低声应了。

"这回你立了功，皇上可能会有封赏，"顾昀又道，"可能会让你提前上朝听政，你要是提的话，他说不定还会放你来西北找我。"

今年再见，长庚俨然是个临危不乱的大人了，去年还满身稚气的样子荡然无存，顾昀坚决不带他去西北的心也松动了，眼下趁着西北还勉强算是太平，顾昀心里盘算了一番，觉得也可以带长庚去长些见识，反正不用他干什么，将来回朝都能算他的资本。

顾昀离家时，长庚曾经那么一门心思地想要跟他去西北，顾昀本以为长庚终于得偿所愿，起码会喜出望外一次，不料长庚脚步一顿，沉默了片刻，却说道："义父，我不想去西域了。"

这和期望的完全不一样，顾昀一愣，脱口问道："为什么？"

长庚答得有理有据："西域有义父的玄铁营坐镇，我去了也只是添乱，还要烦你费心思地给我添一些子虚乌有的军功，没什么意思。"

顾昀虽然大体上就是这么想的，但长庚这么当面点出来，他还是有被泼了冷水的感觉，勉强维持住脸色没变，顾昀说道："那……也好吧，回京提前上朝听政也行，我老师有些门生，你提前去认识一下也……"

长庚："那不是一样吗？"

说话间，他抬头看了一眼小长廊尽头，江南艳阳天倾斜而下，满园春花灼灼烈烈。可是听姚府的下人说起，这花纵然看着灿烂，花期也就是十天半月的工夫，开不了多久就要败了。这还是养在园子里的，倘若开在那人迹罕至的荒郊野岭之处，悄悄地绽放，再悄悄地凋零，生死如天地一瞬，身边不过几只野禽痴兽，又有谁知道呢？

花是这样，人心里诸多无谓的爱憎……大抵也是这样。

长庚道："义父，了然大师身边有很多奇人，我想和他们一起云游四方，不会耽误读书和练功……"

他话没说完，顾昀的脸色已经沉了下来，截口道："不行。"

长庚侧过身，默默地看着他。

少年逆光处的眼神里含着某种说不清的东西，顾昀以前从未留意过，此时骤然遭遇，竟有一点心惊胆战。他随即意识到自己语气有点生硬，忙放缓了神色道："你出去玩没问题，等回了京，叫王伯从侯府调几个侍卫陪着你四下走走，可有一点，不准去没有朝廷驿站的地方，每到一个驿站都得给我送封信报平安。"

长庚淡淡地说道："一路锦衣玉食，到处现世吗？那我还不如没事去护国寺跟夫人小姐们烧烧香，还省得人吃马喂费银子。"

顾昀："……"

这小子居然会顶嘴了！还顶得一派优雅从容暗含讥讽！

顾昀方才被江南春色浸染的好心情忽然间荡然无存，心想：怎么还说不通了，我是把他宠得要上房了吗？

他语气开始有点不耐烦起来："江湖路远，人心险恶，有什么好玩的？那和尚肩不能挑手不能提，除了逃命就会讨饭，你跟着他万一路上出点什么事，我怎么和先帝交代？"

啊！长庚漠然想：是因为要和先帝交代，先帝九泉之下要是听说我是秀娘不知从哪儿弄来的小杂种，专门混淆皇家血统用的，搞不好正气得打算还阳来掐死我呢。

他每多看顾昀一眼，就觉得心如刀绞一次，罪孽深重一次，恨不能马上就畏罪潜逃。可是那个人居然扣着他不让走。长庚对着一无所知的顾昀，有那么一会儿，心里平白无故生出一股缠绵的怨毒来，不过很快回过神来。

长庚收回落在顾昀身上的视线，平静地说道："义父前几天还跟我说过，只要是我自己想好要选的路都可以，这么快就不算数了？"

顾昀心头火起："我说让你自己想好，你这就算想好了吗？"

长庚正色道："我确实就是这么想的。"

"不行，重新想！想好了再找我说。"顾昀不想在外面发作，便没好气地一甩袖子，转身走了。

长庚目送着顾昀的背影，拂去身上沾的花瓣，听见身后传来脚步声，他不用回头就听得出来人是谁，说道："了然大师见笑了。"

了然和尚刚开始没敢出来，探头探脑半天，见顾昀走了，才放心露面，比比画画和稀泥道："侯爷是好意。"

长庚低头看着自己的双手，手上已经磨出了细细的茧子，只是还没有经过伤痕的洗礼。他冷漠地说道："我不想在他的好意下做一个凡事仰仗他的废物。"

"和尚觉得殿下有几分偏激，"了然比画道，"就算是圣人们年幼时，大多也是在父母长者的庇佑下长大的，以殿下的标准，岂不是天下皆废物吗？大器晚成，须得戒骄戒躁。"

长庚没有回话，显然是没听进去。

了然和尚又道："我见殿下神色郁郁，是毒已入骨。"

长庚悚然一惊，以为他知道了乌尔骨的事。却见了然和尚又道："人心中都有毒，有的深些，有的浅些，殿下这个年纪，本不该发作得这么彻底，您心思太重了。"

长庚苦笑道："你知道什么？"

他总觉得自己周身的一切——王爵，虚名……还有顾昀，都是秀娘偷来的，总有一天会有人看出他与这些东西不般配，让他露出马脚来，让他失去一切。这样惶惶不可终日惯了，长庚始终觉得自己在京城是个局外人。

顾昀站在四殿下的角度为他筹谋前程，他心里一点真实感都没有。他每天照镜子都知道自己是条泥里滚的"地龙"，别人却偏偏要给他插犄角镶鳞，费尽心机地将他打扮成真龙，殊不知装饰再多，也是不伦不类，他始终是条上不得台面的蚯蚓。既然这样，不如索性离远点，省得将来难堪。

唯有一个顾昀，带给他的喜怒哀乐都那么刻骨铭心，没有一丁点掺假，他没法自欺欺人地轻轻放下，只是时常觉得自己不配。

长庚没有自怨自艾很久，很快回过神来，问道："对了，大师，我一直想向您打听，我小义父到底有什么病症？那次东海之行他很不对劲，却不肯告诉我。"

和尚慌忙摇头："阿弥陀佛，和尚可不敢说。"

长庚皱了皱眉："他自己逞强不算，你还帮他？"

"侯爷岂是那无谓逞强的人？"了然笑道，"此事他若是自己不愿提，不是怕别人知道他的弱点，大概因为此乃他身上逆鳞与心头的毒——谁敢碰安定侯的逆鳞？殿下饶了我的小命吧。"

长庚若有所思地皱起了眉。

顾昀好不容易从大漠黄沙里开小差出来两天，本想好好领略一下江南风光，出去遛个马、游个湖、看个美人什么的，走之前玩够本，结果被长庚两句顶得没心情了，闷在屋里不肯出去，反正他看长庚也来气，看姚镇也来气，看了然更是气不打一处来。

姚家两个熊孩子还不肯消停，你一声我一声地吹竹笛子，十里八村都听得见，好像一对聒噪的八哥。顾昀一听那没调的声音，就想起长庚把笛子从他手里抽出去的样子，更来气了——以前不是有什么东西都先给义父的吗？怎么说变就变呢？

可怜天下父母与子女的缘分看起来血脉相连，却原来都不能长久。何况不是亲的，连血脉相连都没有。

傍晚的时候，一个玄鹰落在院子里。"大帅，沈将军来信。"

顾昀将一口气憋回去，接过来一看，只见沈易那碎嘴子写信倒是颇为简洁，就仨字——急，速归。

沈易自从打灵枢院出去跟他出生入死，什么阵仗没见过？没事万万不会讨嫌写加急信催他。

玄鹰："大帅，您看……"

顾昀："知道了，不必回，我们明天就启程。"

长庚那边根本还没说好，顾昀本想晾他两天再说，可沈易催得急，没办法，只好在屋里走了两圈后，起身找了过去。长庚正在院里练剑，顾昀旁观了片刻，忽然回手抽出玄鹰的佩剑，玄鹰身上甲未卸，重剑足有成年人巴掌那么宽，被他拎鸡毛掸子似的轻飘飘地拎在手里，喊了一句："长庚小心了。"

话音未落，他一剑已经横扫而出，长庚扎实地接住，竟一步没退。

长进了。顾昀心想：手上也有些力气了。

接着，他猛地一掀，借着手中剑之力翻身而起，大开大合一剑如满月。长庚不敢硬接，脚下连错几步，却卸不下他这一剑之力。顾昀手中笨重的剑如灵蛇吐芯，眨眼间已经刺出三剑，长庚横剑而挡，人已退至角落，侧身蹿上梁柱，整个人在空中打了个旋，一脚踩上顾昀的重剑。

顾昀叫了声好，蓦地松开剑柄，长庚脚下骤然失去支撑，踉跄了一下，顾昀探手一抓，重新抓住剑柄，轻轻往下一压，正压在了还没站稳的少年肩膀上，玄铁剑光让他起了一脖子鸡皮疙瘩。

顾昀笑起来，用重剑拍了拍长庚的肩膀，回手将重剑扔给身后的玄鹰。"不错，功夫没懈怠过。"

长庚活动了一下隐隐发麻的手腕。"比义父还差得远。"

顾昀大言不惭道："嗯，那是还差得远。"

长庚："……"

正常情况下不应该先自谦再语重心长地教导两句吗？他怎么还顺杆爬了！有这么不谦虚的义父吗？

顾昀接着道："你要是到西北大营来，我可以亲自教你。"

果然还是为了这个，长庚忍不住失笑。说起来也是奇怪，有的时候，一个人真想得到什么东西，汲汲渴求机关算尽也求不到，忽然觉得不想要了，那东西反而会纠缠着找上门来。

长庚婉拒道："我在侯府的时候，曾问过师父，义父小时候练剑习武也是在侯府，为什么能那么厉害。师父告诉我，功夫扎实，主要看自己肯下多大功夫，功夫厉害，主要是战场上生死一线的情况多了，谁教都一样。"

顾昀笑容消失了。

长庚道："义父，我三思过了，还是想出去见见天地。"

顾昀皱眉："京城和边疆的天地不是天地吗？你还要见什么，大梁装不下你了？你还想游到西洋去吗？"

完蛋，这父子两个又要吵，玄鹰在后面一声不敢吭——高大的天空杀手抱着自己的重剑，假装自己是一座忘了收的煤堆。

长庚不吭声了，只是深深地看着顾昀，有那么一瞬间，很想把自己心里压抑的事呕吐一样地倒出来，后来忍回去了——他设想了一下顾昀可能有的反应，感觉自己可能承受不了。

顾昀冷冷地说道："你不用说了，我不想知道你那些乱七八糟的想法都是哪儿来的，明天就让那和尚滚蛋，你老老实实回京城，既然不想去西北，那就待在家里，哪儿也不许去！"

长庚很想冲顾昀大吼一声"侯府不是我的家"。

可这话已经到了嘴边，又被他一口咬成两半，咽下去了，他本能地怕说出来伤顾昀的心——尽管不知道顾昀有没有心可以伤。

"义父，"长庚静静地说，"这次累你从西北赶来，我心里很难过，但你要是不讲道理，我也只能任性以对。我能跑一次，就能跑两次，你不可能永远看着我，侯府关不住我。"

顾昀气蒙了，侯府一直是他心之归处，无论多不想返京，一想到可以回家，总归还是有所期待的，他这时才知道，原来在长庚眼里，那里就像监狱一样。

顾昀："你尽管试试。"

两人再一次不欢而散。

玄鹰连忙追上去，顾昀还没走远，根本不避讳长庚听见没听见，硬邦邦地吩咐道："你明天不用跟着我了，跟着四殿下回京城，不能让他离开京城一步！"

玄鹰："……是。"

城门失火，殃及池鱼就算了，连门口飞的黑鹰一块烧成了秃毛鸡，真是无妄之灾。

第二天清早，顾昀顶着火气就走了。

他没再见长庚，临走的时候，缺德的安定侯神不知鬼不觉地潜入了姚大人家几岁小孩的院中，将人家放在秋千上的竹笛摸走了。那小孩醒来以后发现笛子凭空消失，伤心得嗷嗷哭了一整天。

顾昀比来时还迅疾地赶了回去，落地后跟沈易说的第一句话就是："给我准备药。"

沈易神色凝重。"你现在还能听见吗？"

"能，"顾昀道，"快不能了，有话快说。"

沈易从怀中摸出几张纸。"这是沙蝎子的口供，没给别人看过，我亲自审的，等大帅回来定夺。"

顾昀一边走一边一目十行地翻看，突然，他脚步停住了，蓦地将手中的纸折了起来。那一瞬间，他的表情有点可怕。

沙蝎子进犯古丝路只是顺便，他的目标竟是楼兰，据说是手上有一张楼兰的藏宝图，所谓的"宝"，竟是千顷的紫流金矿。

沈易压低声音问道："大帅，兹事体大，上报朝廷吗？"

顾昀脱口道："不。"

而后他心下飞快地转念，问沈易："图在哪儿？"

沈易用只有两个人能听见的声音耳语道："沙蝎子文在了自己肚皮上。"

顾昀："没说哪里来的？"

"抢来的，"沈易道，"这些沙匪横行无忌，中原人、西域诸国、西洋人，碰见谁抢谁，自己都不知道是抢了谁的东西里面夹带的。"

顾昀"嗯"了一声，眯起开始有些模糊的眼，望向远处万家灯火的繁华楼兰。一个楼兰小伙子远远地看见了他，人来疯似的坐在城墙上弹起了独弦琴，看着顾昀不停地笑。顾昀无暇和这些吃饱了就知道喝酒玩的楼兰人逗乐，回手将那几张纸塞给沈易。"灭口。"

沈易瞳孔微微一缩。

"灭口，毁尸灭迹，"顾昀嘴唇几乎不动，话都含在了牙缝间，"连着那一帮沙匪，就说悍匪要越狱，我方将士迫不得已，只好将其斩杀。此事在你我之间，泄露出去唯你是问……还有，立刻去追查那张藏宝图的由来。"

沈易："是。"

片刻后，沈易又问道："大帅，我听人说，京城那边传来谣言，魏王被软禁了？"

顾昀看了他一眼道："你也说是谣言了，圣旨未下，不要胡乱猜测，办你的事去。"

沈易应了一声，顾昀脸上倦色未消，站在原地轻轻地按了按自己的眼角，希望自己对这来历不明的藏宝图反应过度了。东海蛟祸未平，西北又出变故，他总觉得这些事不是巧合。

半个月后，两封江南奏表摆在了隆安皇帝李丰面前。

李丰敲了敲桌子，旁边一个四十来岁、留长须的男子立刻上前，替他调亮了汽灯，此人正是皇上的亲舅，名叫王裹，当今第一宠臣。

李丰打开上面的折子，正是姚镇当日与顾昀商量的说辞，隐去玄铁营和临渊阁，将江南大小官员马屁从上到下拍了个遍，最后歌功颂德一番，皇帝看完后没说什么，拿起第二封折子。

第二封却是一封密奏，说辞与上一封截然不同，上书："海上剿匪之日，安定侯及玄鹰、玄甲数十人现身东海，拿下贼首，据贼首招供，叛军海蛟上另有一女子，行踪诡秘，疑似临渊阁之人，似是顾昀旧识。"

李丰看完以后什么话也没说，顺手将两份奏折递给了王裹。

王国舅飞快地看完，小心翼翼地打量着李丰阴晴不定的神色，揣度着他的意思开口道："这……皇上，安定侯牵扯其中，虽然有功无过，但这擅离职守，也……"

李丰缓缓道："他有玄鹰可一日千里，纵横中原不过几天的事，虽擅离职守，但也不算特别有失分寸，只是朕不明白，为什么那么巧，安定侯在其中扮演了一个什么角色？"

王裹眼皮一跳，意识到了什么。

李丰修长的手指敲了敲案头。"还有临渊阁——临渊阁隐匿江湖多年，为什么突然现身？顾昀什么时候和这些人扯上关系的？"

临渊阁，盛世不出，出必逢乱。

王裹深吸一口气道："皇上是说那顾昀心怀不轨——"

李丰斜了他一眼，微微一笑道："国舅想哪儿去了，十六皇叔从小和朕一起长大，弹压叛逆立下大功，你这么想，岂不是要寒了忠臣的心？"

王裹不明白他是什么意思，一时只敢附和，没敢接话。

李丰道："只是我大梁万里河山，南北四方全仗他一人，岂非要累坏朕的小皇叔吗？朕想着，也该找人替他分分忧了。"

第五章

南匪

壹

皇图霸业几遭，青史留名一页。

古往今来，历朝历代的皇帝不尽相同，有的是来治国安邦的，有的是来祸国殃民的，有的是来撒手修仙的，有的是来兴风作浪的。

先帝元和皇帝无疑是"修仙派"，宽宥仁厚，昏聩无能，他的儿子虽然与他政见相似，作风却无疑是"风浪派"。

隆安皇帝李丰从不信奉什么"治大国如烹小鲜"，他为政勤勉，为人强硬，自登基伊始，便一改先帝怠于政务的绵软作风，风风火火地开始他翻云覆雨的执政生涯——

隆安元年，隆安帝派安定侯顾昀护送天狼世子加莱荧惑回北疆，同时与多方西域小国缔结古丝路新条约，西域一线贸易通道打开，一干事宜由安定侯督办。无论是与北蛮修好，还是将安定侯戳在西域一线，都将皇上对日渐捉襟见肘的国库的痛恨之心昭然天下，大有"你顾昀赚不回钱，就自行去卖身"的意思。

　　隆安二年，魏王勾结东瀛人，妄图从海上取王都，掀起蛟祸。未料中途阴谋败露，江南水军迅雷不及掩耳地拿下海蛟上贼首，魏王下狱，后服毒"自尽"。紧接着，隆安皇帝便以此为契机，狠手整肃江南官场，大小官员八十六人被牵连，其中四十多人问斩，秋后一次没砍完，足足砍了三批，其他人宫刑伺候，发配流放，永不录用。

　　同年，自江南开始全面推行新法，严查各地乡绅地主圈占之地，不过查完也没发给百姓佃户，而是全部收归朝廷，地方权力收拢后回归中央，及至隆安三年时，连每一片地种什么、建什么，都要经过层层审批，中央集权程度当年武帝也不及，对紫流金的限制达到了前所未有的地步。

　　没有人敢有异议——有异议的都是魏王党，不是上面一刀就是下面一刀。

　　隆安四年时，李丰开始推行《掌令法》，令民间长臂师须自所属地登记备案，获得"掌令"才能继续事务。朝廷按照资历与能力，将长臂师分为五等，每一块掌令下有印，每一枚印上都有编号，持此令者，修了什么、做了什么，都要留下记录。什么等级能做什么都有严格限制，严禁不登记的长臂师私自接活。与军需有关的一切甲胄与火机，非军籍长臂师不可涉猎，违此令者，断指发配。

　　这法令一出，在朝中便争议四起，但无论群臣如何据理力争，皇上与经过整肃后与皇上穿一条裤子的内阁都是一句话——长臂师一脉若不掐死，如何拧紧紫流金外泄的阀门？

　　而就在《掌令法》尚未争论出个所以然时，李丰又扔出了下一记重雷——"击鼓令"，直指军队。

　　大梁朝原本按照职能不同，有八大军种，又按照地域，在江南、中原、塞北、西域与南疆五处各设一统帅。其间武官任免、军饷、军粮、甲胄火机等一应调配归兵部统筹，其他事务则由各大军区统帅各管各的。而安定侯手中有一枚玄铁虎符，可在军情紧急的情况下调配全境兵力。

　　李丰保留了五大区的布置，也没有动安定侯手中的虎符，他只是在各区统帅之外，又设了几名监军。监军直属兵部，三年一轮换，只管一件事，就是向兵部请击鼓令。击鼓令不至，统帅胆敢调兵一步者，一概按谋反论。

除玄铁营以外，五区各地驻军全须遵循此令。

击鼓令一出，举国哗然，谁还在意民间长臂师那些鸡毛蒜皮的破事？

皇上和文武百官鸡鸭乱叫地吵过了年，五大统帅当天便有三个要告老，闹得沸沸扬扬，惊动了远在西北的安定侯。安定侯对皇上的法令尚且来不及表达意见，已经先得硬着头皮辗转各地稳定军心，到处耐着性子听老将军们捭膺号丧，按下葫芦浮起瓢地四处奔波。

这年元夕时，顾昀正好回京述职，被满大街的大姑娘小媳妇劈头盖脸地砸了五十多条手帕，还没来得及得意，这么不几天的工夫，已经全送出去给人擦眼泪了——尿布都比这节省。

连民间也跟着一起裹乱，各地书院的书生们成日里挂在嘴边的几乎没有别的事，车轱辘一般地将这个令那个令拉出来反复"鞭尸"，来回争论。死气沉沉了整个元和年间的朝廷总算给他们找了点事可供说嘴。

这一乱，便乱到了隆安六年，"击鼓令"仍未争出个所以然来，皇上不肯裁撤法令，却也暂时没派监军，法令有名无实地吊在半空，像是悬着一把剑，随时准备将拉锯双方中的一方砸个头破血流。

又是一年秋凉，距离当年江南蛟祸已经过了四年，魏王尸骨已寒，此事成了过气的谈资，再没人提起了。蜀中官道旁边有一家名叫杏花村的小酒肆——凡是支个棚子当垆卖酒的，十处有八处都叫"杏花村"。

一个年轻人轻轻地掀门帘入内。他年不过弱冠，一身旧长袍，穷书生打扮，可那模样长得真是俊俏，俊俏得近乎凌厉——高鼻梁，鬓如刀裁，双眼微陷，目似寒星，却偏偏不让人觉得咄咄逼人，自带一身温润如玉的气派，第一眼能让人眼前一亮，看得久了也不厌倦，反而能品出一点说不出的恬淡疏朗来。

酒肆很小，狗大了进门都要弯腰，内里更是只有两张桌子，今日已经坐满了。掌柜的身兼店小二和账房先生两职，正无所事事地拨弄算盘，目光不由自主地被这年轻人吸引，暗赞一声好俊，便上前拱手道："这位客官，对不住，您来得不巧，已经没地方坐了，往前五里大约还有个落脚的地方，要不您上那儿看看？"

书生好脾气道："我途经此地有些口渴，劳烦掌柜替我灌一壶好酒，不消坐的。"

掌柜的接过他的酒壶，一开盖，便有残酒味翻涌而出。"竹叶青，好嘞。"

旁边桌上的客人主动招呼道："那位公子，请来这里歇脚，给你腾个地方。"

书生也不推辞，拱手道谢。

还不待他坐定，就听见旁边一桌上有人说道："吵什么？我看今上就好得很，做皇帝的，大权在握有什么不对？说句不恭敬的，难不成一天到晚什么事也不管，不是吃斋念佛就是与宫人厮混的那位，便是好皇帝了吗？"

书生没料到酒肆之中也有坐观天下大事的，抬眼望去，只见说话的是个挽着裤腿的年长汉子，手部粗大，指缝间还沾着火机油，看样子，可能是个低等的长臂师。

旁边立刻有个老农模样的附和道："可不是，你看如今米价，自我朝伊始，见过更便宜的吗？"

那长臂师见自己有拥趸，更加得意了，大放厥词道："我前日进城，听一帮书院的学生论道，说到击鼓令，有那嘴上没毛的后生大放厥词，竟说皇上这是削弱我大梁边防战力，真是纸上谈兵，可笑得很了！魏王造反的事没看见吗？天高皇帝远，那些统帅倘若生了异心，皇上江山稳不稳不说，还不是咱们这些老百姓倒霉？我听人说，兵部这么辖制，到时候军费不知要少多少呢，民间也不必背那许多的税了，难道不是好事？"

此言一出，酒肆中的众人纷纷点头，招呼书生坐下的老者也开了腔，说道："安定侯还没跳出来反对呢，别人倒是先替人家炸了锅。"

书生原本没怎么在意，听了"安定侯"三个字，下意识地一抬头，脱口问道："与安定侯有什么关系？"

那老者笑道："公子这就不明白了，此次皇上看似未动玄铁营，实际却是分了安定侯手上的兵权——你想啊，若是往后四方将士只有击鼓令可以调动，那么安定侯手中的玄铁虎符怎么说？没有击鼓令而用兵者以谋反论，那么倘若兵部不给击鼓令，五大统帅是听兵部的，还是听侯爷的？"

书生笑道："原来如此，学生受教。"

说完，他见掌柜的打好了酒，便不再听这些乡野村民胡说八道，客客气气地跟与他让座的老者道了谢，放下酒钱离开了。他才出了酒肆，便见方才空无一人的地方，有个人已经等在了那里，也不说话，见了那"穷书生"似乎有点尴尬，利利索索地行了个礼，便站在一边当壁画。

"书生"无奈地抚了一下额头，心道：追来得越来越快了。

这"书生"正是长庚，四年前跟顾昀吵了一架后，被玄鹰一路"护送"回了京城。长庚推拒了皇帝诸多嘉奖，足足尝试了半年，每天都在和侯府家将过招，最后终于成功逃出了安定侯府。

顾昀派人追了他几次，双方痛苦地拉锯了整整一年，后来顾昀见那孩子实在好像一只关不住、熬不出的幼鹰，只好妥协，由他去了。只是长庚走到哪儿都会遇到几个神出鬼没的玄铁营侍卫便装跟着他。

再后来，长庚在了然和尚的引荐下，拜在了一位名不见经传的民间高手门下，跟着师父过上了神出鬼没的日子，走遍河山各地与无人去处，一度甩脱了玄铁营侍卫。不过每次在驿站附近出现，又会被重新盯上——这不是，他才刚一入蜀中，这位小将士便等着他了。

只是如今的长庚已经不是当年那个一腔无所适从、满腹倔强的少年了。他径自牵马走到那人面前，和颜悦色道："辛苦这位兄弟了，我义父可好？"

小将士有些讷于言语，没料到长庚会过来找他搭话，手足无措地回道："殿……少爷，主人一切都好，说要是年底边境平稳，就回家过年。"

"好，那我过两天就启程回京。"长庚听了点点头，看不出有多欣喜，也看不出有多勉强，说着，将刚打满的酒壶递了过去，"一路辛苦，兄弟喝口酒暖暖吧。"

小将士再不懂事也知道自己很碍人眼，不料长庚非但没有急，还和颜悦色地请他喝酒，一时间简直有些受宠若惊。他没敢用自己的嘴碰壶嘴，战战兢兢地隔空喝了一口，一滴也没敢洒出来，双手还了回去，替长庚牵好马。

长庚："春天的时候我其实到西北去过一趟，只是义父军务繁忙，便没露面烦他，古丝路真是繁华，一堆瀚海黄沙之地，竟也能变得摩肩接踵，走遍大梁全境，比那里更繁华的地方不多了。"

小将士看看远近无人，低声道："有大帅坐镇，这几年沙匪渐渐销声匿迹，很多人在古丝路口定居做生意，各地的小玩意都有。大帅说殿下要是有什么心爱的东西，年底他回京给您带回去。"

长庚顿了顿，淡淡地说道："人回来就好。"

小将士听不出他这话里的意味深长，以为他只是随口客套。久居军中的人，也不会凑趣拍马屁，便老老实实地沉默了下来。

长庚神色如常地走在蜀中官道上，胸口却有一点发烫，他本以为离别如水，一捧泼上去，什么朱砂藤黄、葱绿赭石也洗干净了，不料那顾昀却是刻上去的，洗了半天，只洗得痕迹越发深邃了。

听闻顾昀年底回京，才刚入秋，长庚竟惊觉自己已经近乡情怯起来，方才归心似箭地脱口一句"启程回京"，这会儿又后悔得不行，恨不能食言而肥，天涯海角跑远一点。他正胡思乱想，迎面走来一个背着人的瘦小妇人。那妇人走得很是吃力，隔几步就要停下来休息，气喘如牛，在路边绊了一块石头，惊呼一声跌倒在地。

长庚立刻回过神来，上前将两人都扶起来。"大婶没事吧？"

那妇人不知走了多远，已经累得说不出话来，张嘴没顾上说话，眼泪已经先下来了。

长庚愣了一下，没去追问她为什么哭，只是扶起她背的那位昏迷不醒的老人，手搭其脉上，片刻后，轻声道："这位老丈只是常年不利于行，心火太过而已，略施两针就好了，于性命无碍的，您要是信得过我，就请先跟我走。"

玄铁营的小将士没料到这位殿下竟还通医理，忙上前帮着将那病病歪歪的老人背起。长庚让那妇人上了自己的马，牵马在前带路，不多时，便到了一个村子。村口有一家房子盖得很是雅致，门口挂着一串腊肉。

长庚轻车熟路地将马拴好，直接推门而入，将病人引入内室，安置在一个小榻上，从枕头底下摸出一盒银针，便挽起袖子亲手施针。

小将士小心翼翼地问道："您……就在此地落脚吗？"

长庚飞快地抬头冲他一笑："不，这只是我一个朋友家……"

他话没说完，便听外屋有人道："你怎么又不请自入。"

说话间，一个修长的白衣女子掀门帘而入，小将士整个人绷了一下，下意识地紧张起来——人到了门口，他竟然丝毫没有察觉，对方的功夫一定在他之上。

长庚手下不停，也不尴尬，只道："陈姑娘，我以为你不在。"

来人正是当年东海贼船上的临渊阁陈轻絮。陈轻絮抱怨了一句，脸上却没什么愠色，倒像是被这些不速之客闯门闯惯了，她进屋将手中草药放在一边，先对几个生人见礼道："敝姓陈，是个江湖郎中。"

她自称江湖郎中，举手投足间很有些大家闺秀的气质，又不笑，面上冷冰冰的，那妇人见了就有些拘谨，讷讷半晌，言语不能，只会一个劲地作揖。陈轻絮看了一眼正在施针的长庚，说道："他算我半个徒弟，起死回生是不能够，寻常的病症倒也应付得来，大姐放心就是。"

陈轻絮长得让人看不出年龄，打扮倒是姑娘的模样，旁边的小将士看得心里直打鼓。

一个没嫁人的姑娘，哪怕是个大夫，自家殿下就这么招呼也不打地随便进人家屋子……合适吗？看那轻车熟路的模样，指不定来过多少回了。这要是在京城，有些讲究人家里，夫妻间互相见一面，也要派下人先去说一声的。虽说是江湖儿女不拘小节吧……

小将士头一次独自跟着长庚，不断揣测这陌生女子与四殿下的关系，又不知道这事要是让顾昀知道得气成什么样，心里开水冒泡似的，想不出怎么跟大帅禀报，快急哭了。

说话间，那榻上的老人哼了一声，重重地咳嗽了几下，悠悠转醒。长庚也不嫌脏，从旁边取来一个痰盂，助他吐出了一口浓痰。妇人见了大喜，千恩万谢，陈轻絮递给长庚一块手巾，支使道："你去开服药来，我给你把关。"

她说话语气轻缓，但内容却很有些命令意味。长庚二话不说，应声铺开纸笔，略做沉吟，便动笔写起了药方。玄铁营小将士的眼珠差点瞪出来，他跟在顾昀身边的时候，听顾大帅提起过不止一次，说四殿下大了，有点管不了了——可这分明是指东不往西，比学堂里的小学生还乖顺，哪儿有一点从小就当面和安定侯吵架的不驯？

小将士自己风中凌乱，陈轻絮已经和那妇人攀谈起来。见到病人好转，妇人也放松了不少，两人这一聊起才知道，原是本地耕种傀儡大肆推行后，大家都没有地种。虽然朝廷有规定，令乡绅地主不得亏待佃户，可时间长了，谁愿意养吃白饭的？拖欠和缺斤短两也是常有的，那些有了傀儡仍在干活的人心里渐渐也不平衡起来，到后来，农人一派，长臂师一派，其他做小买卖的、看地的又是一派，都觉得自己亏，互相看不顺眼。

那妇人的丈夫不愿在家里游手好闲惹闲气，跟老乡去了南边找事做，不料这一去就音信全无，家中老公公又病，孩子年纪幼小，指望不上，他们村里的赤脚医生嫌整日没有事做，早已经走了，她这才只好勉力背起老公公，长途跋涉去寻医。

陈轻絮闻言一皱眉道："南边？南边今年方才发了一场大水，赈灾还来不及，有什么事好找？"

那妇人面色茫然，显然是久居山村，除了家门口的一亩三分地，对别的地方全无概念。

正在写药方的长庚却问道："那今年配给的粮食大婶拿到了吗？"

妇人闻言看了榻上苟延残喘的老人一眼，面露愁苦，说道："不瞒公子，还未曾，我……我这一把年纪了，又是女人，怎好上门讨要闹事？好在今年粮价低，家中还有些积蓄，出去买些也使得。"

她话是这样说，但是长庚心里明白，这些人世代耕种，节俭惯了，轻易是不花银钱的，花一次心如刀割，否则大老远的路，她怎么会背着公公一步一步走来，也不舍得雇辆车呢？

陈轻絮问道："不是有朝廷的公地吗？我听说朝廷公地每年缴足国库、分派官员，剩下的凡本地在籍者都能领一些的。"

那妇人苦笑道："我们那公地没种，撂荒两年了。"

长庚一愣："因为什么？是地不好吗？"

妇人便道："听说是因为离一个什么官老爷的老家很近，县太爷想占那两亩地修个祠，上面又不知怎么不同意，反正一来二去，谁也说不明白这地要干什么，便撂了荒。"

此言一出，屋里三个人都安静了下来。

"三山六水，统共一分田，还要撂荒，"陈轻絮叹道，"这些人哪……"

长庚没吭声，不知想起了什么，他飞快地写完药方，递给陈轻絮检查，陈轻絮道："嗯，尚可——大姐跟我来吧，我这里存着些常见药，便不用你再买了。"

她带着千恩万谢的妇人转到后院去拿药，一见她走，玄铁营的小将士这才松了口气，磨磨蹭蹭地转到长庚面前，也不吭声，只是跟前跟后，见长庚要干什么，就一声不吭地撸袖子上去先做好，不一会儿工夫，他已经麻利地洗涮了痰盂，拾掇好了纸笔，这才终于酝酿出了第一句话，磕磕巴巴地说道："少爷对这里很熟啊。"

长庚应了一声："嗯，来蜀中时经常在这儿落脚。"

什么！孤男寡女！

小将士脸都憋红了，深感自己任务重大，此事若是不弄清楚，自己回去说不定会被侯爷削成一只痰盂。

长庚见他那被雷劈的表情，才明白他在想什么，忙笑道："想哪儿去了？这虽然是陈姑娘的房子，但她一般都不在的，房子平时空着，江湖朋友们谁恰好来了，就住几天。若是偶尔赶巧她在家，女的就留下，男的自己出去另找地方——这回本想带你来蹭两天，不过既然她回来了，我们俩还是出门找客栈吧。"

小将士先是放下了一半心，想：哦。

然而这一半心还没完全放下，很快又提起来了，小将士有些心酸地想道：堂堂四殿下，一点住店钱都要省。

再看长庚那身破袍子，小将士脱口道："大……主人要是知道少爷在外面过这种日子，心里指不定怎么难受呢。"

他不太会说话，有点敏于行讷于言的意思，因此偶尔这么说一句，就让人觉得格外真挚。长庚心里一滞，一时没接上话。

正这当口，陈轻絮抓好药，带着那妇人出来了，瞥了一眼长庚的脸色，皱眉道："平心静气，我说过你什么？"

长庚回过神来，苦笑了一下。

陈轻絮是他半个老师，这话没错。

两年前长庚乌尔骨发作时，被他师父撞见，这个只有天知地知和他自己知道的沉重的秘密终于有了另一个出口。他师父不通医理，带他辗转多地，最后在东都找到了陈轻絮。只可惜乌尔骨乃是北蛮巫女的不传之秘，见多识广的陈神医一时也没有头绪，只好一边给他开些平心静气的药，一边慢慢钻研。

治疗期间，长庚还找她打听过顾昀的事，拐着弯地问道："陈姑娘，世界上有没有一种人，耳目时灵时不灵的？"

陈轻絮当然知道他的意思，只是不便多嘴，于是简单地回道："有。"

长庚又问："那什么样的耳目不灵能用药缓解？"

陈轻絮答道："天生的不行，后天受伤造成的视受损情况而定，中毒的或许可以。"

她以为长庚拐了这么多弯，接下来会直接问出顾昀的事，可是到底没有，陈轻絮这才发现，自己好像低估了这少年的聪明通透。

长庚什么都没有问，最后恳求她收自己为徒。

陈家世代出神医，又讲究又不讲究，家训只有"悬壶济世"四个字，像话本中那些性情古怪的"神医"那样只接疑难杂症、"看病下碟"的，必要被逐出家门的。重伤重病、奇毒绝症她治，小儿风寒、妇人难产找她，她也欣然而往，对平生所学自然也不会敝帚自珍，没有什么"家学不能传外人"的规矩，有人求，她就教。只是陈姑娘说自己也不算出师，不敢名正言顺地收徒，所以只能算半个师父。

陈家在太原府，到了秋冬时节，陈轻絮一般不在南方逗留，长庚料想她此时还在蜀中，必然有事，便从怀中取出个钱袋交给那玄铁营的小将士，打发他雇车将老人和妇人送回去。小将士哪里肯接他家穷困潦倒的四殿下的钱，忙胡乱推拒一番，匆匆去了。

等这些闲杂人等都走了，陈轻絮才取出一个布袋子。"碰见你正好，这是我新调的安神散，你带回去试试。"

长庚道了声谢，接过来收好，取了一点塞进自己的荷包里。陈轻絮无意中瞥见那荷包，眼前一亮，只见上面没有"鸳鸯戏水""蝴蝶双飞"之类让人看着就眼晕的绣活，干净的绸子里，外面包了一层磨得极薄的软皮，皮上用刻刀镂空刻了一小圈花纹，像是个铁腕扣，机关勾连，尖端还露出一侧刀刃，几欲飞出，极其精巧。

陈轻絮随口夸了一句："这是哪里来的荷包？好别致。"

长庚："自己做的，你要吗？"

饶是陈神医千军万马中泰然自若，此时也不由得露出了一点震惊。

"很结实的，"长庚推荐道，"对了，还没问你，中秋都过了，你怎么还在蜀中？"

"安定侯南下路过蜀中，约我在此，"陈轻絮反问道，"怎么，你不知道？"

风水轮流转，这回被震惊的换了人。

好半晌，长庚才借着安神散的余香，艰难地找回了自己的声音："不……不知道，我义父……他南下做什么？"

陈轻絮莫名其妙道："安定侯离开西北当然是有军务，我不过仗着祖荫同他说过两句话而已，他要做什么也不会跟我说呀。"

长庚有点回不过神来。"可刚才那位玄铁营的小兄弟告诉我，他年底会回京……"

陈轻絮听了更加莫名其妙。"这还没到重阳，侯爷年底回不回京，跟他现在身在何处有关系吗？"

长庚："……"

他哑然片刻，终于忍不住失笑，想来大概只有他这样盼极了也怕极了的，才会将三四个月的光景视为无物。

"我还以为你是因为知道这事才来的，闹了半天是凑巧经过，"陈轻絮道，"他信上说约莫就是这几日，你要是不急着赶路，不如留下等他一等。"

长庚心不在焉地应了一声，思绪早已经飘到了千里之外。

"长庚，长庚！"陈轻絮在他耳边一声低喝，长庚蓦地回过神来。

陈轻絮正色道："我和你说过，不是解药，安神散的配方也终究只是个辅助，乌尔骨最忌心绪不宁，你心里的每一段浮想都是那毒苗的养料，今天短短一会儿，你已经走神两次了，到底怎么回事？"

长庚道了声"惭愧"，神色淡淡地垂下眼，不想多谈，自然而然地将话题转向了方才自己开出的药方上——想来她行医天下，肉体上刀伤剑砍、沉疴宿疾医过不知多少，却也不知该如何医治一个人的心吧？

没多久，送人的玄铁营小将士就匆匆忙忙地赶了回来，见长庚没抛下他再次失踪，先大大地松了口气。长庚借了几本《药经》，与陈轻絮告辞，带着小将士住进了附近镇上的一家客栈。

蜀地秋虫猖狂，夜深人静时显得越发聒噪，长庚将新配的安神散放在枕边，感觉陈姑娘的新药实在不怎么样，非但不能安神，反而熏得他半宿没睡着，只好爬起来秉烛夜读，点完了一碗灯油，将三本《药经》背下了两本半，才挨到天亮，依然没有一点困意。

长庚的胸口好像莫名其妙多出个金匣子，正白气蒸腾地烧着永不见底的紫流金。无论他在心里默念几万遍"平心静气"，如何以平常心态看待顾昀不日将至的事，甚至尽量不去想，热切与焦躁依然并行成双地缠住了他的骨头，每时每刻都拿着长满尖刺的藤蔓抽着他的心，一会儿疼一会儿麻，自欺欺人也不管用。

第二天一早，长庚便叫住了那位玄铁营的小将士："小兄弟，你们要是想经蜀中南下南疆，一般怎么走？"

小将士回道："公务自然走官道，其他的可能要便宜从事，那就说不准了，山沟里爬进来也是有可能的。"

长庚默默地点了点头。

不多时，小将士惊诧地发现，长庚竟将他那身跑江湖时穿的烂袍子换了下来，换了一身衣服，虽未见多华贵，但也做得十分考究，隐约能看出非富即贵来。随即长庚摇身一变，便从穷书生变成了不折不扣的佳公子，连客栈掌柜见了他，说话都不由自主地恭敬了几分。

他就这样做少爷打扮，每天去官道上遛马，也不知是等人还是展览。少爷衣服自然不禁脏，一天尘土喧嚣下来，晚上回来就得落一层灰，长庚不肯劳动别人，都是自己动手洗干净——他非洗不可，因为傍身的"少爷行头"只有两套，不勤快跟不上换洗。

每天长庚跨上马的一瞬间，心里都在想：要不我还是走吧。

可他有四年多没见过顾昀了，思念日复一日攒成了山，他看着那山不由得担惊受怕，生怕它稍有风吹草动，就轰隆一声塌了。

长庚又想跑，又舍不得跑，一路在心里自己跟自己打架，总是还没打出个所以然来，就已经到了官道上。他便只好既来之，则安之，一整天徘徊在周遭喝风吃沙子，通常连只兔子也等不到，晚上回去的时候，他就想：明天一早我就结账走人。

然而第二天早晨再次食言而肥，依然打着架来到官道边。

这样疯魔的日子过了有四五天，四五天后的一个傍晚，长庚掉转马头回客栈的时候，见西方残阳似血，煞是好看，便不由得放慢了速度，让他那马边蹓步边吃草，溜溜达达地往回走。回想起这些天自己的所作所为，长庚有点啼笑皆非，心道：此事要是被了然和尚知道，大概能笑成个没板牙的和尚。

就在这时，长庚忽然听见身后传来马蹄声，似乎有车马队经过，他拨转马头靠边让路，下意识地一回头，见几匹好俊的高头大马转眼便飞奔而至，后面还拉着一辆马车。

远远一看，那些骑士身上都是便装，与其他匆匆赶路的旅人并无区别，但长庚的心却不知为什么，骤然开始狂跳。

贰

即使烈风呼啸过耳，马蹄暴躁地捶打着地面，沈易还是耳聪目明地听出车里的声音不对了，他催马赶上顾昀，腾出一只手捂住胸口，模仿了个呕吐的动作，挤眉弄眼地使了个眼色——那位吐了怎么办？

顾昀不怎么明显地坏笑了一下，明晃晃地表示——活该，自己收拾。

顾昀南下，是为了南疆军统帅傅志诚丁忧一事。傅将军老母新丧，他便上书朝廷，声称自己要挂印回家，为母守孝。"丁忧"其实是个不咸不淡的托词，走也行，不走也行，反正怎么都有话能圆回来，但封疆大吏们历来没有这么办的。

倘若统帅回家几年，万一有战事，谁来负责？

何况整个大梁都知道，那傅将军乃是土匪头子出身，是当年被顾老侯爷揍服了招安的，至今见了皇上有时都会克制不住冒出两句粗话来，根本没那么讲究。傅将军这分明是对击鼓令不满，又赶上这一年南方水患，南疆一线乱得要命，便干脆踩着这节骨眼撂了挑子，胁迫朝廷。

随行车里坐的是兵部侍郎孙焦孙大人，是击鼓令的忠实拥趸，本来皇上是派他做钦差，到南疆"抚恤"功臣傅将军，不料孙大人临阵退缩，声泪俱下地上了封疏奏，声称自己做好了一去不回，为国捐躯的准备。皇上无可奈何，只好一道金牌令箭直发西北，把饭桶累赘和烂摊子一起丢给顾昀。

顾昀一整年都在疲于奔命地给皇上擦屁股，心里正窝火得要命，跟皇上没法说理，只好变本加厉地折腾臭不要脸的孙大人。

纵马过官道的时候，顾昀老远就看见路边有个遛马的年轻公子，一开始还没留意，及至错身而过的时候，他无意中看了那人一眼，正好对上了对方的目光。就这么惊鸿一瞥，顾昀的千里神骏蹿出十来丈远，而他没来得及反应过来，已经本能地伸手拉住了缰绳。

那马长嘶一声，前蹄高高跃起后落地，在原地转了大半个圈，顾昀停下来，盯着那有些眼熟，却又一时不敢认的年轻公子看。

没那么巧吧。顾昀犹疑不定地想：我是不是想多认错人了？

沈易赶上来："怎……哎呀！"

跟在长庚身边的玄铁营小将士终于回过神来，忙翻身下马，激动道："大帅！"

顾昀的马惊了一下似的，前蹄小小地抬起，打了声响鼻，跑了跑地面。

此时，就算把长庚扔进安神散堆里，恐怕也止不住他乱跳的胸口直颤的心，他近乎麻木地在马上坐了片刻，脑子里一片空白，平时舌灿莲花的嘴里生出了一朵霸王花，将一干言辞堵了个水泄不通。他只能依着本能，若无其事地露出一个有点僵硬的笑容。

顾昀低低地叫了一声："长庚？"

这两个字如黄钟大吕一般在长庚耳畔轰然炸开，他一边逼着自己镇定，一边因为镇定不下来而有些尴尬地蹭了蹭鼻子。"我恰好经过蜀中，偶然听陈姑娘说义父这两天会到，便想停留几天，没料到这么巧，出来遛遛马也能接到你。"

一边的小将士目瞪口呆地想：遛马也要沐浴更衣、定时定点吗？

他敬畏地看着长庚那匹貌不惊人的杂毛马，怀疑这是一匹隐于杂毛之下的神马。

这时，旁边马车上滚下一个人来，孙大人无视父子久别重逢的动人场面，跟跟跄跄地冲下来，吐了。

这么一打岔，长庚一口吊着的气总算暂且回归胸膛，他侧过头，瞥了一眼那鸡崽一样的兵部侍郎，温文尔雅地故作诧异道："怎么，我说了什么让人作呕的话吗？"

顾昀就笑了起来。这几年，长庚的行踪他虽然断断续续地知道，却没料到人会变成这样，简直如脱胎换骨。顾昀一时忘了上次相见时的不欢而散，也忘了那漫长的怄气、冷战和他锲而不舍地找人盯紧长庚行踪的讨人嫌。他对自己竟能停下来认出长庚来感到惊诧，因为那孩子实在太不一样了——举手投足、一颦一笑，全都不是那么回事了。

顾昀掐指一算，可不是吗，四年多了。

沈易凑过来笑道："我天，小殿下竟然转眼就……还记得我吗？"

长庚微笑道："沈将军好。"

沈易感慨道："这要是我就认不出了，也就是你义父，天天挂念你，都挂念出心病来啦，看见个长得像的就忍不住多看两眼……"

顾昀忍无可忍地打断他："你哪儿来那么多废话？"

沈易看看这个，又看看那个，"嘿嘿"一笑，纵马上前，弯下腰将孙大人拎上马车，伸手在他面前晃了晃。"孙大人，还行吗？再坚持一会儿，马上就到客栈了。"

孙焦奄奄一息地靠在车上喘气，快蹬腿了。很快，孙大人就发现长庚简直是他的救星，自从路上遇到长庚，那些玄铁营的牲口就从一路狂奔变成了小步溜达，闲适得跟遛食一样，连马蹄声都跟着温柔了起来。一行人在长庚的带领下到了小镇的客栈，客栈没那么多屋子，都包下来起码也得两人一间，顾昀撂下一句："我去我儿子那儿，剩一个单间，让给孙侍郎吧。"

孙焦本能地客气道："不，不，怎敢委屈大帅……"

沈易从后面拍拍他的肩膀，压低声音对孙焦道："大人，见好就收吧，他遇上四殿下，心情正好呢，还是说你更想看他那张'不日取你狗命'脸？"

长庚手心里的汗一路就没下去过，好几次马缰绳差点溜出去。这个状态有点像喝醉了，他知道自己应该保持清醒，却又不由自主地沉溺其中，见顾昀之前在"留"和"跑"之间举棋不定，一见顾昀，就什么想法都没有了。

顾昀这会儿终于想起秋后算账来了，进了客房，他将门一关，脸色便沉下来，对长庚道："你真是越来越不像话了，老管家说你四年没回过侯府，上次入宫述职，连皇上都向我问起来了，你叫我怎么说？"

以前顾昀脸色一不对，长庚就紧张，不是紧张得想认错，就是紧张得想顶嘴，多年不见，他却发现自己心里的拘谨和慌张都不见了，顾昀笑也好，怒也好，他都恨不能刻在眼里凑一整套。

四年前，他忍着满腹凄苦，佯作镇定地对顾昀说："侯府关不住我。"

四年后，他看着顾昀，小心翼翼地流露出一点恰到好处的感情："义父不在，我自己回去有什么意义？"

顾昀："……"

他本来就凶不过三句，被长庚这么一句堵得连冷脸都维持不下去了，铁石的心也软成一团棉花。顾昀转向小小的客房，见桌上扔着几本《药经》，便随意翻开看了看，问道："怎么想起看这个了？"

长庚："跟陈姑娘学了些岐黄之术。本想学好了医术，将来也好照顾义父，可惜天资有限，只会些皮毛。"

顾昀："……"

这小子嘴怎么甜成这样了？他无奈地想，真要命。

多年看守古丝路，顾昀身上锋芒毕露的锐气渐消，仿佛神兵入鞘，看着也沉稳多了。两人不约而同地不提上次不欢而散的事，心平气和地谈起多年见闻。

长庚说着说着，发现旁边没了声息，便壮着胆子侧头去看——客栈的床太窄，顾昀小半个身体悬在床外，被子只随便搭了一角，脚几乎顶到了床尾，他一只手枕在自己脑后，就着这闭目养神小憩片刻的姿势，竟然已经睡着了。

长庚倏地住了嘴，在黑暗中长久地盯着顾昀的侧脸，他抬起手，又收回去，反复几次，手指无所适从地在空中挣扎了不知多久，才屏住略有些颤抖的鼻息，轻轻地钩住了顾昀的腰，拂尘土似的拍了拍，低声道："义父，里面来一点，要掉下去了。"

顾昀被他惊醒，但很快反应过来自己在哪儿，"嗯"了一声，没睁眼，顺着他的手侧过身，含混地低声道："说着说着就睡着了，这是未老先衰啊。"

长庚替他拉上被子，取下头冠。"我在枕边放了安神散的缘故，你赶路太急了，睡吧。"

这回顾昀没吭声，是真的睡着了，床榻间只有尺寸大的空间，低声说话时，恍然间让人有种耳鬓厮磨的错觉。不过他随即就惊觉自己的大逆不道，连忙规规矩矩地躺了回去。

安神散看来是有用的，反正顾昀放松之下睡得很沉，只不过这点作用也挑人，对长庚来说就一点用也没有，身边躺着一个顾昀，他一闭眼，就总觉得自己在做梦，便又忍不住睁眼去证实一下，几次三番下来，一点困意也烟消云散了，长庚便干脆不睡了，在一边静静地盯着顾昀看。

他看了一宿。

第二天早晨，陈轻絮就赶来了，先针对奄奄一息的孙大人对长庚进行了一次举例教学，然后将孙大人丢给了长庚玩耍……不，照料，自己去见顾昀。长庚只抬头看了一眼她上楼的背影，并未表现出丝毫的异样，好像竟不怎么好奇。

顾昀南下办公，听说陈轻絮常在蜀中一带活动，顺便托人送了封信给她，请她来看看自己的眼睛。陈轻絮没问症状，先自己检查起来，片刻后，她说道："侯爷现在视力是不是已经在衰弱了？"

顾昀道："昨天晚上本该用药，想请陈姑娘看看，所以撂着没喝。"

陈轻絮沉吟片刻道："我爷爷当年给侯爷开药的时候，想必已经嘱咐过侯爷了，此药并非解药，恐怕不能长久。"

顾昀脸上不见惊诧，只问道："我还有多长时间？"

陈轻絮神色凝重。"若侯爷从今往后节制用药，或许还能多拖几年。"

"节制可能不行，"顾昀摇摇头，"依你看，加药量或是换一服新药怎么样？"

陈轻絮还没来得及回答，沈易已经沉声道："药有余毒，侯爷用得已经够勤了，换新药也只能换更虎狼些的，那岂不是饮鸩止渴？"

"是这个道理。"陈轻絮道，"陈家枉称神医陈氏，这些年对大帅的耳目一直束手无策，惭愧。"

顾昀笑道："陈姑娘说的哪里话，是我麻烦你们许多。"

陈轻絮摇摇头。"我们总觉得周遭蛮夷愚昧不开化，将自己困在中原太久了，侯爷容我几年，过些日子我打算启程出关走走，或许能误打误撞地想出些办法。"

顾昀听这话吃了一惊，他在蜀中约见陈轻絮，除了想让陈家人确认一下自己的情况，主要也想借故停留两天，省得有些人不知道他来了，没指望陈轻絮年纪轻轻的一个小姑娘能解决她爷爷都没办法的事，当下忙劝道："陈姑娘千万别这样，我听不听得见都是一样过，北蛮人与我们世代为仇，你要是因为我这点破事涉险，让我将来怎么有脸去见陈家人？"

陈轻絮没答话，只是将她随身的小包裹拿了过来，从中取出一本手写的小册子。"这是我自己琢磨的一套针法，没什么用，不过或许能缓解那药引起的头痛之症，殿下跟我学过一段日子针灸，他看得懂。"

见顾昀一皱眉，陈轻絮又补充道："不是我说的，是殿下自己猜的。"

顾昀神色几变，最后叹了口气，感觉头已经在隐隐作痛。

陈轻絮三言两语交代完，又临时找来纸笔，写了两个调养的方子。"聊胜于无，那我就告退了，侯爷保重。"

"慢着，"顾昀叫住她，"陈姑娘出关的事还请从长计议。"

陈轻絮回头看了他一眼，冷冰冰的脸上露出一点如铁树开花似的浅淡笑意。

"也不全是为了侯爷的病症，只是有些事总要有人去做的，大言不惭地说一句，我辈虽位卑力薄，但与侯爷心里想的是一样的，生于陈氏，入道临渊，岂敢托荫于先辈，苟全于人后？"她说道，"侯爷，后会有期。"

她说完，不待顾昀挽留，便径自下楼。

长庚浪迹江湖久了，行事周到，忙上前道："陈姑娘，我送你一程。"

陈轻絮摆摆手，打量了一下他的脸色，纵然他年轻力壮，一宿不睡不碍着什么，但脸上还是能看出点端倪来。陈轻絮疑惑道："怎么，安神散不管用吗？"

长庚苦笑了一下："是我自己的问题。"

陈轻絮想了想道："我总让你平心静气，其实也不知道你心里到底有什么不平，可能确实是站着说话不腰疼——人不可能没有七情六欲，你要实在无法克制，不如顺其自然。"

长庚一愣，不由自主地抿抿嘴，心道：这怎么顺其自然？

陈轻絮管杀不管埋，撂下一句"顺其自然"就走了，倒弄得长庚一整天都失魂落魄的。

顾昀在小客栈里整整逗留了两天，孙焦有心快走，想起这一路肠子快颠出来的飞车，又不敢催促。不料启程后，顾昀竟一改之前赶着投胎似的玩命赶路，多了个整天黏在他身边的四殿下，走得活像踏青春游，时而和从北边跑商讨生活归来的商队混在一起。

南疆一带民风剽悍，悍匪横行，孙侍郎安抚封疆大吏是个幌子，他本想借安定侯的威风，抓住傅志诚身为朝廷命官与山匪勾结的证据，将南疆军作为推行击鼓令的突破口，可那顾昀自从入蜀，就开始有各种事拖延行程——蜀中往南都是傅志诚的地盘，那地头蛇说不定早就知道他们的行踪了，还抓什么措手不及？

孙大人想通了这一关节，倒是不吐了，急得嘴角起了一圈大血疱。

沈易悄悄对顾昀道："得罪君子不得罪小人，你差不多就行了，小心那孙子回京给你使坏。"

顾昀就笑。

沈易一见他那满不在乎的笑就忍不住想酝酿口舌，发表长篇大论，谁知顾昀却几不可闻地说道："君子小人都不是问题。"

沈易没好气道："捅娄子就是问题了。"

顾昀没跟他一般见识，将声音压得更低了几分："那位才是问题……我与兵部势同水火最好，你不明白吗？"

沈易呆了良久，叹了口气，没说话。什么时候……不可一世的顾大帅也开始留心耍这种心眼了？

顾昀摇头晃脑道："不听你这老妈子絮叨了，我找我儿子去。"

说完，他便纵马向前，不搭理沈易了。

沈易觉得这两位简直是肉麻过头了。

南地两岸青山，秋冬也不显凋敝之相，依然郁郁葱葱，中间夹着一条曲折的小路，依山盘旋而上，远近望不见头尾。

顾昀拎着马鞭子，指点江山似的对长庚漫不经心地介绍道："我们行伍中人，见了这种地貌，总是心里先打鼓，要是别人有埋伏，我们这一头钻进来，就赔等着人家一顿好打了——即便在大梁境内，这种地方也容易出占山为王的响马……"

他"马"字话音没落，便听青山间一声尖锐的号声响起。

沈易崩溃道："大帅，您老是乌鸦变的吗？"

叁

山头上缓缓升起一面大旗，乍一看还以为又是"杏花村"，待风吹过来仔细一看，才发现上面写的是"杏子林"。大大小小的山匪借着草木掩映露出头来，身上都穿着自制的土甲，长弓短箭纷纷对准山下人。

山头上银光一闪，长庚眯眼望去，只见一具不知从哪里劫来的重甲站在山头，面罩下的人看不分明，站得像个靶子。劫道劫到了安定侯头上，长庚一时简直啼笑皆非。可他回头一看，却发现顾昀并没有笑，非但没笑，脸色还难看得很，顾昀从牙缝中挤出两个字："蠢货。"

长庚心下飞快转念，压低声音道："所以南疆官匪勾结的事不是传说，是真的？"

顾昀没吭声，脸色越发沉得厉害。

大梁年间，东海的土特产是珍珠，楼兰的土特产是美酒，南疆的土特产就是山匪。

这两年耕种傀儡一推行，农人找不到活干，一部分跟着行脚商人北上讨生活，还有一部分不知怎么想的，弃明投暗跟了山匪——由于东西越发便宜，银子便显得越发值钱，囤货囤粮食的人越来越少，人们纷纷囤起金银，大大提高了山匪的抢劫效率。

此地山匪文化盛行，一窝一窝比野兔子还多，可谓是"野火烧不尽，春风吹又生"。南疆军在兵部本来就是后娘养的，经费拨款都不够，跟他们根本耗不起。而山匪虽然胜在数量众多，但普遍战斗力有限，倘若跟正规军对上，也是说给人灭一窝就灭一窝，见了驻军也肝颤。人有了钱，就想追求和平稳定，不想整天把脑袋别在裤腰带上被人撵着跑了——山匪也是人。

于是长此以往，南疆军和当地山匪形成了某种微妙的共生关系。

南疆军统帅傅志诚本就是山匪出身，明面上是节制山匪，尽量让他们收钱不伤人，另一方面也未尝不是维护他们。南疆驻军年年军费紧张，能堪堪维持至今，里面少不了山匪的孝敬。

官匪勾结，当然不是什么长脸的事，可是顾昀心里有数，这两年皇上又是推行耕种傀偄，又是大开商路，明明都是富国安民的好政策，偏偏不知问题出在哪儿，国库不满反空，军费又得削减。而南方刚经历水患，灾还没赈完，再要打起来，到时候山匪城乡村郭地乱窜，百姓更遭祸害，而倘若朝廷真的因为这件事撤换南疆军统帅，顾昀根本想不出谁还镇得住南疆。

两害相权只有取其轻，顾昀无可选择，只能想办法暂时保住傅志诚。

等熬过这两年，古丝路彻底建好，大梁内陆商路全面打开，来自海外的白银就能流进来，让国家缓一口气，到时候他不单出兵，还要将自巴蜀通往南疆的通路修好，真正加强对这天高皇帝远之地的管控，双管齐下，才能彻底收拾匪患。

可惜，这些事除了他顾某人心忧，其他人都仿佛想不明白……其实未必想不明白，只是在他们眼里，击鼓令和日后拍皇上马屁升官发财比较重要吧。

顾昀来路上一直在琢磨着怎么保下傅志诚，特意不动声色地给他传了信，不料行至中途，人家给他来了这么一手。哪家的土匪打劫倾巢出动，还立旗子敲锣打鼓的？对方摆明了知道他是谁。

截杀朝廷钦差，这与造反有什么区别？

长庚这些年深入民间、游历四方，对时局民生早就不懵懂了，稍一思量，前因后果就都分明，他觑着顾昀的神色，低声道："义父，我倒觉得这未必是傅将军的意思。"

顾昀冷冷地道:"废话,傅志诚哪儿有这么蠢?"

这些占山为王的大头山匪可谓是"斗大的字不识一筐",想找个能写会算的,都得几个山头共用一个账房先生,指不定是听见哪里漏出来的小道消息,便自作主张地劫他们一下,连试探带下马威,到时候好向傅志诚表功去。

只是他们犯蠢,这个黑锅弄不好就要算到傅志诚头上。

高处一个山匪挥舞着一只简陋的铜吼,冲着山下顾昀等人唱戏似的喊道:"来者何人,报上名来!"

沈易在旁边一边哭笑不得,一边从身后抽出一支箭。"大帅?"

顾昀咬牙道:"射下来。"

沈易手中的箭几乎与顾昀的话音同时离弦而出,势如破竹地射中了拿铜吼的山匪,一只鸟大叫着冲天而起,尖锐的声音在整个山谷中回荡。

整个山谷都炸了锅。

孙侍郎见状,压根儿没顾上得意自己抓住了傅志诚的把柄,先吓坏了,三步并作两步地从马车里蹿出来,一迭声道:"使不得使不得! 大帅,万万使不得,这山中少说有百十来号山匪,咱们就这么几个人,各位将军身上都没有甲,这是手无寸铁啊! 还有四殿下,四殿下身份贵重,不容有失……"

顾昀看也没看他一眼,冲长庚招招手。"四殿下,功夫搁下了吗?"

长庚欠身道:"做大帅麾下一个小小骑兵应该还是够格的。"

"走,我教你怎么进山打猴子。"顾昀说完,纵马直接冲向高处,长庚一点不迟疑,立刻跟上,玄铁营将士训练有素,顾昀一动,立刻便明白主帅的意思,纷纷催马而上。

只留下孙大人余音袅袅的惨叫:"大帅,使不得啊——"

下一刻,他后脖颈子一紧,整个人悬空而起,被沈易用剑柄当空挑了起来,扔到了自己马背上。孙焦"嘎"一声,摔得直翻白眼。

沈易无奈道："别叫唤了孙大人，末将必然保你不死，放心吧。"

他看着翻着白眼晕过去的孙大人，心道：我还是第一次看见这么像太监的侍郎。

山头上，小山匪对匪首道："大哥，我听见刚才那个太监在叫大帅。"

匪首整个人埋在重甲里，闻言将铁面罩一推，怒道："废话，不是个'帅'老子还不动手呢！还不放箭！包围！包围！"

山谷间长号再次吹响，大小山匪们呼啸着奔涌而来，居高临下地直冲向顾昀他们这小猫两三只的"兵力"。

山匪们不知是为了壮胆还是怎样，大张旗鼓地搞了一个包围圈，这一头的人往下跑，那一头还要敲盆敲碗"嗷嗷"号叫着从对面的山上赶来"包围"，奔跑得乱七八糟尘土四溅。可惜他们的马大多是从过往商队手里抢来的，哪里追得上玄铁营万里挑一的战马？顷刻便被甩在了后面。

顾昀打了个手势，身后几个将士立刻会意分兵四散，山匪射下来的羽箭目标被分散，立刻不成体系。

迎面悍匪成群，顾昀漠然抽剑，长刃如雪，对长庚道："记着我这句话，临到阵前，谁不想死谁先死——"

长庚险些被他手中的剑晃了眼。顾昀剑如游龙，一路血花纷飞，两进两出，地上山匪与马尸滚成了一团，然后他漠然补完了自己后半句话："即使你的敌人是一帮饭桶。"

匪首在高处拿着千里眼观望，一见情况不对，当即怒道："让你们包围呢，怎么回事！"

旁边小山匪苦着脸道："大哥，不知道呀！"

这时，一个黑脸山匪跑过来道："大哥，大事不好！"

不过转瞬，山垭口处已经被一个轻骑冲上去了，手拿长号的山匪没来得及缩脖子，便见刀光一闪，已经身首异处。

顾昀马术超群，纵横于山石间简直如走平地，越过一条极窄的山间窄径，他手中长剑一甩，大石后面便传来一声惨叫——那里居然还有人埋伏。

顾昀将长剑上的血抖落，似乎是略等了长庚片刻，说道："山中多遮挡，遮挡后面常有地头蛇，你武艺虽好，也不见得躲得过暗算。"

长庚打眼一扫，果然见那石头后面机关弩已经架好，就等着放箭伤人了。他的马可不是什么战马神骏，跟着顾昀有些吃力，但还是觉得全身的血都热起来了，问道："义父，你怎么知道？"

顾昀一弯嘴角："但手熟尔。"

他话音刚落，上方一块山石蓦地滚落，顾昀仿佛头上有眼，狠狠一夹马腹，那战马蓦地往前一跃，尾巴上的鬃毛几乎碰到了滚落的山石，同时，顾昀整个人离开马鞍站了起来，一把抓住旁边一根藤蔓，在空中飞快地一荡，将自己吊了上去，长庚听见"噗"一声响，本能地往后一仰，好歹没让他凶残的义父居高临下地溅一脸血。

顾昀从高处看着他挑眉一笑，吹了声长哨，那马立刻训练有素地跟了过去。长庚心狂跳，顾昀那一笑快要将他的魂魄也吸走了。

顾昀从高处冲他喊道："山中打猴，记得要先抢高处——"

此时，山匪那开玩笑一样的"包围圈"已经全乱了，几个高处垭口迅雷不及掩耳地便被人占了，匪群成了一帮没头苍蝇，四处乱跑，被高处落下来的箭杀了个不亦乐乎。长庚忙追上去，只见顾昀翻身重新上马，同时利索地从身后拎出一支特别的箭。

那弓和箭都厚重得很，长弓少说有几十斤重，带一个拇指大的小盒子，长庚眼皮一跳，心想：弓上有金匣子？

下一刻，长弓上散出来的白气证实了他的猜测，箭杆竟似铁的，离弦而出的时候发出了一声刺耳的尖鸣，好像二十只钻天猴同时声嘶力竭地冲上天——铁箭像一支缩小版的白虹，贯日而去，一声金石之声在山间荡漾如波，铁箭正中一块巨大的山石。

尘嚣飞扬，如野马飞踏，那大石头震荡片刻，毫无征兆地落了下来。

群"猴"四散，匪首却偏偏被身上重甲阻碍了活动，慢了片刻才抬起头，还什么都没来得及看见，他已经连人带甲给埋在了下面。

长庚笑道："义父，这个我知道，擒贼擒王是不是？"

他一路被顾昀护在身边，从数百山匪中呼啸而过，连头发丝都没乱一根，衣袂翻飞，看起来依然是个风度翩翩的公子哥。

顾昀心里"啧"了一声，心道：完了，下次回京城，给我扔手帕的小姑娘恐怕要少一半。

小半个时辰以后，顾昀带着他"手无寸铁"的几个玄铁营将士大摇大摆地来到了匪窝。

大部分山匪一见自己银光闪闪的老大死了，当即就"呼啦"一下逃散了，他们地形熟悉，一旦散入山林间，转眼就不见了踪影。顾昀带的人少，不便追击，只绑来了几个没来得及跑的，鹌鹑似的穿成一串。

顾昀在匪首的虎皮椅上坐下，又感觉不对，站起来将椅子上的虎皮一揭，乐了："贵山大王的宝座真是别出心裁。"只见那气势蓬勃的虎皮椅子下面四条腿都已经被锯掉，底下活脱儿是个金砖垒成的堆，上面铺了一层木板。

顾昀："坐在这上能下出金蛋来吗？"

沈易悠长地干咳了一声，示意大帅说人话。

这时，方才吓得尿湿了裤子的孙大人换好了裤子，又人模狗样地重生归来，见状立刻意识到机不可失，一改方才嗷嗷叫着"使不得"的熊样，上前一步，大义凛然地喝问道："谁给你们的胆子沿路劫到朝廷钦差头上的？谁人主使此事的？"

长庚原本正拿着顾昀那把特别的弓玩，闻言抬头一笑道："劫钦差可是同谋反罪呢，只要不是匪首，普通山匪说不定就是个充军，像诸位这样格外英雄的……"

他说到这里没了下文，只是意味深长地笑了一下，无视瑟瑟发抖的几个山匪，好像只是无意提了一句，很快便将注意力转向其他，笑眯眯地问顾昀："义父，你这副弓箭真好，给了我行不行？"

顾昀一摆手："拿去。"

孙焦一滞，拿不准这位素未谋面的四殿下是什么意思。一开始只觉得他没什么架子，脾气温和，很会聊天，城府并不深，这会儿他突然发现自己可能是走眼了。长庚这么一句话说出来，山匪也不缺心眼，立刻捶胸顿足地哭喊起来。

"草民不知是钦差大人驾到，大人饶命啊！"

"道上混口饭吃也不容易，我们这小地方，十天半月见不得一个人啊，谁知道一开张就碰上钦差，草民冤枉……啊，不，其实也不冤枉，草民上有老下有小，不容易哪！"

孙焦："……"

正在这时，一个玄铁营将士突然快步走进来，附在顾昀耳边道："大帅，南中巡抚蒯大人派人送信，说听闻侯爷在本地竟遭匪徒骚扰，他将带二百家将，马上便到。"

顾昀面无表情地抬起眼，正好对上孙焦的视线，顾大帅身上血迹未干，孙焦眼睛里一闪而过的得色被硬生生地吓回去了——南中巡抚蒯兰图当年就是专门为了牵制傅志诚而设的，他手中有精兵家将两百，关键时刻可便宜从事，要是真出事，这两百家将纵然无法对抗南疆驻军，但分别突围捎信却是不难的。

蒯兰图与傅志诚这两人可谓是冤家路窄，恐怕都想置对方于死地，来者恐怕不怀好意。

顾昀轻轻地说道："我这里前脚刚闯进匪窝，蒯巡抚后脚就'听闻'了，他消息比土地公还灵通啊。"

孙焦也知道蒯兰图来得太快，没把握好时机，忙道："不瞒大帅，咱们此行本该是秘密出行，谁知途中遇上四殿下，下官怎能让皇子涉险？只好先行通知南中巡抚支援一二……"

"哦，孙大人有心了，"长庚笑道，"不过您怎么知道南下就是涉险呢？"

孙焦大概是知道自己的靠山将至，腰杆都直了几分，拱手道："不瞒殿下，此次臣下西南抚军，早闻听南疆悍匪横行。为防万一，临行前特意向陛下讨了一封击鼓令——果不其然，幸亏侯爷身经百战，临危不乱。"

顾昀皮笑肉不笑地看着他，没接这个马屁。

孙焦义正词严道："这拨悍匪横行无忌，朝廷命官都敢劫，何况本地百姓？此祸不除，则西南不稳，看来下官这封击鼓令算是带对了，这可是我大梁第一封击鼓令，彩头便落在傅将军身上了。"

<h2 style="text-align:center">肆</h2>

南中巡抚蒯兰图手里除了两百家将，还有十套重甲与十五套轻裘——倘若再加一艘巨鸢，那么单从火机钢甲来论，北疆雁回镇的城守装备也不过如此。接到了孙焦来信的那一刻，蒯兰图就知道自己一直期盼的这一天马上就到了。

傅志诚土皇帝当得久了，为人粗鲁傲慢，不止一次当着人面给蒯兰图没脸，两人之间仇怨由来已久。

眼下，皇上铁了心地要收拢全境兵权，推行击鼓令，必然需要一个人来先行祭旗，西北是顾昀的地盘，暂时动不得。江南主要是水军，水军身负监视来往西洋船只要务，东洋还有倭寇之乱，也不便大动干戈。中原大军居中镇国，要动也要留到最后，唯有南疆这穷乡僻壤可为突破口。要是傅志诚聪明，这个时候，他就应该老老实实地蹲在南疆假装自己不存在，可他偏偏还要跳出来，以丁忧之名威胁朝廷。

一个家将上前，低声道："大人，火油已经准备好了。"

蒯兰图接过千里眼，远远地看了一眼面前妩媚的青山——这山头的主人本来是个法号静虚的道士，因为皇上信佛，民间纷纷效仿，道观香火难继，还时常有地痞见他可欺，上门抢劫，静虚一怒之下将一个地痞打死，自此无处容身，只好上山当了土匪。此人识文断字，手段狠辣，很是个人物，后来成了这南疆三百里山中匪的领头人。

蒯兰图知道静虚与傅志诚穿一条裤子，要杀傅志诚，必从这道士身上下手。早在皇上金牌令箭请顾昀的时候，蒯兰图就与孙焦定了计，首先在南疆境内散布消息，就说朝廷钦差将至，来彻查傅志诚与山匪勾结之事。为了保证钦差不出岔子，傅志诚必然提前同各大匪首交代，说"抚军钦差"将至，令他们约束手下。这样一来，这些山匪是听信傅将军呢，还是听信谣言呢？倘若匪首们心存疑惑，傅志诚将查案钦差轻描淡写地说成"抚军钦差"，那些亡命徒又会怎么想呢？

临到钦差入境，蒯兰图接到孙焦传信，又派人假扮南疆驻军，找到静虚，就说安定侯和钦差的车驾半途被劫，傅将军为免让有心人看出牵连，不便出面，只好向道长求援。静虚与傅志诚交情最好，无论心里是否存疑，这个节骨眼上都会给他兜着，一听说，义气当头，立刻便带人赶过去了。

他们前脚走，埋伏在山间的蒯兰图等人后脚便用重甲封住山路，成千上万支蘸了火油的羽箭架在弦上，一把火烧了静虚的老窝。同时，蒯兰图派轻裘与重甲逡巡山间，看见逃出来的人便补上一记短炮，守山的匪徒、山间老弱妇孺一视同仁，俱不放过，只故意放跑几个活口，让他们给静虚通风报信。

眼见这山头已经成了一片废墟，蒯兰图将了将胡须，志得意满地笑了。

"差不多了，走，我们去拜见顾大帅。"蒯兰图一挥手，重甲、轻裘与二百精兵训练有素地收拢准备行进，他跨上马，回头看了一眼被火舌舔了个血肉模糊的山头，漫不经心地说道，"听听傅志诚说的什么山匪狡诈，什么'野火烧不尽，春风吹又生'，本官烧了野火，倒要看看他们怎么吹又生——驾！"

这下，全境山匪都会知道，傅志诚使了个缓兵之计，为了在钦差面前保住自己，对昔日的"兄弟"们下手了。就是要让山匪和傅志诚狗咬狗，那傅志诚不是自负聪明，觉得没人能抓住他的把柄吗？

孙焦和蒯兰图计划得周详，为了防止把姓傅的逼得狗急跳墙，真就犯上作乱，孙焦还特意请来了安定侯坐镇。安定侯顾昀未至而立，或许未见得镇得住傅志诚这种死人堆里爬出来的封疆大吏，但那也没关系，谁让老安定侯对傅志诚有提携知遇之恩呢？

蒯兰图笃定傅志诚不敢动顾昀。

老安定侯旧部虽然大多已经退出军中告老，但关系盘根错节，余威尚在。傅志诚要真敢忘恩负义动到老侯爷独子头上，他的南疆驻军内乱起来就够他喝一壶的。再者，那姓傅的再猖狂，也不会认为区区南疆驻军有揭竿而起、撼动大梁基石的能耐吧？

而就在他们转身离开后，一只巴掌大的木鸟转着眼睛，扑棱着翅膀，在浓烟鲜血中往天空飞去，转眼就变成了一个小黑点，消失不见了。

与此同时，南疆驻军中的傅志诚接到安定侯车驾被劫的消息，整个人一激灵，一跃而起，一把抓住那斥候的领子问："安定侯现在在什么地方？"

斥候忙道："安定侯剿灭了杏子林，但之后不知怎的留在杏子林的老窝里不走了，将原来的旗也换成了玄铁营的帅旗。"

傅志诚听后，面皮抽动片刻，一抬手将桌上的酒杯茶碗掀到了地上，恨声道："成事不足，败事有余！"

斥候大气也不敢出，单膝跪在一边，看着南疆驻军统帅在屋里困兽似的走了几圈。顾昀剿灭杏子林山匪，傅志诚并不吃惊，倘若顾昀真被劫住了，那才是稀世奇闻。问题是……安定侯眼下种种作为有什么深意？

他为何不继续赶路，反而留在了杏子林？倘若只是为了提审山匪，为何要将旗子换下来？他在等谁？他在等着干什么？而且……顾昀以抚军吊唁的名义前来，身边为何会带着玄铁营的帅旗？既然帅旗在，那么玄铁虎符在吗？他身边真的只有几个侍卫和一个窝囊废侍郎吗？

还有那百十里外的南中巡抚，必然已经准备好了一大筐黑泥准备往自己身上抹，顾昀是否已经先行与他接触过？

傅志诚一时拿不准，顾昀到底是站在哪边的，他的眼皮突突地跳了起来，他虽原属于老安定侯麾下，这些年来却没怎么和顾昀打过交道，也知道顾昀一直看不惯他的山匪行径。傅志诚对顾昀来访心里很没底。

"备马，"傅志诚突兀地开口道，"山虎、白狼与灵狐三营跟我走，随我去见安定侯和钦差，林豹待命，见烟火为号，随时准备进发。"

斥候惊疑不定地望向傅志诚——傅将军调集了南疆驻军近半的兵力，这是去"围观"安定侯，还是去"围剿"安定侯？

傅志诚一把摘下墙上长戟，怒道："磨蹭什么！"

三刻后，南疆驻军以其近半数的兵力，不可回头地向杏子林开路了。

随着夜色深沉，南疆官道上，错过了宿头的大小商队开始在路边安临时帐子，走南闯北的行脚商人们惯常幕天席地，只留了守夜人和火把，都渐渐睡去了。

三更时，林间传来布谷鸟高低起伏的叫声。守夜人和一部分假装睡着的"行脚商人"先后站了起来，他们彼此之间并不说话，擦肩而过的时候只有眼神交流，鸦雀无声地潜到随行货车后面。

那些拉货的车里竟有夹层，扒开上面的货物，一抠一扳，便露出下面冷冷的甲胄来，一丝反光也没有。三五成群的夜行人以迅雷不及掩耳之势将钢甲扣在身上，有"鹰"，有"甲"，还有一部分轻装骑兵。

他们转身便从四面八方融入了夜色中，山林晃动片刻，眠鸟惊诧，不过片刻，便再次宁静如初。只余下那些星星点点的商队火把，在南疆山川林立、曲折繁复的大地上四散分布，仿佛一把散落的碎金。

这一夜，多方复杂的势力、各路心怀鬼胎之徒都在往杏子林的方向赶。死在山石下的杏子林匪首大概做梦也不会想到，他就像一根至关重要的线绳，无意中一个愚蠢的决策，便将南疆一触即发的局点着了。

杏子林山匪老窝中，一伙山匪咬死说对钦差来访的事并不知情，孙焦车轱辘一样地审了半日，始终什么也问不出来，只好放弃，一双眼睛不住地往门口瞟。

顾昀简单吃了两口东西垫了垫肚子，就擦嘴不动筷子了，见那孙焦一副屁股长钉子的模样，便笑道："孙侍郎，这一顿饭的工夫不到，您都往门口看了七八次了，可是对蒯巡抚望穿秋水了吗？"

孙焦脸色几变，勉强赔笑道："大帅说笑了——大帅可是不合胃口，怎么不再进一些？"

"不了，"顾昀意有所指地看了他一眼，"吃多了不好动，差不多就行了。对了季平，你要是没事，清点一下这匪窝里有多少金银，咱们不能白劫土匪，等会儿打包带走。"

孙焦："……"

顾昀又笑眯眯地转向他："孙大人不会回去参我一本吧？唉，不瞒您说，兵部抠门，我们玄铁营的日子也不好过啊。"

被绑成一团的山匪还怪机灵的，闻言忙道："我们有账本！有！在……在……在那上面！"

沈易回头一看，只见此间竟还有个"暗室"——墙角支着一个大梯子，直通向房顶，一堆茅草掩着一个搭在梁上的小阁楼。

真好，沈易心说，我又变成鸡窝里的账房先生了。

就在这时，蒯兰图最先到了杏子林。

蒯兰图带着他一干家将大步进来，身上血与火未散，仿佛还带着一身的腾腾杀气。他上前一步，底气十足地朗声道："下官南中巡抚蒯兰图，见过安定侯，孙大人，列位将军，还有这位……"

长庚冲他微笑道："李旻。"

蒯兰图："……"

孙焦忙压低声音提醒道："不得无礼，那是雁北王，四殿下！"

蒯兰图顿时吃了一惊——皇上的幼弟李旻从未出现在世人面前过，大部分人只知道他曾经流落民间，找回来以后也一直住在安定侯府深居简出，没多大年纪，也不见有什么建树……雁北王怎么会在这儿？

雁北王的突然出现仿佛预示着什么似的，蒯兰图的眼角狠狠地一跳。还没等他说话，一个家将便快步走了进来，附在蒯兰图耳边说话。

顾昀道："蒯大人家里人的唾沫星子真是珍贵，还不让我们听见呢。"

蒯兰图一脚将那家将踹开。"放肆，侯爷和殿下面前交头接耳，成何体统！"

那家将挨了他不轻不重的一脚，脸上也看不出怨愤，立刻半跪在地，禀报道："报各位大人，有数万兵力向杏子林方向来了，好像是南疆驻军的人！"

他话音没落，一个陌生的先锋官来到山腰上，巡抚家将们刀枪剑戟全部提起，寒光照夜似的。那先锋官却丝毫不惧，只朗声道："西南提督傅志诚，率亲兵迎接大帅！"

顾昀神色淡淡的，心想：姓傅的可真能作死啊。

删兰图再次下意识地看了长庚一眼，长庚冲他笑了一下，不慌不忙地转身走向墙角的梯子，爬上了那藏账本的阁楼。

删兰图意识到机不可失，立刻上前一步道："大帅，下官有事禀报！"

顾昀掀起眼皮。

删兰图："那傅志诚身为一方守将，玩忽职守，勾结山匪，鱼肉百姓，外通南洋，谋逆之心昭昭，请大帅早做准备！"

"哦，是吗？"顾昀听了并不惊诧，只是将手中旧佛珠在指尖转动了几圈，仿佛思量着什么，片刻后，他说道，"那就请上来吧，我瞧瞧他是怎么谋逆的。"

删兰图和孙焦面面相觑，都以为自己长错了耳朵。

顾昀一字一顿道："我说把傅将军请上来，怎么，二位有什么意见？"

长庚爬上了小阁楼，发现里面竟然别有洞天，有窗还有天窗，视野良好，从天窗上去，就是杏子林匪窝插旗的地方，沈易在旁边竖起了一个高高的火把，不知烧着什么，竟升起一缕风吹不乱的白烟，直冲天际。

长庚笑道："我还以为沈将军是来做账房的，想着来帮帮忙，原来是来点狼烟的。"

沈易从天窗上一跃而下，好奇地问道："殿下还懂账吗？出门在外这几年都做什么？"

长庚道："没什么，和陈姑娘学过一段时间医术，偶尔给几个江湖朋友帮帮忙、跑跑腿，也搭过商队的车马，什么都会一点。"

　　沈易见他搪塞，便识趣地没有再追问，一个人的见识与阅历是装不出的，生嫩的少年人再怎么佯作镇定，都能让有心人看出端倪来。长庚这几年游历江湖的经历必不简单，否则他身上不会有那种看不出深浅的莫测意味。

　　长庚推开阁楼上的小窗，往外望去。只见山下浩浩荡荡的队伍蜿蜒而上，帅旗猎猎，恍如大幡。火把中，甲胄冷冽，蒸汽万里，就像一条气喘吁吁的巨龙。算来，傅志诚统领南疆驻军已有小十年了，在南疆快要做成土皇帝了，如今，他要是带一二百人来"剿匪并迎接钦差"，尚有回旋的余地，可他竟将半个南疆驻军都拉了出来。

　　长庚看了一阵，叹道："义父刚开始可能是有点想保傅将军，现在看来，保不住了。"

　　"看来人家非但不领情，还打算给我们来一次摔杯为号呢。"沈易看了看长庚那平静无波的侧脸，"殿下年纪轻轻就有这样临危不乱的大将风度，实在难得。"

　　"一回生，二回熟，"长庚平静地说道，"上次和义父深入东海叛军老巢才是真没底。那回他身边只有我们几个不顶用的累赘，水军不知猴年马月才能赶到，也不知道能不能收到我们沿途的传信，他照样谈笑自如，全身而退了，那时候我就明白了一件事。"

　　沈易："什么？"

　　长庚："恐惧是没有道理的。"

　　沈易想了想，摇头笑道："当然，谁都知道，恐惧没道理，可这就好比人到点会饿，不穿衣会冷一样，都是身体的自然反应，人怎能克制自己身体的反应呢？"

　　长庚脸上浮起一个不太明显的笑。"可以的。"

　　沈易一愣，他忽然有种莫名的直觉，长庚这句"可以的"里面好像藏了很多话。

　　长庚轻声道："我相信只要你愿意，世上没有任何东西能打败你，包括这副皮囊。"

　　这句话入耳平平无奇，然而长庚说话时的神态与语气都太过坚定，坚定到有一丝诡异的蛊惑意味，让人不由自主地信服起来。

　　沈易说道："殿下，上一次你与大帅陷在东海时，身边尚有几十个临渊阁高手，可以说是里应外合。这次不一样，我们身边只有一心推行击鼓令的孙侍郎和不怀好意的蒯巡抚，而那傅志诚恐怕就快要打上山了——他手上有千军万马，岂不是比你们上次的情况还要糟？殿下也不担心吗？"

　　长庚泰然笑道："我不担心，我一见阁楼上这玄铁营的帅旗，就觉得有三千玄铁神骑藏在西南山林里，心里不由自主就踏实了。"

　　沈易一愣，随即抚额苦笑起来，简直替顾昀捏了把汗，他们家这位小殿下不愧是真龙之后，可真不是个省油的灯。

　　这时，便听长庚又道："何况沈将军也知道吧？我义父未必是全心全意地想保傅志诚。"

　　沈易："……"

　　这个真不知道！

伍

　　蒯兰图的亲兵虽然奉命让道，手中刀剑却未收，只给傅志诚留了一条刀剑横生的窄道，傅土匪也不含糊，带着百十来个精兵上山，人人披坚执锐，两排并行，各自出兵刃抵住一侧家将。

　　双方人马一路刀剑相抵，那傅志诚就带人在金石声四溅中，咬牙较劲地撞了上来。他看起来不像来请罪的，倒像是来找顾昀兴师问罪的。

　　剩下的南疆驻军将杏子林团团围住，虎视眈眈地直逼山上。蒯兰图没料到他竟然这么胆大包天，竟连面子活都不做，丝毫不把安定侯放在眼里，直接剑拔弩张地冲上来，下颌不由得紧了紧。

　　傅志诚狂风骤雨一般地带人冲上山，甫一露面，一股浓烈的杀气扑面而来。拦路狗孙焦首当其冲，慌忙后退时一脚踩了一个绑在地上的山匪，山匪"嗷"一嗓子，叫软了孙侍郎的两条筷子腿。傅志诚还未开口，那边已经先"五体投地"了一个。

长庚从阁楼上饶有兴趣地往下看着，对旁边目瞪口呆的沈易说道："我想起来了。"

沈易忙竖起耳朵。

长庚："孙大人的嫡亲妹子嫁给了王国舅做填房……啧，皇上真是的，让小舅子的小舅子进什么兵部？整天跟一帮不满意的将军打交道，他自己不觉得受罪吗？"

沈易小心翼翼地问道："殿下刚才说，大帅并不是全心全意地想保傅志诚，还请赐教。"

长庚瞥了他一眼道："不然我们留在这匪寨干什么？倘若他铁了心地要保傅志诚，现在早就快马加鞭地冲到南疆大营里兴师问罪了。"

沈易无言以对，他确实也在疑惑这点，只不过出于多年来对顾昀无条件的信任，他还以为顾昀有什么后招。

"我猜看见这些无法无天的拦路山匪时，义父心里已经开始权衡，倘若傅志诚自己来请罪，恐怕义父还会念在他劳苦功高的分儿上考虑放他一马，现在嘛……"长庚笑了一下，"贪不是错，狡猾不是错，甚至蠢也不是错，但傅志诚不该公然挑衅玄铁营。"

三代人苦心孤诣经营，玄铁营威名一日还在，无论这兵权实际在皇上手中还是在顾昀手中，都可保住大梁表面的安稳。公然挑衅玄铁营，是动摇国本，单是这一条，顾昀恐怕就不能容他。

只见那傅志诚注视了顾昀片刻，到底还是有些理智，将铁剑还于鞘内，躬身行礼道："多年不见，顾帅安好。"

傅志诚一低头，他身后亲卫齐齐收起兵器，尽忠职守地站成人墙，气氛顿时一松。蒯兰图和孙焦都暗自庆幸，看来将顾昀请来这步棋是对的。

"不十分地安，"顾昀看了傅志诚一会儿，猝不及防地开口道，"傅将军，方才蒯巡抚跟我说，你身为西南提督，勾结山匪，外通南洋，谋逆之心昭昭——这事你怎么想？"

谁也没想到，顾昀竟比傅志诚还棒槌，当着围山的南疆大军，竟连个弯都不拐，直白地当面质问。下面被顾昀一句话讲得陡然剑拔弩张起来，阁楼上长庚却依然好整以暇，他似乎极喜欢顾昀送他的弓，几十斤重的大家伙，他一刻也不肯放下，始终背在身上，这会儿摘下来拿在手里，不知从哪儿摸出一块手帕来，小心翼翼地反复擦拭。

沈易沉吟片刻道："但他要放弃傅志诚，岂不是坐视皇上强行推行击鼓令？"

长庚不慌不忙地说道："沈将军有没有想过，击鼓令一出，连村野老农都知道此令分了义父玄铁虎符的军权，四方统帅纷纷反对，为何他不肯出声？"

沈易脱口道："为什么？"

长庚："因为他从小和皇上一起长大，比天下任何一个人都更了解那位的刚愎自用。击鼓令一日推行不成，皇上一日无法一手掌控军权，他就一天寝食难安，反对也不过是徒增内耗，最多造成君臣不和，小人上位。这个妥协迟早要做，问题是怎么妥协……"

长庚最后几个字几乎被下面一声怒吼掩盖。那蒯兰图猝不及防间竟当着顾昀的面发难了！

蒯兰图可不是胆小如鼠的孙焦，听顾昀这么一开口，他立刻就知道此事不能善了，今日这个杏子林，不是他死，就是傅志诚亡。山下还有南疆大军，废话越多死得越快，不如趁姓傅的没反应过来，一举将其拿下。到时候底下有再多的南疆驻军也是群龙无首，还不是任人宰割吗？

蒯巡抚于是当机立断，直接越过顾昀，指着傅志诚道："拿下这乱臣贼子！"

周遭早已经蓄势待发的巡抚家将一听喝令，顿时一拥而上。

长庚冷笑一声，自箭篓里抽出一支沉甸甸的铁箭，在阁楼上缓缓地拉弓上弦，弓尾发出细碎的白雾，喷在他脸侧，那张脸沾了水汽，越发露出某种温润如玉的英俊。沈易看得暗暗心惊，这弓是给顾昀特制的，虽说加了金匣子，可要达到白虹箭的效果，也万万不是普通人拉得开的。长庚不过弱冠的年纪，拉满弓瞄准，双手稳如磐石，一丝都不抖——这位小殿下的功夫恐怕不只是没搁下而已。

沈易开口试探道："就算大帅真有心妥协，谁又能代替傅将军收拾南疆烂摊子？"

长庚："愿闻其详。"

沈易便飞快地将朝中大小武将盘点一番："除了新任江南水陆提督赵友方有几分能耐，其他都不堪大用。或许不乏猛将，但做一方统帅，光能打不行，资历与经验缺一不可，还得能和地方势力乃至兵部那帮饭桶扯皮，皇上总不能把水军统帅拉到南疆大山来吧？"

长庚闻言一笑，目光依然盯着阁楼下——阁楼下的傅志诚当然不肯束手就擒，南疆大将不愧勇武无双之名，一剑削掉了一颗脑袋，转身迎向身后逼过来的重甲，不躲不闪，挥剑直上，飞身踏上重甲肩井，整个人在空中翻转，三个随行的南疆军士反应过来，紧跟着迎上，手中绊马索鞭子似的卷来，将那重甲紧紧缠住。

火机与傅志诚同时发出怒吼，傅志诚双手持铁剑，狠狠往下一送，精准地送进了重甲颈后空隙中，一剑捅穿了甲中人的脖子，重甲僵硬地往前挪了一步，站在原地不动了——

血这才溪流似的淌下来。

傅志诚骑在重甲肩头，伸手一摸脸上血迹，鹰隼般的目光直逼蒯兰图。

蒯兰图终于下意识地后退了一步。

就在这时，一支箭如白虹贯日，自高处俯冲直下，尖鸣声回荡在整个匪窝中。傅志诚瞳孔骤缩，却已经来不及躲闪，那箭精准地擦过蒯兰图的官帽，当空将蒯巡抚的官帽炸成了两半，发髻也散了，蒯巡抚成了个披头散发的男鬼。随即那箭笔直地穿过重甲胸口，将双层钢板一下打了个粉碎，傅志诚被冲击力所迫，踉跄着摔下来，铁箭去势依然不减，蓦地钉在地上。

地面炸裂成坑，三个南疆军士同时退开，箭尖刚好钉在他们那三条绊马索的交点上。

箭尾震颤不休，如蜂鸣嘈嘈。

"太放肆了！"阁上的长庚几不可闻地说道，随后，他在所有人惊惧的回望下，又拉了一支铁箭上在弦上，同时对着沈易轻声接上了他俩方才的话题，"沈将军别忘了，还有一个人。"

沈易仍沉浸在他那惊鸿一箭中，半晌才找回自己的声音："……恕我想不出了。"

长庚："远在天边，近在眼前。"

沈易吃了一惊，失声道："什么？"

长庚眼角微微弯了一下。"嗯，就是你。"

阁楼下的顾昀丝毫不见平日里的游刃有余，因为面色紧绷而显得格外冷淡。"蒯巡抚，我一直想请教，是谁给你的胆子养这么多私兵的？"

蒯兰图面如土色，耳畔灌满了那铁箭的"嗡嗡"声，弄不清顾昀是站在哪边的，顿时有些慌乱。"大……大帅有所不知，南中巡抚因地处边疆，为防暴民作乱，因此朝廷特许，可有一支防卫军……"

顾昀不肯放过他："天下防卫军，除皇上的御林军外，不得用轻裘骑兵以上火机钢甲，御林军的重甲金匣子也不可超过六印——蒯兰图，是我记错了还是你记错了？"

蒯兰图倒抽了一口凉气。

他当然知道自己僭越，这事说大不大，说小不小，可以扣个大帽子狠参一本，但要是能扳倒傅志诚，让击鼓令得以推行，那就是大功下的小节有失，根本不算什么。事已至此，绝不能回头，蒯兰图狠狠地攥住拳头，阴恻恻地道："叛臣贼子在侧，侯爷现在要和我掰扯护卫军超制吗？"

顾昀眉头微皱，似乎不习惯与人当面耍嘴皮子。

蒯兰图立刻捕捉到了他这一闪而过的神色，一旦豁出去，蒯巡抚突然觉得传说中的安定侯也没什么可怕的，这也不过就是个身份贵重的年轻人而已，没有老侯爷旧部，顾昀算什么？

傅志诚在一侧怒喝道："姓蒯的，你说谁是叛臣贼子！"

蒯兰图扬声道："诸位，我等现已被叛军围困，为今之计，只有擒贼擒王，不让他们有反应的时机！也请贵人们约束手下，不要放纵叛逆！"

傅志诚怒极反笑，他本就长得面容丑陋，笑起来更是形同恶鬼。"擒我，你倒试试！"

话音才落，傅志诚的亲兵们率先发难，一拥而上，闯入山匪老巢大殿中，南疆军亲卫与巡抚的护卫队登时短兵相接。小小杏子林匪窝转瞬便被甲戈填了个水泄不通。

沈易不明白顾昀为什么还在装屄看热闹，被震天喊杀声所激，差点要掉头下阁楼，一转身，却看见那小殿下面不改色，箭尖指向始终不离顾昀周遭，谁胆大包天敢靠近，他就要把谁穿成串。

"沈将军放心，我盯着呢。"长庚说话的时候有种不显山不露水的笃定和不容置疑。

一瞬间，沈易心里忽然生出一个可怕的想法——顾昀刻意挑起傅志诚与蒯兰图的矛盾，是想借刀杀人吗？而他自己还没想通，四殿下竟然已经看透了？

长庚不慌不忙地说道："今天如果傅志诚被拿下，南疆统帅空缺，皇上虽然一意孤行，但也知道轻重，边疆重地，必要大将来守，放眼朝野，没有人比沈将军更有资历了。何况说到底，皇上打压我义父的兵权，不过是疑心病太重而已。他们从小一起长大的感情在，大梁的安危也还架在我义父肩上，击鼓令一出，玄铁虎符形同虚设，南疆统帅任谁当，都是有统辖权却无实际兵权，义父已经表明态度，皇上难道不应该打一棒子给一颗甜枣？"

说到这儿，长庚顿了顿，笑道："沈将军你看，皇上虽然不怎么待见我这个便宜弟弟，逢年过节该给的赏却一分也没少过，加起来比义父的俸禄还高些呢。"

沈易忽略了"侯府到底是谁在养家"这个复杂的问题，他震惊地看着长庚，神色几变，良久才感叹道："殿下真是不一样了。"

当年他们从雁回小镇领出来的少年那么单纯倔强，喜怒哀乐全都一目了然，沈易暗地里曾多次钦佩过他心志坚定——换个普通孩子，一夜间从小镇少年变成当朝皇子，早该被繁华帝都迷了眼吧。

而此时，在剑拔弩张中与他侃侃而谈天下大势的年轻人，周身稚气已经退尽，陌生得让他心惊胆战。

长庚没应声，四年来，他从身到心都不敢有一天懈怠，不是为了想要建功立业，而是想尽快强大起来，有一天强大到能与乌尔骨谈笑风生……能保护一个人。

"我朝眼下最大的问题是缺钱，"长庚对沈易说道，"海运虽开，但中原人却很少出海，海防也就那么回事，靠洋人们往来穿梭带来贸易，说到底，大笔的利润还是那些跑船的洋商人赚去的，那点流进来的银子不够皇上私下里和西洋人买紫流金的。"

沈易应道："是，但这只是一时，并不是没有出路。"

长庚笑了一下。"是啊，我今年春天去古丝路看过，见楼兰入口繁华得叫人心折，一想起这是我义父一手扶植的，心里便不禁与有荣焉——最多三年，古丝路就能彻底打通，真正贯穿大梁全境。等百姓真能从中获利时，必有足够的金银流入国库，到时候灵枢院再不必为银钱发愁，各地守军军饷充足，兵强马壮，何人还胆敢进犯？到那时候，是兵部说了算，还是他说了算，在我义父眼里，可能也没什么分别。"

沈易默然，他不知道为什么分别五年，长庚反而更了解顾昀。但他说的一个字都不错。

前几年，顾昀身上还杀气腾腾的，私下里时常念着要揍这个揍那个，但自从他接管古丝路，却越来越少提起这些了。一方面是随着年龄渐长，他思虑渐多，激愤渐消，另一方面……顾昀从头到尾都没有想过要抓着兵权不放逞什么威风。

他毕生所求，不过家国安定而已。

若可战，便披甲，若需守，他也愿意做一个丝路上清贫的商道守卫。

长庚见沈易若有所思，便想起以前听人说过，一个将军与他的长臂师之间的默契与信任是别人无法插足的，心里不由自主地升起一点酸气来。不过还没等他酸出陈醋来，忽然响起一阵翅膀扑棱的声音。一只鸟停在了窗棂上，长庚愣了一下后将弓箭暂收，那鸟便乖乖飞过来停在他掌心里。那竟是只木鸟，做得活灵活现，脖颈动作极其灵活可爱，像活的。

沈易灵枢院出身，见猎心喜的毛病终身伴随，一见那鸟，眼都直了，又不好问长庚讨要，馋得抓耳挠腮。长庚轻轻地在鸟肚子上有节奏地叩了几下，木鸟腹部便弹了出来，露出里面一卷纸。

长庚拆开看了一眼，山崩不动的脸色竟然微微变了。

沈易："怎么？"

这时，阁楼下的顾昀眼角捕捉到了一缕流光，他抬起手，将那只贵公子一般修长漂亮的手搭在了自己腰间的剑上。一个身材矮小的南疆士兵突然冒出来，径直冲向蒯兰图，顾昀的玄铁侍卫立刻援手相救。

蒯兰图尚未来得及放心，却见那南疆士兵张口喷出了什么，他本能地惊觉不对，转头欲闪避时却已经来不及了，一个指头大的吹箭笔直地钻进了他颈间，与此同时，玄铁侍卫一刀劈在了南疆士兵头上，好像根本没看见那支飞向蒯大人的吹箭。

蒯兰图喉间剧烈地抽搐几下，似乎想伸手抓住什么——电光石火间，刺杀者与被刺杀者同时毙命。

孙焦没料到这番变故，吓得"咣当"一声撞上了身后的墙。

下一刻，一声尖啸冲天而起，匪窝悬梁高耸的大殿房顶被掀开了一半，数不清的玄鹰呼啸而下——

蒯兰图和孙焦想利用顾昀逼反傅志诚，不料顾昀不按他们的想法走，未等他们出招，便率先激化矛盾，借傅志诚之手杀蒯兰图，通过某种方法潜入南疆的玄铁营再现身收拾傅志诚，师出有名，一箭双雕……

但是不对！

长庚蓦地想起什么，转身冲下阁楼，这个局没有到此为止！

开局者不是鹃兰图，不是兵部，不是孙焦，甚至不是顾昀……

陆

南疆匪首静虚原本是跟随前来报信的"南疆驻军"赶去给傅志诚救场的，走着走着，这经验丰富的老山匪发现了问题——那领路人似乎正将他往山匪们时常"敲钟"的地方引去。

西南群山中时常有这种地方，地势极其复杂，是天然的迷宫，非地头蛇进去根本找不着北，地下孔洞林立，山中人埋伏起来，可以神出鬼没。山匪们一般会想方设法将人引入其中，再堵口劫杀，这种地方劫人，一劫一个准，是专门对付一些成名镖师和江湖帮派的，黑话就叫"敲钟"。

静虚虽然跑得急，脑子却还没乱，临到近前，恍然一惊，意识到这是个"钟盖子"，他后背蹿起一层冷汗，骤然刹住脚步，命人质问那引路的"南疆驻军"。不过三言两语，已经问出百般漏洞，那领路的骤然暴起欲伤人，被众山匪七手八脚地制住之后，居然服毒自尽了。

静虚心里一阵惊疑，立刻令手下返回，途中遭遇两个一身血污的寨中兄弟，这才知道老巢让人掀了，等他们慌忙返回，所见只有断瓦残垣、满地焦尸。

十年积累，一夜成灰。

"大哥！"一个满脸狼狈的山匪跟跄着跑过来，拉住静虚的胳膊，"密道，别慌，咱们还有密道！"

西南多山，山匪们大多狡兔三窟，山中多留有密道，可以土遁。倘若有敌人杀上山，山上的人虚晃一招就能顺着密道逃窜到十万大山中，就是天上的玄鹰也抓不住滚地鼠。别的山匪一听说这话，眼睛都亮了起来。

静虚却晃了晃，神色木然，不见一点喜色。他眼睁睁地看着手下们抱着侥幸，欢天喜地地去搜寻密道，心里清楚，密道没用。如果对方只是真刀真枪地上山杀人，那么山上大部分人都能顺着密道脱逃，无论如何也撼动不了山寨的根本，可他们竟烧了山。

连蒯兰图本人都不知道自己一把火烧掉的是什么。

静虚僵立许久，不远处突然爆出一阵尖锐的哭喊，他听见去搜寻密道的人绝望地喊道："密道都塌了！"

大匪首闭上眼——果然。

在这座貌不惊人的山下密室中，存放的不是杏子林那样的真金白银，而是紫流金。

朝廷下放给地方驻军的紫流金，连玄铁营都捉襟见肘，更不用提南疆驻军了，傅志诚当然也有自己的门路走私。蒯兰图接到密报，得知傅志诚与大匪首静虚道人交往密切，他却并不知道，其实静虚道人就是傅志诚走私紫流金的那个"掌柜的"。

山匪干的就是打家劫舍、雁过拔毛的生意，静虚替傅志诚出面接洽黑市，私运紫流金，自己不可能一点便宜也不占，但他自认不贪，每次只留下一成，此事傅志诚知道，也是一直默许的。

就在这之前，静虚刚刚把最近一批紫流金送到南疆驻军手里，他山下的密室里也刚刚好剩下那么一成的紫流金，谁知却成了催命符，被山火引燃后炸毁了山中密道，将整个山寨的人赶尽杀绝。

这是巧合吗？这可能是巧合吗？

静虚记得很久以前，就有人跟他说过"君子喻以义，小人喻以利。以利而聚者，必因利而散"，他和傅志诚因利而聚，如今东窗事发，傅志诚当然也可以轻易地舍弃他，满山头的土匪，除掉一个静虚，还可以扶植无数个。

有手下上前带着哭腔道："大哥，咱们把密道挖开，指不定还有活着的。"

静虚漠然站着，只是摇头。

"大哥！"

哭声四起，静虚突然一声暴喝："够了！"

所有幸存者站在焦土上看着他。

"跟我走。"静虚的眼睛渐渐红了，像一头准备噬人的凶兽，他将声音压得极低，咬牙切齿道，"傅志诚不仁，不要怪我不义。这么多年了，真当我没办法对付他吗？"

杏子林匪窝中。

"南疆山多，山寨多，这些山匪之间自成体系，并不是各自为政，就我们目前知道的，总共有三大匪首。"长庚取出一张已经翻烂了的羊皮地图，指给顾昀看，上面标注极其复杂，地形、气候，什么样的路，能走什么样的车马，等等，不一而足。

这样的图纸，顾昀在江南见过，认不错，肯定是临渊阁的手笔，他在油灯下若有所思地看了长庚一眼，没吭声，示意长庚继续。

顾昀将三千玄铁军混入了南下返乡的商队中，以狼烟为号，深夜潜行，在蒯兰图的护卫队将傅志诚围困在杏子林山头时从天而降。二十几个空中杀手玄鹰当场就控制了狗咬狗的山头，玄甲与玄骑兵分两路，将山下数万南疆驻军截成几段。主帅被擒，玄铁营亲至，南疆驻军人多势众，却愣是像一群不会反抗的绵羊一样，被顾昀收拾了。

当一个主帅带着大军随行，不是为杀人，而是为给自己壮胆的时候，无论他身后跟着一支什么样的虎狼之师，都会变成一群绵羊。

然而杏子林上一场乱斗还没收拾完，长庚又带来一个消息。

长庚说道："义父你看，这三大匪首的势力将南疆瓜分成三块，平时相安无事，各自节制境内匪徒，都或多或少地和南疆驻军有联系，其中最特殊的一个，就是最北边的静虚道人。"

沈易问道："为什么这个人特殊，是势力最大，还是和傅志诚关系最密切？"

长庚轻声道："因为他替傅将军私运紫流金。"

顾昀眼皮一跳，蓦地抬起头。"你怎么知道？你这次到底来西南做什么？"

四年前，当了然和尚引他去江南时，顾昀心里就已经隐隐有了猜测——临渊阁处江湖之远，不可能全面监听朝中重臣之间往来，他们之所以能发现东海的蛟祸，恐怕是在追踪民间的紫流金黑市。

长庚笑了一下，似乎不愿意多说，只道："江湖人有江湖人的办法，义父不用担心。"

顾昀一抬手打住他话音，沉下脸色道："你应该知道我朝私运紫流金是什么罪过——抓住就是必死，所以紫流金黑市上都是些亡命徒，君子不立危墙之下，这道理你懂不懂？"

沈易在旁边听着尴尬得不行，恨不能替顾帅好好红红脸，教训别人的时候一套一套的，义正词严，好像私运紫流金没他什么事一样！

长庚不跟他争，也不跟他急，只是似笑非笑地看着他，脸上分明是一副"你那点事我都知道，有外人在，不好给你捅出来"的神色。

顾昀先是一愣，随后马上回过味来，心想：什么？这小浑蛋还查到过我头上？

长庚一把按住顾昀的手。"义父，别急着生气，先听我说完。"

长庚将手搭在了顾昀手背上，他手心温热，骨节分明，用抓一只雏鸟的力度轻轻一握，一触即放，却不知为什么，带出一股异样的味道来。顾昀突然觉得有点别扭，朋友兄弟之间感情亲密，搂搂抱抱、握手打闹，甚至抱着亲一口都没什么，武将间没有那么多虚礼，行伍间尤为这样。但……长庚这动作实在太"黏"了，顾昀的手指不由自主地微微挣动了一下，一时忘了方才想说什么。

长庚面不改色道："方才葛晨用木鸟传信给我，说静虚的山头被人烧了。"

顾昀："……葛晨？"

长庚："哦，就是葛胖小。"

顾昀瞥了一眼孙焦，自从删兰图身死，傅志诚被抓后，孙大人就成了一只柔弱可怜的小鹌鹑，除了瑟瑟发抖，什么都不会了，被顾昀找人看了起来。

此事乍一看复杂，其实稍一想就明白——傅志诚早知道顾昀他们的行踪，要真想撇清和山匪的关系，怎么会赶着这个节骨眼动手？不是不打自招地杀人灭口吗？再想起孙焦那从头到尾"我和删巡抚已经串通好了"的蠢样子，真相实在一目了然——显然是兵部为了强行推广击鼓令，删兰图为了除掉傅志诚，两厢一拍即合，挑动山匪与傅志诚，让那两头当着安定侯的面狗咬狗，到时候顾昀再怎么私心想保傅志诚，也没法颠倒黑白。

放火烧山的缺德鬼多半就是删兰图。

但删兰图不可能知道静虚和傅志诚真正的关系，否则他不会用火烧山，因为即便傅志诚勾结山匪的事实昭昭，这罪名也不一定能将西南提督南疆统帅置于死地。如果删兰图知道傅志诚通过静虚走私紫流金，万万不会这么草率地替他们烧毁证据——私运紫流金可是谋反，按死十个傅志诚都足够了。

"黑市紫流金大体有三个来源，"长庚条分缕析地说道，"第一来自官储，法令虽严，但总有硕鼠为私利铤而走险，盗取官储紫流金，掺上杂质后倒卖入民间；第二来自'黑淘客'，就是那些不要命的去关外寻找紫流金矿，九死一生挖回来的；第三则来自海外，我们之所以专程来查这条线，是因为这条紫流金的最终来源地是南洋。"

顾昀蓦地坐直了问："你确定？"

长庚默默点点头。

沈易的脸色也严肃了起来——他们都知道，南洋不产紫流金。

来自海外的紫流金流入大梁黑市，都是和洋人直接交易的，牵的是固定的线，接的是固定的人，不会横生枝节从别人那里转运，因为风险太高了。倘若真有人用南洋为遮挡，隔着八丈远操控西南紫流金黑市，那么背后的人冒着这么大的风险，藏得这么深，肯定不只是单纯买卖紫流金。

长庚道："南洋不在我国境内，我们能力有限，几次派人下南洋，都徒劳而返。还有那至今没露面的静虚道人，义父，我想当一个悍匪能接触到紫流金的时候，他想的绝不会是弄一山耕种傀儡开荒种地。"

顾昀听完，沉吟片刻，站起来吹了一声长哨，一个玄鹰悄无声息地从天而降，落到顾昀面前。顾昀眉头微皱，转眼连下三道军令。

"两队玄鹰斥候带上这份地图，趁夜探一探南疆三大匪首所在地，先拿匪首！"

"收押南中巡抚护卫队，彻查是哪个无法无天的东西给蒯兰图出的主意，让他用这种方法挑唆傅志诚和群匪的。"

"提审傅志诚，季平，你去。"

众人各自领命，顾昀说完后却不由自主地眯了一下眼，沈易还没察觉出不对，长庚已经一把拉住他。"义父，是不是……你的药带了吗？天快亮了，先休息一会儿吧？"

沈易听见"药"字才回过神来，同时，他心里一时觉得有点奇怪，长庚的眼睛好像总黏在顾昀身上似的，有什么风吹草动都能第一时间察觉到。

顾昀习惯性地想否认。

长庚却抢道："陈姑娘上次给我的针灸法子还没试过呢，这事可能还没完，恐再生变，义父让我试试。"

顾昀这才想起来，长庚已经知道了，再瞒着也没什么用，撂下一句"我去后面躺一会儿"，便默认他跟了上来。

长庚的行囊里随身带着一套银针，一些常备的药物，不多的碎银子，几本书——顾昀早就发现了，这孩子乍一看人模狗样的，其实身边就那么两套换洗衣服，来回来去地倒换。顾昀无论如何也想不通，这孩子小时候那么不爱出门，想带他赶个集都要上十八般武艺，他究竟为什么无论如何也不肯留在京城，非要吃遍江湖苦？

一个月两个月是新鲜，四年也新鲜吗？

长庚给很多人施过针，这时单独面对顾昀，却没来由地一阵紧张，连头一次跟陈姑娘学针灸往自己身上扎的时候也没有这样过。他不由自主地反复净手，险些把手洗掉了一层皮，直到顾昀看不下去了，催道："陈姑娘教了你半天，就教会了你洗手？"

长庚咽了口口水，声音有点紧绷，小心翼翼地问道："义父，躺在我腿上可以吗？"

顾昀没觉得有什么不可以，又不是大姑娘的腿，躺就躺了，不过他很想开口问一句"你到底行不行"，话要出口，又怕给长庚这个半吊子大夫增加压力，于是忍回去了，只是非常心宽地想：豁出去了，反正扎不死。

他做好了皮肉挨上几针的准备，不料长庚并没有他想象中的那么蹩脚，细针入穴基本没什么感觉，过了一会儿，熟悉的头痛感翻了上来，不知是不是顾昀的心理作用，有了这银针，感觉真的好了很多。

顾昀放松下来，又忍不住啰唆道："你跟着临渊阁风里来雨里去的，图什么？"

真想报效家国，也该回京入朝当郡王，堂堂皇子，跟着临渊阁那些不要命的江湖人查什么紫流金？

长庚顿了顿，手上动作没停，委婉地拒绝道："我并没有追问过义父你耳目的毒伤是哪里来的。"

顾昀："……"

长庚笑了一下，以为把他堵回去了，不料片刻后，顾昀忽然坦然道："小时候老侯爷带我上北疆战场，被蛮人的毒箭擦伤的。"

长庚："……"

顾昀："我说完了，该你了。"

顾昀这个人，无论装狼装熊还是装孙子，都是一把好手，面无表情地说一句话，真假掺着来，全凭他心情，基本无迹可寻，长庚只能靠直觉认为他这句话里必有水分。

"我……我想出来看一看，"长庚犹豫了片刻，说道，"了然大师以前跟我说过，心有天地，山大的烦恼也不过一隅。山川河海，众生万物，经常看一看别人，低下头也就能看见自己。没经手照料过重病垂死之人，还以为自己身上蹭破的油皮是重伤，没灌一口黄沙砾砾，总觉得金戈铁马只是个威风凛凛的影子，没有吃糠咽菜过，'民生多艰'不也是无病呻吟吗？"

顾昀睁眼看着他。

顾昀的目光在药物作用下渐渐找回焦距，长庚先是微微躲闪了一下，随即又定了定神，坦然迎上，但他依然不能长久地看顾昀的眼睛，看多了，胸口好像多了个散不出热的金匣子，又灼又烤，后背发麻，他下意识地并了并腿，差点坐不住了。

顾昀忽然道："你的老师姓钟，钟蝉，对吗？"

长庚微微一愣。

"骠骑大将军，天下无双的骑射功夫，十几年前因为顶撞先帝获罪，满朝文武为他求情，最后才只是罢官免职，未曾让老将军遭牢狱之灾。之后他走得无影无踪，西域叛乱时先帝慌慌张张地想起复老将，却找不着钟将军的人，"顾昀叹了口气，"你一箭出手，我就知道是他教的，怪不得我派去的人时常跟丢。他老人家身子骨还硬朗吗？"

长庚应了一声。

顾昀良久不语。

他没告诉长庚，其实很久以前，钟蝉也曾是自己的老师。临渊阁将长庚引见给钟将军，是巧合还是有意为之？顾昀也不由得有些期待起来——他从十岁垂髫稚童时磕磕绊绊带大的小皇子，最后能长成一根栋梁吗？

顾昀胡思乱想中渐渐睡着了，迷迷糊糊的，感觉好像有人摸了他的脸。再惊醒时，天已经大亮了，他推开身上不知谁给搭的薄毯，沉声道："什么事？"

门口的玄鹰回道："大帅，三大贼首连夜聚齐，在南渡江口附近集结了一支暴民叛军……"

顾昀眉心一蹙。

"他们有十来架白虹，数十重甲，若属下没看错，这些暴民手中还有'鹰'。"

玄鹰一句话就把顾昀说精神了。

"鹰？"顾昀低低地反问了一句，"你确实没看错？"

玄鹰道："属下以项上人头担保，可确定此事。"

"鹰"是所有军种中最特殊的，虽然并非最耗紫流金，但保养维护都极其困难，玄鹰每年都需要灵枢院组织专人来维护，综合算下来，绝不比重甲便宜。相比而言，重甲要常见很多，各军，乃至蜻兰图的护卫队都越级有那么几套，但放眼大梁境内，成形的"鹰部"，也就只有玄铁营的玄鹰一支。

这些山匪的鹰是哪里来的？

从玄铁营偷的吗！

顾昀站起来，大步走了出去。杏子林匪窝中一团紧张，被卸了兵甲五花大绑的傅志诚跪在正中，一见顾昀，忙高声喊冤道："大帅！大帅我冤枉！"

顾昀抬腿给了他一脚，正中胸口，傅志诚一个五大三粗的汉子，被顾昀直接给踹飞了出去，一口血喷了老高，呛咳着滚在地上，说不出话来。

"你冤枉？"顾昀冷冷地道，"混账东西，你在眼皮底下养着一窝叛军，重甲轻裘俱全，白虹排出二里地去，连'鹰'都拿得出来，比我大梁江南水军还阔气，你能耐可真大啊傅志诚！"

傅志诚狼狈地滚在地上，吃惊神色不似作伪，不住申辩道："大帅，我对天起誓，我不知道他们的鹰从何而来，就是我的南疆驻军也没有鹰啊，大帅明鉴！"

沈易低声道："大帅，我昨天审了一宿，傅将军自己也说不清那股紫流金的来历，只承认是他叫静虚去联络的。"

"与虎谋皮的蠢货，还以为自己养了只花斑黄毛猫。"顾昀狠狠地盯着傅志诚看了片刻，"再探，地图拿来——全体整队，准备围剿叛军，南疆驻军暂时由我接管，违令者军法处置！"

他说着伸手挂轻裘甲，摸弓的时候却摸了个空，这才想起来自己那副弓箭已经顺手送给了长庚。顾昀微微愣了一下，问道："长庚呢？"

这会儿，大匪首静虚道人正飞快地穿过长长的山中密道，那里有个人在等他。

那是个高个子男人，汽灯下的五官犹如刀刻，嘴角有一道深深的法令纹，看不大出确切年纪，也看不大出具体是什么地方的番邦人，总之不是中原人。他的脸晒得黝黑，露在外面的皮肤裹着一层历经风霜之色，眼睛微微泛着一点蓝，正盯着一个巨大的沙盘看。

面对这个人，静虚显出了十二分的谨慎。"雅先生，那顾昀会上当吗？"

"雅先生"抬起头看了静虚一眼。"你或许可以把他骗过来，但是不可能拖住他，安定侯还是个孩子的时候就在战场上混，他只要过来看一眼，就知道你们这些天上飞的和地上跑的钢甲根本没有对抗玄铁营的战斗力。"

静虚一呆："那……"

雅先生竖起一根手指道："记得我告诉过你，玄铁营是三代人穷贵国全国之力打造的，是这个世界上顶级的军队之一，它是一件超出了我们这个时代的凶器，你不要妄想能同他们正面战斗，那将会像一个婴儿试图挑战巨汉。我们要做的，只是短暂地调虎离山，拖住他们。"

他说着，手指在沙盘上轻轻一点。"顾昀会被我们放在明面上的飞鹰和重甲引来，尽管拖不了他多久——但我刚刚得到了一个消息，傅志诚帮了你一个忙，他把大部分驻军拉到杏子林了，现在南疆驻军的内防正空虚，留守的人甚至还不知道你们已经翻脸的消息。"

静虚眼睛一亮。

"你只需要像每次帮傅志诚押送紫流金一样，将人藏在紫流金的运送箱里，西南辎重处的人既不会拦，也不会声张，到时候里应外合，"雅先生做了一个下切的手势，"一杯茶喝不完，就能拿下西南辎重处。"

西南辎重处有大批的紫流金，只要一个人拿着火把站在那儿，别说玄铁营，就是神仙来了也不敢前进一步。

"那里有千万斤的紫流金，一旦被焚毁，就算是安定侯也担当不起这个罪名。"雅先生轻轻拨动着沙盘上悬挂的汽灯，这使他的眼睛在黑暗中跟着忽明忽暗地闪烁，嘴角露出一个意味不明的微笑，"你们会有很多跟朝廷谈判的余地。"

他们的计划不可谓不周密，但是此时的南疆大地上，还有另一股没有冒出头来的力量。杏子林的长庚在玄铁营大军未动之际，接到了第二只木鸟。

第一只才飞过来就被长庚放跑了，沈易连根毛都没摸着，眼见第二只飞进来，沈将军的哈喇子流了三尺长，屁颠屁颠地凑上前，搓着手道："殿下，您看这个……我来替您拆开好不好？"

长庚痛快地给了他，那木鸟简直以假乱真到了一定程度，抓在手里，除了软硬手感和真鸟有异外，基本看不出有什么区别。沈易将这神鸟双手捧在掌心里，感觉自己的心都快化了。"它还会点头，还会一啄一啄的！"

"……"顾昀，"老妈子，别丢人行吗？"

神鸟在手，安定侯算什么东西？沈易才不搭理他，一脸陶醉地摸了摸木鸟的后背，小心地找木鸟肚子上的机关。

沈易："那我打开了啊。"

长庚："等等，要先晃……"

长庚话没说完，沈易已经手快地撬开了木鸟肚子上的机关。小小的鸟腹里居然暗藏玄机，刚一开盖，一团纸就炮弹似的弹了出来，正中沈将军高挺的鼻梁，险些把他的鼻血打下来，继而迫不及待地糊了沈将军一脸。

沈易："……"

没有巴掌大的鸟肚子里装了一张能铺满整个墙面的纸。

"要先晃一晃，"长庚这才有机会说完自己的话，"因为鸟肚子地方有限，有时候他们会用'海纹纸'……"

沈易听了，不顾自己被砸出来的热泪还汪在眼眶里，瓮声瓮气地碎嘴道："哦，海纹纸！我知道，是一种特殊技法制成的纸，不管多大一张，都能压成药丸大，墨迹不晕，放得时间长了还会自己恢复平整！"

世上没有什么能阻止沈将军滔滔不绝的讲解癖，泪流满面不行，鼻血横流也不行。

怎么没把他的嘴砸豁了呢？顾昀毫无同情心地想，一把将那张凶器一样的海纹纸抢过去了。

那是张"鹰甲"的图纸，从两翼到金匣子，甚至面罩护甲，全都画得翔实逼真，落款处有个大大咧咧的"葛"字。

"这就是山匪手上的鹰？"顾昀虽然不是长臂师，但各种战甲就是他的半个身体，熟悉得不行，一眼能看出图纸上的鹰和玄鹰有什么区别，"也太偷工减料了。"

沈易捂着鼻子凑过来一看，说道："我看至少比玄鹰轻出一套轻裘的重量来，恐怕是为了省紫流金。"

"风筝更省紫流金。"顾昀嘀咕了一句，然而他自己话音没落，忽然神色一变，"慢着！"

这飞鹰甲虽然是个绣花枕头，但设计者无疑是了解鹰甲的，难道会不清楚这甲没有战斗力吗？对方这样将鹰甲高高挂起，毫无疑问是调虎离山之计。

问题是"山"在哪儿？

打蛇要打七寸，南疆驻军……甚至顾昀自己的七寸在哪里？

顾昀忽然转身走向傅志诚问："你平时让那帮土匪将紫流金送到什么地方？"

傅志诚一脸血，迷茫地看了顾昀片刻，反应过来了什么，脸上露出游移的神色，不知自己该不该说——承认私运紫流金，岂不是坐实了谋反的罪名？

这时，长庚在顾昀身后轻轻地开口道："傅将军要想清楚，蒯巡抚已死于你手，有兵部的孙大人做证，你纵兵行凶的谋逆之罪无论如何都落实了，一个必死之人，死在京城和干脆死在这里有什么区别呢？"

傅志诚从未见过四殿下，乍一见这年轻人，只觉得他温文尔雅，一身贵气，看着是肩不能挑、手不能提的样子。然而此时，傅志诚毫不怀疑，倘若自己不配合，那"书生"模样的四殿下能说到做到，真一刀杀了自己。

顾昀适时地接道："你要是肯识相，现在还有戴罪立功的机会。"

傅志诚嘴唇颤抖半晌，声气不稳地说道："西南辎重处，我没有另设他处，直接让静虚将紫流金送到西南辎重处，一滴都没往我府上搬。"

顾昀蓦地直起身来。

"大帅！"傅志诚高声叫住他，"姓傅的这辈子杀人放火、扒坟掘墓，什么缺德事都干过，可奉命驻守南疆，一直兢兢业业，从未有过二心！我自忖对得起皇上，如今却落得这么个后果，不知其他袍泽兄弟知道了心里会怎么想！大帅，你心里怎么想！"

顾昀深深地看了他一眼。

一瞬间，傅志诚还以为他触动了顾昀。

然而顾昀却既没有被他激起感慨，也没有发火，他脸上好像挂着一张狂风暴雨吹不透的面具，掉头离开，只留下一句："我怎么想，你管得着吗？季平，你带玄鹰先行一步，务必在贼人之前接管西南辎重处，小安——"

之前在蜀中跟着长庚的玄铁营小将士应声出列。

顾昀头也不回地吩咐道："你领一支南疆驻军，佯攻山匪聚集的山头。"

小安："是！"

"慢着，"顾昀又道，"把他们的甲涂黑了，泼点墨就行，不用特别逼真，机灵点。"

这一手还是跟了然和尚学的，小安先是一愣，随即立刻反应过来顾昀的意思，欢天喜地地跑了。

另一头，南疆三大匪首已经将自己的部下清点完毕，静虚道人看着鸦雀无声的匪群，一瞬间竟也生出了千军万马的豪情来。他冲天抱了抱拳，高声道："各地驻军官兵钢甲横行，声势赫赫，玄铁营如鬼鸦天降，威震海外，大梁兵强如此，然而不过十来年矣，福建、江南水军先后哗变叛乱，为何？

"若非昏君当道，佞臣横行，我等黔首何以飞蛾扑火，舍命而搏？今日你我兄弟被逼至绝境，身家性命如千钧履薄冰，退让唯有死路一条，非置之死地，断无生机可寻，诸位可愿与我歃血为盟，共谋大业，有福同享，有难同当？"

众山匪一辈子打家劫舍，认的字还不如自己手指头多，顿时被静虚道人抑扬顿挫地鼓动得头脑发热，好像已经看见自己位列王侯将相了。

静虚接过旁边一个手下递过来的酒杯，一口干了，将杯子往地上一摔。"成败在此一举！"

众山匪喝了壮胆酒，噼里啪啦地摔了杯子，从四通八达的密道中鱼贯而行。静虚回头看了一眼雅先生，这个神秘的番邦人曾是他替傅志诚私运紫流金时，南洋那边的接头人，在中原住了不知多少年，城府极深。

这会儿，雅先生听了静虚一番搜肠刮肚的"誓师辞"，脸上连一丝波动也没有，汽灯将他的法令纹拉长加深，他站在半明半暗的地方，看起来就像是擎着一个似是而非的讽刺微笑。

静虚第一次从傅志诚那儿揩油收了一成的紫流金，曾想通过雅先生倒手卖出去，换成金银，每天趴在上面睡。从那时起，雅先生就苦口婆心地劝他将这些紫流金留下，定期转移到另一个更安全的地方，然后一点一点开始积攒兵甲，还嘱咐过他，所囤兵甲与钱财不能放在同一个地方。

这么看来，这个深浅莫测的番邦人似乎早就料到了现如今这个局面。

多疑的山匪头子静虚心里突然冒出了一个疑问，他想：这个雅先生真的只是个走私紫流金的蛇头吗？

就在这时，一个手下突然来报："大哥，我们看见穿着黑甲的人往停鹰的地方去了！"

静虚心里刚发芽的疑惑一瞬间被狂喜淹没了。"雅先生说得没错，他们果然上当了，启用白虹箭，能将他们阻住一刻便多一刻！按计划全军加速行进！快！"

此时，一行低调押送紫流金的车队正悄无声息地靠近西南辎重处，进门处，为首的汉子将斗笠微微推起一点，露出自己的脸给辎重处卫队长看："是我。"

私运紫流金这种事，越少人知道越好，因此双方派来接头的人都是各自铁打的心腹。辎重处的卫队长便是南疆驻军中负责与山匪接头的，傅志诚要求他每次接送紫流金的时候都绝不能声张，一定要做到悄无声息。

按照惯例，卫队长当着手下人的面，没有盘问一句，面色如常地冲他们招招手，将他们放了进来，并且轻车熟路地带着他们往紫流金仓库走去，只是这天，卫队长走了两步，鬼使神差地多嘴问了一句："我记得前几天你们刚送来一批，怎么这么快又一批？"

押送紫流金的山匪整张脸藏在斗笠之下，闷声闷气地说道："这是大人和大哥的事，我怎么会知道？"

卫队长不知怎的，有些心神不宁，一边找钥匙一边说道："不瞒你说，我家大人昨天抽调了近半数的人手跟他走了，谁也不知道怎么回事。"

戴斗笠的山匪紧紧地盯着他开仓库的动作，下意识地舔了舔嘴角，粗暴地催促道："都是跑腿的，我们也不清楚，快开门！"

卫队长拧钥匙的手骤然一顿，皱着眉回过头去。"我怎么觉得你今天这么……"

他话音陡然定住了，因为看见一个山匪正在三步远的地方拿着一个小弩指着他的咽喉。卫队长倒抽了一口凉气，山匪们立刻就知道东窗事发，干脆一不做二不休，为首的一摆手，小弩上的短箭登时毒蛇吐芯似的钻进了卫队长的喉咙，他预备着要高声大喊而吸的一口气终于再没有机会吐出来了。

戴斗笠的山匪蓦地上前一步，用肩膀扛住卫队长倒下来的身躯，伸手去抓仓库门上的钥匙——他的心快要从胸口暴跳而出了，只要打开这道门，数万南疆大军，三千玄铁鬼乌鸦，全都被他扼住了喉咙。

就在这时，他听见耳畔一声尖鸣，戴斗笠的山匪一时没能从极度兴奋中回过神来，下意识地回头看了一眼，却看见身边的手下全都是一脸惊惧，他这才感觉到自己胳膊不对劲——方才他握住钥匙的那只手被一支从天而降的铁箭贯穿，炸得跟胳膊只连着一寸的血肉！

山匪断了一半的手紧紧地捏着仓库的钥匙，既转不动，又挡在那儿。

他终于发出了一嗓子不似人声的惨叫。

仅仅这么片刻的耽搁，赶到的玄鹰已经纷纷而下，手持弓箭尚未收起的沈易直接落在了紫流金仓库顶上，从怀中摸出玄铁虎符，虎符下面吊着根绳子，买一送一似的挂了大梁第一个击鼓令。

沈易长身玉立地站定，背后鹰甲黑翼如云，对西南辎重处惊呆的驻军说道："玄铁虎符和击鼓令都在，我奉安定侯之命接管西南辎重兵权，缉拿匪徒，辎重处现在戒严，匪徒就地格杀！"

三个南疆匪首还不知事情有变，此时他们正兵分三路，带着各自的手下从地下钻出，摩拳擦掌地分头往西南辎重处行进。

忽然，静虚听见一阵清脆的金石之声，好像是重物从山上与石头磕磕碰碰着滚落下来，他下意识地抬头。

一颗包在重甲中的人头从山坡上滚了下来。

那重甲是他藏在紫流金押送车中，想要偷偷潜入西南辎重处的。

静虚登时僵住了——只见漫山遍野的南疆驻军不知什么时候从山间露了头，玄铁黑甲在其间若隐若现，密密麻麻的箭矢从山头往下对准了他们，而静虚的另一半队伍甚至还在山下密道中。

柒

对于静虚，顾昀只赏了他一眼，发现实在没什么好看的。于是很快就将这位大山匪头头和其他人一起一视同仁地丢在了一边——此时，他正发愁怎么安顿长庚。

幸好，长庚十分适时地表示自己要去和在此地调查山匪密道的同伴会合，顾昀心里大大地松了口气，表面上还是严肃紧张地拨给他一小拨玄铁营将士，叮嘱他小心漏网的山匪。亲眼看着他离开，顾昀才对旁边的玄骑说道："找两个人去给我看着点，四殿下要是回来得太快，就想办法给他找点事做，别让他过来。"

玄骑领命而去，顾昀这才将目光收回来。

他将俘获的山匪队伍从头扫到尾，眼神里带出了一点平时没有的阴沉。"我就一个问题，贵地这些地下耗子洞有多少个出入口？请诸位识时务一点，这样吧，从最西边第一个人开始，挨个说你们知道的，不吭声的就地斩首，前面的人说完，后面的可以补充，补不出新东西也对不起了，排在前面的还能占点便宜。开始吧，数三下，不说的砍，胡言乱语的也砍。"

众山匪都被这个比匪还匪的安定侯惊呆了。

奉命审问的玄骑面无表情地从第一个人开始问起，第一个人本能地左顾右盼，犹疑不定。顾昀毫不犹豫地打了个下切的手势，玄骑手中的割风刃应声而动。

玄骑平时只管杀人，没养过猴，也不怎么研究砍头，割风刃照着山匪的脖子转了一圈，不幸在颈间骨节中卡了一下，那山匪的脑袋断了一半还连着一半，喉管恰好没有破，惨叫声将远近山中的群鸟吓得一起爹了毛。

玄骑眯了眯眼，手腕一带，狠狠地加了一回力，才算结果了那倒霉蛋。那血地脉山泉似的往外又涌又喷，溅了旁边的人一身，第二个山匪哆嗦成了一个过载的金匣子，脑子里一片空白，颤颤巍巍一指身后的出口道："那……那里有一个……"

顾昀冷笑："废话，我看不见吗？"

于是第二颗人头也应声落了地。

第三个山匪直接被方才那半个脑袋的惨象吓尿了出来，"扑通"一声趴倒在地，双手抱头，唯恐那身着黑甲的刽子手不耐烦直接砍下来，继而一口气交代了十来个密道出入口，排在他后面的人快要将他的脊背都射穿了。

有了这开了头的，后面就太简单了，是死是活一条路，反正自己守住了秘密也没用，后面的人总会说的，趁早交代了留条命才是正理。

顾昀不动声色，心里却着实被南疆山匪们庞大的根系震惊了一下，这些山匪交代出来的出入口中，有些临渊阁已经探出来了，否则即使是玄铁营，也没有那么容易半路上堵住这些滚地鼠，但还有更多的，连临渊阁都闻所未闻。

他身后玄铁将士悄无声息地离去，挨个验证这些出入口是否属实，将每一个密道开口都守住。不到一炷香的时间，一众山匪已经如击鼓传花一般，将此间地下四通八达的密道倒了个干干净净，连渣都不剩。

转眼，这朵要命的"花"传到了此事始作俑者——匪首静虚的面前。

静虚这辈子，轰轰烈烈地从死人堆里杀出了一条占山为王的血路，未见得有多么大的才华，胆气和心狠手辣两样是不缺的。眼见刀锋逼到眼前，地上血流成河，他深吸一口气，挺直了腰杆，将自己酝酿了多年的一口气全捏成骨头撑在身上，吊起三角眼，盯着背手溜达到他面前的顾昀。

静虚道："我以前只听人说过顾大帅风华无双，没想到刑讯逼供也很有一手，真是艺多不压身。"

"马屁就不用拍了，"顾昀皮笑肉不笑地说道，"打仗就是砍人的勾当，我一没关你黑屋，二没摆上钉床，三没请你坐一坐老虎凳，'刑讯逼供'四个字实在受之有愧。你要是没话说，就跟他们做伴去吧。"

静虚眼角突突直跳。"此处密道总共六十四道出入口，他们已经全数说完一遍，前面那几个不中用的东西明显已经开始胡言乱语，恕我愚钝，不知道顾大帅有何用意。"

"保险啊，没什么用意，"顾昀笑道，"万一有没交代出来的漏网之鱼呢？怎么，你想劝我省着点砍吗？反正你们人多，放心，砍不完。"

静虚一时竟无言以对。

顾昀想了想，又道："不过他们既然以你为首，想必你还知道点别的，不如说点我没听过的？也算你过。"

静虚死死地咬紧了牙关，想起导致这一切的罪魁祸首傅志诚，更加恨不能将那人扒皮抽筋。"我若说出傅志诚私运紫流金谋反一事，大帅有兴趣听吗？"

顾昀脸上冷冰冰的笑意渐收。"我要是不知道这个，怎么能猜出你们会胆大包天地跑来西南辎重处送菜？再给你一次机会，说点我不知道的。"

玄铁的割风刃竖在静虚耳边，他稍微一动，就能感觉到那冷铁的不近人情。他也知道，只需要一缕细细的蒸汽，割风刃就会切瓜砍菜一样把他的头割下来。那顾昀冷酷无情，油盐不进，他的大好头颅会和所有庸庸碌碌的人一样滚落在地，沾满尘埃，没有一点特异之处。

静虚终于服了软。"你想知道什么？"

顾昀摆摆手，割风刃离静虚远了几寸。"我要知道南洋紫流金入境后，与你接头的那个人是谁，让你贮存私藏紫流金，囤积兵甲的人是谁，为你出谋划策，让你用那几只'风筝'迷惑我，趁机占领西南辎重处的那个人又是谁？"

静虚紧紧地咬住了牙关。

"我要是你，就不会舍命护着那个人，"顾昀忽然上前一步，压低声音道，"看看你身后六十四个出口的密道吧，道长，你说你们这些人，闲来无事的时候往里一钻，大罗神仙来了也不能掘地三尺把你们挖出来……是谁鼓动你将三大山头的力量汇聚到一起，方便我们一网打尽的，嗯？"

顾昀是个颠倒黑白的高手，一辈子三样特长：能打、字好、会忽悠——没影的事到了他嘴里，听着都像真的，何况仔细一想，他说的话居然也不是没一点影，生生把静虚说出了一身冷汗。

顾昀在这边审匪首花的时间比长庚找人的工夫长，不多时，长庚就带人回来了，只是没过山头，便被玄铁营的将士尽职尽责地拦住了。那小将士不会蒙人，老老实实地对长庚学舌道："殿下，大帅让你先在此稍做休息。"

长庚不甚意外，闻听这话，问都没问一句，老老实实地等在了原地。

这些年，长庚虽然没有亲眼见过顾昀，却跟着钟老将军研究过顾昀打的每一场仗，研究过他从封侯到如今的每一个政治主张的变化，甚至他的字——长庚现在要是去顾昀的书房里，随便翻出一张旧字帖，能大概看出那是顾昀多大年纪写的。

这远比整天和顾昀混在一起，听他吹自己是"西北一枝花"更能了解这个人。

先前顾昀略带迟疑的眼神一扫过来，长庚就知道他打算逼供，并且很不想让自己看见，时至今日，顾昀还是本能地在长庚面前维护他岌岌可危的"慈父形象"。对此长庚没有异议，非常珍惜地享受了小义父这一点没有宣之于口的宠爱。

长庚身后跟着两个人，正是当年从雁回小镇跟他一起进京的葛胖小和曹娘子——现在叫葛晨和曹春花了。

葛晨少年时候是个讨人喜欢的小胖墩，如今长开了，倒说不上胖了，是一副高大壮实的模样，单看这身板，能称得上"彪形大汉"，可惜肩膀上扛的脑袋跟拿错了似的，上面糊着一张又白又嫩的小圆脸，颊边有两小坨颤颤巍巍的细皮嫩肉，水豆腐一般裹着他的小鼻子小嘴小眼睛，七窍中无不流露出一股淳朴的无害来。

曹春花的变化更大些，无论他心里是怎么想的，却身不由己地抽条出了成年男子的骨架，再难有少年时的那种天衣无缝的雌雄莫辨了。他也只好迫不得已地承认自己竟真是个臭男人，换回了男装，只是十分坚持地将大名定成了"曹春花"——除了他自己，大概谁也说不出"春花"比"娘子"高明在什么地方。

"怎么还不让过去？"曹春花抻着脖子问道，"都好几年没见过我家侯爷了，头好几天就想得睡不着觉了。"

长庚隐晦地看了他一眼，默默地给曹春花记了一笔，等他从此人嘴里攒够五十个诸如"我家侯爷"之类的花痴话，就找碴揍这货一顿。

曹春花无知无觉，径自问道："对了大哥，这回你再回京，就要封王袭爵了吧？我听说先帝早把雁北王府准备好了，那你以后是搬过去还是住侯府？"

长庚愣了一下，苦笑道："那也要看侯爷要不要我吧。"

现在回想起来，长庚已经想不起几年前自己破釜沉舟离开侯府、离开顾昀的勇气是哪儿来的了。不见则已，这次猝不及防地在蜀中遇到顾昀，他简直像是当头遭遇了一把宿命，打死也再难以积聚起当年的狠心了。

陈轻絮叫他平心静气，少动妄念，这固然对克制乌尔骨发作有一定作用，可是人的喜怒哀乐都是连着的，克制了怨恨与愤怒，喜乐自然也变得几不可见，时间长了，人会像一棵久不见阳光的草——虽然凑合活着没死，绿叶也白得差不多了。

长庚以为自己快要成佛了。

直到再见顾昀。

虽然跟着顾昀车马劳顿不说，整天不是对付叛军就是对付山匪，但长庚心里却总是毫无来由地充斥着毫无道理的快乐——好像清早一睁眼，就知道这一天有什么好事要发生的那种充满活力、期待与热切的快乐。尽管他知道没有什么好事，乌尔骨也依然每天入梦去拜访他。

倘若封王，顾昀会留他吗？

理智地想，顾昀肯定会留，侯府至少会愿意收留他到正式成家。倘若他一直不成家，说不定就能一直厚着脸皮蹭下去。这种想法太美好，长庚费了九牛二虎之力才没把克制不住的傻笑带出来。

他们等了大概有两刻的工夫，等来了顾昀。

山中密道像个巨大的蛛网，四通八达，环环勾连。顾昀总共砍了四十多颗脑袋，排除了一些人吓哭了的胡言乱语，最后找到了六十四个密道出入口。

葛晨听完以后十分震惊。"什么？我们哥儿俩在山里当了半年多的野人，才找到三十多个出入口，怎么侯爷一来就审出了六十多个！"

"要不是你们摸到的底，我也截不住他们，更别提审了。"顾昀看了葛晨一眼，按捺片刻，到底没忍住，冲他招招手，"过来。"

葛晨以为大帅有什么要紧事要吩咐，忙屁颠屁颠地凑了过去，不料方才还一本正经的顾大帅突然伸出手，在他脸上掐了一把。顾昀早想这么干了，他手欠的毛病早已经病入膏肓，看见有手感的东西就忍不住想捏一把。

太好玩了。顾昀捏了一会儿，意犹未尽地想：怎么长的？

葛晨："……"

曹春花虎目含情，羡慕得望眼欲穿，嘤嘤嘤地小声说："侯爷厚此薄彼，怎么不掐我的脸？"

这话他不敢到顾昀面前说，因此只有长庚听见了，长庚想：好，四十八次了。

曹春花莫名其妙地打了个寒噤，往周遭张望了一下，心里突然涌起一种临近危险时的不祥预感。

顾昀顺着静虚的口供，将这一片山区的密道图纸画了出来，然后命人顺着密道出入口往里熏烟气，熏了三天，将大山熏成了烟筒，里面寄居的蝙蝠、耗子、毒虫等物都拖家带口地往外跑，却始终不见顾昀想抓的人。

几个将士自告奋勇拉起绳子钻进密道里探寻，在六十四个出入口的密道中从日出搜到夜幕垂下，连根头发都没找着，只扛出了静虚提到的沙盘。

到了第四天，手下来报，他们排查了蒯兰图身边，确实找到了一个可疑的人——是蒯兰图养的一个客卿，名叫王不凡，一听就感觉是化名。这位客卿平时不大出来见人，但是蒯兰图的几个心腹都知道，蒯兰图对此人推崇备至，信任有加，在府上专门给他腾出个院子住，派了心腹小厮和漂亮丫鬟伺候。

顾昀问道："这个'不凡'现在在哪儿？"

手下回道："跑了，他院里的下人神不知鬼不觉地被毒死了，府上人发现的时候，尸骨都寒了。"

"大帅，"这时，又一个骑兵过来回报，"我们去查了静虚招出来的那几个转运紫流金的窝藏点，人去楼空，连张纸都没剩下。"

顾昀沉默不语地转着手中的旧佛珠，蒯兰图身边的神秘客卿，静虚嘴里那个"雅先生"，这一切看起来似乎都是偶然，但顾昀有种无法言说的直觉，他总觉得其中牵涉的阴谋很大。这些暗中一手搅动了南疆时局的人出现得神不知鬼不觉，而后又消失得杳无痕迹，身份成谜，目的也成谜。看似是敌人，可又好像冥冥中帮他快刀斩乱麻地收拾了这一大帮人。

顾昀有点想不通，到底是自己搅了别人的局，还是一头钻进了别人的局里。

而顾昀掘地三尺要找的人，此时正在南洋海面上一艘貌不惊人的小小货船中。

雅先生已经换回了繁复的西洋服饰，低头看着一份地图。大梁浩瀚的江山万里全在这小小的羊皮图纸上，他提起朱砂红笔，在南疆一片画了一个小小的红圈。

连同这一笔，那张旧地图上已经有了三个红圈，另外两个分别在北疆和东海。"雅先生"将笔尖在地图上逡巡片刻，最后落在了西部古丝路入口处。

"到今天为止，我们的局已经布好了。"雅先生笑起来，"剩下一个引线，只要点着它，就能'轰'一声——"

那中原人模样的王不凡接道："烧起一把中原大火。"

两人相视一笑，各自举起酒杯，清脆地碰了一下。

南疆发生了这么大的事，朝中天子自然震怒，催顾昀速速押送匪首与叛将回京。顾昀只好暂时放下了心中的疑虑，动身北上。不过想起他那宝贝干儿子总算肯跟他回去，侯府又要热闹了，他又对"回京"有些期盼起来。

"他长大以后招人喜欢多了，"顾昀"老怀甚慰"地偷偷跟沈易说，"就是突然一下变这么懂事，我都有点不习惯。"

"贱。"沈易言简意赅地评价道，然后如愿以偿地挨了一鞭。

沈易又问道："对了，抓了傅志诚，你打算怎么办？"

顾昀将玩笑神色收了收，沉默片刻，正色道："季平，其实这些年我时常想，你跟着我，是不是有点浪费才华。"

沈易默默地看了他一眼。

顾昀："你博古通今，文可入翰林，武能安一方，在灵枢院与玄铁营沉了这么多年，也是时候出头了……"

尽管长庚已经分析过，但乍听他这么一说，沈易心里还是动容的。两个人又是同袍又是朋友，虽然是可托妻托孤的过命之交，但顾昀的狗嘴里老也吐不出象牙来，从未当面跟他直白地表达过欣赏。

沈易眼眶一时有些发烫。"子熹，其实你不必……"

"再者我也很过意不去，"顾昀又诚恳地补充道，"你说我这样一个天生爹娘养的美男子，总在旁边挡你的桃花，害你这些年来成了老光棍，真是……啧，太对不住了。"

沈易："……"

这"天生爹娘养的美男子"一天两句的正经话份额说完了，眼看着就要进入扯淡内容，沈易只好潦草地收拾起卡到嗓子眼的一腔衷肠，"呸"了一声，夹马腹跑了。

长庚在不远处看见，赶忙趁机跑过来，占了沈易的位置，与顾昀并辔而行。"沈将军怎么又给气跑了？"

顾昀似笑非笑地摸了摸鼻子。

长庚看见他的轻裘甲上沾了一片叶子，便伸手替他摘了下来，细心地说道："义父，甲再轻也四十来斤呢，摘下来松快松快吧？"

顾昀没反对，由着长庚伸手帮着把轻裘甲拆开，再一一卸下来，人离得太近，两匹马不知怎的看对了眼，居然互相缠绵起来。

顾昀腾出一只手来拨了一下自己的马头，训斥道："别耍流氓。"

他臂上甲正卸了一半，这样轻轻一甩，便差点从手腕上晃飞出去，还将袖子里的一样东西给带了出来。长庚眼明手快地接在手里，发现那居然是一支粗制滥造的小竹笛。

一开始，两个人都没反应过来。

长庚莫名其妙地想：他身上带支破笛子干什么？

顾昀还在纳闷：什么东西飞出去了？

然后两个人的目光同时落在了那饱经风霜、首尾开裂的竹笛身上。长庚突然觉得这支笛子隐约有点眼熟，顾昀则如遭雷劈，想起来了——此物来路不正！

他们俩几乎同时动了手，顾昀劈手去抢，长庚本能地手掌一紧，两只手抓着一根竹笛僵持在了半空中。

长庚无辜地问道："不能看吗？"

顾昀："有什么好看的？"

说完，顾昀用力一抽，将小竹笛从长庚手里抽了出来，欲盖弥彰地匆忙揣回袖中。长庚难得见他心虚，不由自主地想起四年前江南姚大人家哭得肝肠寸断的小女孩，隐约明白了什么，又有点不太敢相信，于是旁敲侧击道："是别人送的吗？"

顾昀脸不红气不喘地胡扯道："自己削的。"

"哦，"长庚眨眨眼，过了一会儿，似有意似无意地说道，"怎么西域楼兰也长竹子吗？"

顾昀："……"

长庚轻轻眨了眨眼，这让他的眼神看起来好像是闪烁了一下，继而笑道："义父的手工也太糙了，不如改天我再给你削个好的吧？"

顾昀被长庚堵了个哑口无言，尴尬得要命，总觉得那小子看出来了，故意挤对他，可因为偷笛子那事办得实在太离谱，他也不便发作，只好收起了英雄气短的兔子尾巴，顺风跑了。

长庚没去追，他在原地把这事回味了好一会儿，忍不住有点想笑，又将顾昀清早暗促促地跑去小孩院里偷竹笛的事情从头到尾地编排了一次，顿时心花怒放了一大把，生机勃勃地开了大半天，直到日头偏西方，才缓缓消停下来。

他心里未散的芬芳把乌尔骨都排挤在了一个小小的角落里，等到花落水流红，下面就生出了一颗种子似的念头，抽出千头万绪的枝丫来。

长庚想：他为什么一直留着那个？

一直留着，会偶尔拿出来看吗？

小义父看的时候能想起自己吗？

这是不是代表顾昀对他……比自己一直想象的更情谊深厚一些？

他是不是能得寸进尺地离小义父再近一点？

陈姑娘的安神散从香囊里幽幽地飘散出来，长庚盯着顾昀的背影，快要被脑子里来回回响的"顺其自然"四个字烤化了。他是不敢太过妄想的，但是惴惴不安地揣着那么一点揣测，不由得抓心挠肝、销魂蚀骨。

押送钦犯之路本该又臭又长，可惜不知是玄铁营脚程快，还是长庚心里拖，隆冬未至，他们就已经抵达了京城。

而此时，这场轰动朝野的南疆谋逆案轰轰烈烈地在帝都深处炸开了。

孙焦半死不活地回了京，连惊带吓，转眼就一病不起。隆安皇帝自己也没料到，他不过借着小手段推行击鼓令，那西南提督竟还真敢造反，又惊又怒，责令彻查。由于此案牵连甚广，吏部、刑部、兵部、大理寺，甚至都察院上下，都跟着紧张起来，连好不容易回京休沐两天的顾昀都不得消停，三天两头被召进宫里问话。

西南提督傅志诚勾结山匪、杀害朝廷命官、私运紫流金、意图谋反一案板上钉钉，匪首与叛党首脑先后被判极刑，罪及家眷。而铁血酷厉的隆安皇帝依然不肯善罢甘休，事态很快一发不可收拾，又拔出萝卜带出泥地牵连到了中央六部——那些与傅志诚私交甚笃的，收过贿赂、为其开过方便门的，甚至当年推荐傅志诚上位的老臣，一个都没跑，全部被株连。

下狱的下狱，罢官的罢官，朝中风声鹤唳，整个京城都压抑在阴沉沉的猜忌中。

天一直阴到了年关头上，一场大雪才轰然落下。

图书在版编目（CIP）数据

杀破狼：全三册 / Priest 著 . -- 长沙：湖南文艺出版社，2020.11（2024.8 重印）
ISBN 978-7-5404-9690-6

Ⅰ . ①杀… Ⅱ . ① P… Ⅲ . ①长篇小说－中国－当代 Ⅳ . ① I247.5

中国版本图书馆 CIP 数据核字（2020）第 095182 号

上架建议：畅销·小说

SHA PO LANG：QUAN SAN CE
杀破狼：全三册

作　　者：Priest
出 版 人：陈新文
责任编辑：丁丽丹
监　　制：毛闽峰　李　娜
策划编辑：张园园
文案编辑：王　静
营销编辑：刘　珣　焦亚楠
封面设计：好谢翔工作室
版式设计：梁秋晨
封面插图：张　渔
书名题字：仓仓仓鼠
出　　版：湖南文艺出版社
　　　　　（长沙市雨花区东二环一段 508 号　邮编：410014）
网　　址：www.hnwy.net
印　　刷：三河市兴博印务有限公司
经　　销：新华书店
开　　本：640mm × 915mm　1/16
字　　数：892 千字
印　　张：64.5
版　　次：2020 年 11 月第 1 版
印　　次：2024 年 8 月第 8 次印刷
书　　号：ISBN 978-7-5404-9690-6
定　　价：149.40 元（全三册）

若有质量问题，请致电质量监督电话：010-59096394
团购电话：010-59320018